ZOE BRISBY

Die Frau, die Weihnachten nicht mochte

Weitere Titel der Autorin:

Reise mit zwei Unbekannten
Kopenhagen mon amour

ZOE BRISBY

DIE FRAU, DIE WEIHNACHTEN NICHT MOCHTE

ROMAN

Übersetzung aus dem Französischen von
Monika Buchgeister

eichborn

Die Bastei Lübbe AG verfolgt eine nachhaltige Buchproduktion. Wir verwenden Papiere aus nachhaltiger Forstwirtschaft und verzichten darauf, Bücher einzeln in Folie zu verpacken. Wir stellen unsere Bücher in Deutschland und Europa (EU) her und arbeiten mit den Druckereien kontinuierlich an einer positiven Ökobilanz.

Eichborn Verlag

Titel der französischen Originalausgabe:
»La fille qui n'aimait pas Noël«

Für die Originalausgabe:
Copyright © 2022 by Éditions Michel Lafon

Für die deutschsprachige Ausgabe:
Copyright © 2024 by
Bastei Lübbe AG, Schanzenstraße 6–20, 51063 Köln

Vervielfältigungen dieses Werks für das Text- und Data-Mining bleiben vorbehalten.

Textredaktion: Christina Neiske, Haldenwang
Umschlaggestaltung: Kristin Pang
Umschlagmotiv: © Nadia Grapes/shutterstock
Satz: hanseatenSatz-bremen, Bremen
Gesetzt aus der Bembo
Druck und Verarbeitung: GGP Media GmbH, Pößneck

Printed in Germany
ISBN 978-3-8479-0185-3

5   4   3   2   1

Sie finden uns im Internet unter eichborn.de

Für alle Liebhaber des Weihnachtsfestes,
für diejenigen, die Haarreife mit einem Rentiergeweih tragen,
für diejenigen, die zu glauben wagen.

Für dich, der du Weihnachten nicht magst,
mir zuliebe aber so tust, als ob.

*Ich werde Weihnachten in meinem Herzen ehren
und versuchen, es das ganze Jahr hindurch aufzuheben.*

CHARLES DICKENS

1

Ich weiß nicht, warum mir ausgerechnet dieses Manuskript so ins Auge stach. Vielleicht war es die Tatsache, dass der Autor nicht seinen Namen, sondern nur eine postalische Adresse angegeben hatte. Oder aber es lag am Titel: *Die Versöhnung*. Diese Worte übten auf mich eine geradezu magnetische Anziehungskraft aus. Es lag ein Versprechen darin, das mich zwang, auf der Stelle in diesen Roman einzutauchen.

Er zog mich so in seinen Bann, dass ich ihn die ganze Nacht über nicht aus der Hand legte. Es war eine schöne, eine bewegende Lektüre. Die Geschichte eines dichten, prallen Lebens auf dreihundertzweiundneunzig Seiten.

Ich bin Lektor. Das würde ich gern sagen können, aber im Augenblick ist es nur ein Traum, denn auch wenn ich für das angesehene Verlagshaus Delamare arbeite, bin ich weit davon entfernt, Lektor zu sein. Meine Aufgaben beschränken sich darauf, Kaffee zu kochen, am Kopierer zu stehen oder Ablehnungsbriefe zu verfassen. Den lieben langen Tag verschicke ich Schreiben, die ihre Empfänger auf Selbstmordgedanken bringen könnten.

Der typische Brief sieht mehr oder weniger immer gleich aus: Er ist nüchtern und versucht dennoch, auch etwas Menschliches, also eine gewisse Einfühlsamkeit vorzuschützen. Er beginnt stets mit »Trotz der ausgezeichneten Qualität Ihrer Arbeit ...« und schließt mit »Ihr Roman passt leider nicht in die Verlagspolitik unseres Hauses«.

Aber ich hüte ein Geheimnis. Hin und wieder suche ich mir

ein Manuskript aus dem Berg der abgelehnten Werke aus und lese es von vorn bis hinten. Ausschlaggebend kann der Titel, der Name eines Autors, das Begleitschreiben oder auch etwas ganz anderes sein. In jedem Fall aber liegt immer irgendwie etwas Magisches in dem Augenblick, in dem ich entscheide, welches Buch ausgewählt wird.

Bei meinen Rettungsaktionen bin ich bereits auf so manche Merkwürdigkeit gestoßen. Eine Abhandlung über Botanik, eine interstellare Liebesgeschichte, einen Steinzeitroman … Jedes Manuskript, mochte es noch so skurril sein, bescherte mir eine Menge neue Erkenntnisse.

Auch diesmal machte ich mich also wie so oft nach einer langen Lesenacht mit dunklen Augenringen auf den Weg ins Büro.

Es gibt Tage, die ein Leben verändern. Augenblicke, die einen Wendepunkt in unserem Dasein darstellen. Kleinigkeiten, die, zu einem Ganzen zusammengefügt, das Zeug dazu haben, dass etwas Großes aus ihnen erwächst.

An diesem Morgen wusste ich noch nicht, dass der 18. Dezember ein solcher Tag sein würde. In der Luft lag der muffige Geruch von warmen Radiatoren, draußen blendete der winterweiße Himmel und die Schneedecke dämpfte den üblichen Geräuschpegel der Großstadt.

Manche Tage beginnen schlecht. Ein Fuß, der sich in der Bettdecke verfängt und uns straucheln lässt, geschwollene Augen, eine widerspenstige Haarsträhne, ein Kopfkissenabdruck auf der Wange, eine leere Kaffeedose …

Mit einer großen Tasse Nesquik in der Hand schaltete ich das Radio ein. Weihnachtslieder! Sollte noch ein weiteres ertönen, würde ich ernsthaft in Erwägung ziehen, mich mit meinem Duschschlauch zu strangulieren.

Unter dem eiskalten Wasser in der Dusche begann ich zu japsen. Das Problem mit dem Boiler war immer noch nicht behoben. Ich musste mich endlich darum kümmern, aber da ich nicht gerade ein begnadeter Heimwerker bin, schwante mir, dass ich noch so manche eiskalte Dusche würde hinnehmen müssen. Bei der Wahl, ob ich meine Zeit lieber mit Lesen oder mit Heimwerken verbringen wollte, war die Entscheidung schnell getroffen. Ich ließ also das Shampoo links liegen und verließ frierend und mit feuchtem Haar mein Iglu.

Es war Hauptverkehrszeit, und in den Straßen herrschte dichtes Gedränge. Die Menschen bewegten sich ungeschickter als sonst fort, um nicht auf Eis und Schnee auszurutschen, und sahen dabei ein wenig aus wie eine Armee von Pinguinen im Packeis.

Ich klappte den Kragen meines Mantels hoch, um meinen Nacken warm zu halten und den scheußlichen Pullover vollständig zu verbergen, den ich mir wohl oder übel hatte kaufen müssen. Der 18. Dezember war im Büro zum »Tag des hässlichen Weihnachtspullovers« ausgerufen worden. Dieser frisch eingeführte Brauch sollte die Mitarbeiter »in festlicher Atmosphäre zwanglos zusammenkommen lassen«. Ein Einfall der Geschäftsleitung nach einer Fortbildung in Sachen Unternehmensführung.

Im Vorübergehen warf ich einen flüchtigen Blick auf mein Spiegelbild in einem Schaufenster. Ich sah einfach grauenhaft aus mit meinen zottligen Haaren, die einem verlassenen Vogelnest glichen. Immerhin harmonierten sie großartig mit meinem roten Pullover mit dem lächelnden Weihnachtsmann auf der Brust, der eher an den Killer-Clown aus der Verfilmung von Stephen Kings *Es* erinnerte.

Damit auch wirklich alle sich daran freuen können, enthält das Kleidungsstück eine kleine Fernsteuerung, die auf den Wangen des psychopathischen Väterchens ein paar bunte Lämpchen zum Leuchten bringt und ihm außerdem ein »Ho!

Ho! Ho!« entlockt – in einer Lautstärke, die selbst einem Gehörlosen einen Schreck einjagen würde. Mit diesem Prunkstück hatte man den Horror ganz klar hinter sich gelassen und war im Reich des Grotesken angekommen.

Trösten konnte mich da nur die Vorstellung, auch Shanti, die Cheflektorin von Delamare, mit einem dieser absurden Oberteile ausstaffiert zu sehen. Die großartige und tyrannische Shanti im Rentier-Pullover und mit Rentier-Haarreif auf dem Kopf! Lächerlichkeit bringt zwar nicht um, stößt aber doch eine Führungskraft zumindest vorübergehend von ihrem Sockel. Dieser Gedanke zauberte mir für den weiteren Weg ein Lächeln ins Gesicht.

Erst als ich auf einer unvermutet vereisten Stelle ins Straucheln geriet und gerade noch einmal davonkam, ohne mir die Hüfte auszurenken, war es vorbei mit meiner spöttischen Miene. Abgesehen von diesem kleinen Zwischenfall verlief der Weg jedoch ohne weitere Störung.

Bei meiner Arbeitsstätte angekommen, schwappte mir die Wärme aus den Räumlichkeiten wuchtig entgegen. Man geizte bei Delamare nicht mit dem Heizen. Die Belegschaft hätte sich glatt auf den Karibischen Inseln wähnen können. Alle schwitzten in ihren bunten Pullovern.

Ich legte den Mantel auf meinem winzigen Schreibtisch ab, um das Fenster zu öffnen. Ein eisiger Windstoß fegte herein. Man hatte die Wahl zwischen Nordpol und Kleinen Antillen. Eine dicke Schweißperle rann in mein Auge. Schweiß war mir zuwider, also entschied ich mich für den Nordpol.

Ich atmete die eiskalte Luft tief ein, was zur Folge hatte, dass meine Lunge brannte und mir Tränen in die Augen stiegen. Trotzdem gelang es mir, die Wanduhr zu entziffern: Das morgendliche Meeting im Konferenzraum stand an. Zeit für einen Kaffee blieb mir nicht. Immerhin hatte ich bereits meinen Nesquik im Magen.

Im Konferenzraum herrschte eine ausgelassene Stimmung. Man nahm gegenseitig die Pullover in Augenschein und verstieg sich bereits zu Einschätzungen, welcher der hässlichste sei. Eine breite Palette von Weihnachtsmützen, Rentieren und Elfenohren stand zur Auswahl. Das fröhliche Stimmengewirr kam zum Erliegen, als Shanti den Raum betrat. Die selbst ernannten Buchmacher des Hauses hatten bereits Wetten angenommen. Die Hälfte ging davon aus, dass sie den Brauch nicht achten und wie üblich streng und elegant gekleidet auftauchen würde. Die andere Hälfte setzte darauf, dass sie einen wirklich scheußlichen Pullover tragen würde, um mit gutem Beispiel voranzugehen. Ich selbst hatte mich noch nicht festgelegt.

Bei meiner ersten Begegnung mit der Cheflektorin von Delamare, nämlich während meines Bewerbungsgesprächs, hatte ich zunächst gedacht, ich hätte mich im Gebäude geirrt und würde für eine Assistentenstelle bei der *Vogue* vorsprechen.

Shanti war groß, sehr groß. Mindestens einen Meter achtzig. Was sie aber keineswegs daran hinderte, schwindelerregend hohe Absätze zu tragen. Geschickt wie eine Seiltänzerin bewegte sie sich durch die Flure und maß die kleinen Leute aus den niederen Rängen mit verächtlichen Blicken.

Sie war schmal, sehr schmal. Manchmal verschwand sie hinter dem Ficus in ihrem Büro. Sie war kaum breiter als einer seiner Äste. Seiner Zweige. Ein dünnes Zweiglein von einem Meter achtzig Länge.

Sie rauchte wie ein Schlot. Da herkömmliche Zigaretten gesundheitsschädlich sind, verschaffte sie sich ein reines Gewissen, indem sie zu E-Zigaretten griff, an denen sie so frenetisch saugte wie ein Baby an seinem Schnuller. Sprach man am Telefon mit ihr, wurde das Gespräch immer wieder unterbrochen von Atemgeräuschen, die nahelegten, man unterhielte sich gerade angeregt mit Darth Vader.

Sie war immerwährend von einer Duftwolke mit Popcorn-Note umgeben. Roch man eine Mischung aus *Shalimar* und Popcorn, dann wusste man, dass Shanti nicht weit sein konnte. Kultiviertheit schließt Abhängigkeit nicht aus.

Was mich betrifft, so bin ich winzig. Nicht im wörtlichen Sinn, denn ich bin einen Meter neunzig groß. Aber vom Kopf her fühle ich mich ganz klein. Ein Psychologe würde mit Sicherheit von einem Minderwertigkeitskomplex sprechen. Trotz meiner Körpergröße, die mich zwingt, beim Gespräch mit anderen den Kopf zu senken, fühle ich mich winzig, unbedeutend, farblos.

So lange ich mich erinnern kann, habe ich mich minderwertig gefühlt. Eine krankhafte Schüchternheit, die mir das Leben verflixt schwer macht. In meiner Jugend geriet ich ins Stottern, sobald die Lehrerin mich etwas fragte, was mir oft genug den Ruf des Klassentrottels einbrachte.

Leider wurde es später auch nicht besser. Sobald jemand das Wort an mich richtete, trieb meine Verwirrung mir die Röte ins Gesicht, und so zog ich mich schließlich immer mehr zurück, um bloß kein Risiko mehr einzugehen.

In langen Schulpausen und an einsamen Abenden flüchtete ich mich in Bücher. Die Romanhelden wurden meine Freunde, und ihre Abenteuer wurden zu den meinen.

Als es darum ging, eine Berufsrichtung einzuschlagen, wählte ich – da Leser kein offizieller Beruf ist – das Verlagswesen. Was für ein wunderbares Glück, jeden Tag von Büchern umgeben zu sein! Ich träumte davon, mich in die unzähligen Manuskripte zu vertiefen, die jeden Tag eintrafen, um das seltene Juwel unter ihnen ausfindig zu machen.

Mit meinem Masterabschluss in der Tasche bewarb ich mich bei dem Verlagshaus Delamare, das mich wider Erwarten einstellte. Aber mein Traum prallte rasch auf die harte Realität. Ein Verlagshaus war keineswegs die Höhle literarischer Freuden, die ich mir erhofft hatte. Zudem wurde ich damit beauftragt, die Ablehnungsbescheide zu verfassen.

Jetzt hatte Shanti also ihren mit Spannung erwarteten Auftritt, der von überraschten und zugegebenermaßen bewundernden Äußerungen begleitet wurde. Sie trug ein karminrotes Samtkleid mit einem so makellos weißen Pelzbesatz, dass selbst ein Polarfuchs vor Neid erblasst wäre.

Eine funkelnde Kristallbrosche in Form einer Zuckerstange war auf ihrer Brust befestigt, und ihr wunderschönes tiefschwarzes Haar wurde von einem zarten Seidenband mit dem gleichen Motiv zusammengehalten. Da konnte jede noch so schön kostümierte Weihnachtsfrau einpacken!

Um eine angemessene Reaktion zu zeigen, brachte ein Teil der Anwesenden einschließlich meiner Wenigkeit augenblicklich die Lämpchen ihrer Pullover zum Blinken und erzeugte damit ein wahres Feuerwerk von roten, grünen und blauen LED-Lichtern. Das »Ho! Ho! Ho!« meines psychopathischen Weihnachtsmanns setzte dem Ganzen die Krone auf. Man hätte sich in einer Disko am Nordpol wähnen können.

Trotz dieser lichterfüllten Sarabande zu Beginn verlief die Zusammenkunft ohne Zwischenfälle. Es wurde über die bevorstehenden wichtigen Neuerscheinungen, über das Marketing und über das Budget gesprochen. Mir wurde die höchst erfüllende Aufgabe zugedacht, eine große Anzahl von Fotokopien anzufertigen. Letztlich war es also ein ganz normaler Morgen.

Anschließend kehrte ich in mein Büro zurück, das sich während meiner Abwesenheit in Packeis verwandelt hatte. Ich war überrascht, dass sich noch keine Eisbären eingefunden hatten. Ich legte den neuen Stapel der abgelehnten Manuskripte ab, deren Autoren ich nun schreiben sollte.

Es war so weit. Gleich würde ich Shanti verkünden, dass ich

unter einem dieser Stapel das seltene Juwel, den zukünftigen Goncourt-Preisträger aufgespürt hatte. Ich würde ihr den Lektor offenbaren, der in mir schlummerte.

An diesem 18. Dezember sollte mein Leben aus den Fugen geraten.

2

Zu meiner großen Überraschung entdeckte ich auf meinem Schreibtisch eine Nachricht von Shanti. Post-its verwendete sie nie. Nein, sie brauchte ein ganzes Blatt Papier. Mindestens DIN A4 musste es schon sein, um ihre großen Ideen auszudrücken.

Ich nahm mir die Zeit, meine Haare zu kämmen, aber die Mühe war umsonst. Das widerspenstige winterliche Gekräusel ließ sich nicht bändigen. Eilig riss ich mir meinen hässlichen Pullover vom Leib und schlüpfte in einen Cardigan aus Wolle, um mir ein ernsthaftes Aussehen zu geben. Ich zog ihn zwar hier und da zurecht, aber mochte er an der Schaufensterpuppe noch so perfekt ausgesehen haben – an mir wirkte er wie die Hausjoppe eines alten Mannes. Und meine von den überhitzten Räumen geröteten Wangen legten vermutlich den Verdacht nahe, dass ich meinen Nesquik mit Cognac aufgepeppt hatte.

Ich wusste genau, was ich ihr sagen würde: *Shanti, wir müssen dieses Manuskript unbedingt veröffentlichen!* Zum ersten Mal in meinem Leben war ich bereit zu kämpfen. *Ich bürge dafür!*

Vielleicht hatte ich einfach nur ein Ziel gebraucht. Und nun war ich endlich fündig geworden. *Vertrau mir, dieses Buch ist ein Juwel ...*

Die Angelegenheit war heikel, denn seit dem »Vorfall« war mir die Cheflektorin alles andere als wohlgesonnen. Der größte Bestseller des Jahres, möglicherweise sogar des Jahrzehnts war uns durch die Lappen gegangen. Der vielfach ausgezeichnete Autor, der berühmte Côme de Balzancourt, hatte in mehreren

Interviews kundgetan, dass er von dem angesehenen Verlagshaus Delamare abgelehnt worden war.

Wer trug dafür die Verantwortung? Keine Ahnung. Im Grunde hätte ich über jeden Verdacht erhaben sein müssen, da ich lediglich fürs Fotokopieren zuständig war und die Stapel von Manuskripten entgegennahm, die andere abgelehnt hatten. Nichtsdestotrotz kam das Gerücht auf, dass ich der Schuldige war – schließlich sei ich es, der den berühmten Ablehnungsbescheid verfasst habe.

Wie bei jedem Gerücht blieb auch hier alles vage, anonym und passte den anderen gut in den Kram. Da mochte ich noch so sehr darauf pochen, dass ich kein Entscheidungsträger und zu meiner eigenen Verwunderung noch immer nicht Lektor, sondern ein einfacher Assistent war – ein Sündenbock musste her. Also nahm ich die Schuld auf mich. Ist nicht genau das die Aufgabe der kleinen Angestellten? Den Kopf hinzuhalten und ihre Vorgesetzten aus solchen Ärgernissen herauszuhalten?

Hinzu kam, dass mich dieser Côme de Balzancourt auf die Palme brachte. Er stolzierte durch alle Literatursendungen, um in höchsten Tönen von seinem eigenen Werk zu schwärmen und sich selbst dazu zu gratulieren, »der neue Meisterschriftsteller des einundzwanzigsten Jahrhunderts« zu sein. Und auch wenn ich den Ablehnungsbrief zu seinem Manuskript nicht zu verantworten hatte, erfüllte es mich mit Genugtuung, ihn seine Selbstgefälligkeit nicht in den Fluren von Delamare spazieren führen zu sehen.

Heute würde alles anders sein. Ich war fest entschlossen, mich zu behaupten. Die Lektüre dieses wunderbaren Textes hatte etwas in mir geweckt, eine Art brachliegende Kraft, die nur darauf wartete, sich äußern zu dürfen. Ja, ab heute Morgen würde ich eine große Rolle in der Welt der Literatur spielen, davon war ich überzeugt.

An der Tür von Shantis Büro räusperte ich mich, um auf

mich aufmerksam zu machen – jedoch vergeblich, denn sie blieb regungslos in eine Akte vertieft.

Es war einfach unmöglich herauszufinden, ob Shanti boshaft war oder nicht. Vielleicht war das aber auch das Problem großer Schönheiten. War Barbie bezaubernd oder grässlich? Der Perfektion wohnt etwas Kaltes, Unzugängliches inne. Steckte überhaupt ein fühlendes Herz hinter dieser traumhaften Plastik?

Jeder Versuch, sich mit Shanti zu verbrüdern, blieb wirkungslos. Ich wusste praktisch nichts von ihrem Privatleben. Auf ihrem Schreibtisch stand zwar das Foto eines Mannes, aber das Bild konnte genauso gut zusammen mit dem Rahmen erworben worden sein.

Sie hob den Kopf, und ihre Haare glitten, dieser Bewegung folgend, langsam und gleichförmig wie in einer Shampoo-Werbung nach hinten. Die sie umgebende Popcorn-Duftwolke verlieh ihr eine geheimnisvolle und süßliche Aura. Wie eine Drogenabhängige auf Entzug saugte sie an ihrer E-Zigarette und sprach mich dann mit ihrer rauen Stimme an:

»Ben, wie lange arbeitest du eigentlich schon für uns?«

Man beachte das »uns«, gerade so, als wäre sie die Besitzerin von Delamare.

»Fünf Jahre.«

Mit einer Handbewegung, die sich nicht darauf festlegen ließ, ob sie nun gnädig oder geringschätzig gemeint war, bot sie mir den Stuhl ihrem Schreibtisch gegenüber an.

»So lange schon! Wie die Zeit vergeht!«

Sie schenkte mir ein Lächeln. Ich versuchte, es ihr gleichzutun, aber mein Gesicht verzog sich lediglich zu einer Art Grimasse. Ihr perlendes Lachen glich einem munteren Wasserfall. Ich wollte einstimmen, aber meinem Mund entfuhr nur ein wieherndes Geräusch. Sie stieß sich nicht daran, und ich stellte beschämt fest, dass sie es ganz normal zu finden schien, ein Pferd vor sich zu haben.

Dann bohrte sie ihren Blick in meinen.

»Es ist mir nicht entgangen, welchen Einsatz du bei der Arbeit zeigst, und deshalb möchte ich dir gern mehr Verantwortung übertragen.«

Mein Herz machte einen Satz in meiner Brust. Endlich! Ich wartete schon so lange darauf. Drei Jahre als Assistent, dann endlich der Graal: die Erhebung zum Lektor. Das hätte mir angemessen geschienen. Aber so war es nicht gekommen, und ich wartete nun schon zwei weitere Jahre auf diese Beförderung. Seit 730 Tagen wartete ich geduldig in meiner Ecke neben dem Fotokopierer. Seit 63 072 000 Sekunden träumte ich davon, Lektor zu werden.

Heute war wirklich mein Glückstag! Außerdem hielt ich ein glänzendes Manuskript für meine erste Mission als Lektor in Händen. Wäre ich nicht so schüchtern gewesen, dann wäre ich ihr um den Hals gefallen.

»Das trifft sich gut, Shanti. Ich wollte dir von einem neuen …«

»Ich ernenne dich zum Verantwortlichen für die Weihnachtsfeier! Sie findet an Heiligabend statt und soll zeigen, dass wir alle eine große Familie sind.«

Sie öffnete die Arme wie eine Mutter, die ihren verlorenen Sohn an sich drücken will. Tatsächlich schien sie sehr stolz auf sich zu sein. Angesichts meiner nicht sehr offenkundigen Begeisterung fügte sie hinzu:

»Was ist los? Du siehst nicht so aus, als würdest du dich freuen. Das ist eine große Chance für dich.«

»Ach ja?«

»Natürlich! Das ist die Gelegenheit, uns zu zeigen, was in dir steckt.«

»Als Veranstalter eines gemütlichen Beisammenseins?«

Sie sah mich mit der gequälten Miene einer Lehrerin an, die zum zehnten Mal eine simple Grammatikregel wiederholt.

»Das Verlagswesen ist wie ein riesiges Fest. Viele fühlen sich berufen, nur wenige werden auserwählt. Man muss gut organisiert und zäh sein, das richtige Gespür haben, Probleme unter hohem Zeitdruck lösen können, ohne bei alldem ein gewisses künstlerisches Verständnis vermissen zu lassen. Wenn du irgendwann Lektor werden willst, wirst du all diese Qualitäten unter Beweis stellen müssen.«

Mit einem Schlag war ich hellwach. Das war meine Chance, groß herauszukommen. Sollte es mir gelingen, die schönste, jemals hier im Haus organisierte Weihnachtsfeier auf die Beine zu stellen, würde ich endlich mein Ziel erreichen und Lektor werden. Das war mit Sicherheit ein Test, Shanti wollte sehen, ob man mir nach dem »Vorfall«Vertrauen schenken konnte.

Ich war ganz nah dran, meinen Traum zu verwirklichen. Endlich würde ich die eingesandten Manuskripte lesen dürfen, ich würde meine Tage mit Lesen verbringen und die Autoren bei ihrem Schreiben begleiten. Einfach wundervoll!

Diese Weihnachtsfeier schien mir letzten Endes doch keine schlechte Idee zu sein. Shanti beobachtete mich durch ihren akkurat geschnittenen Pony. Sie wartete auf eine Antwort. Vielleicht sogar auf ein Danke.

Ich musste es tun. Zwischen den Zeilen gelesen, hing mein weiteres Fortkommen von diesem Abend ab. Er musste perfekt sein, Weihnachtsschmuck, Lichterketten, ein Feinkosthändler, Eierlikör, Lieder … Ja, perfekt!

Ich musste einfach von einer einzigen Sache abstrahieren: Ich verabscheute Weihnachten.

3

Shanti nahm einen Schluck ihres Minz-Schoko-Latte und strich mit katzenähnlicher Anmut den Schaum weg, der die Kühnheit besessen hatte, ihre Lippen zu benetzen. Ihre bezaubernden Nasenflügel bebten.

»Ich hoffe, du gehörst nicht zu diesen schrecklichen Miesepetern, die Weihnachten nicht mögen.«

Ihre dunklen Rehaugen ruhten auf mir. Ich saß in der Falle. Ein Hase in den Lichtkegeln eines Hundeschlittens. Ich zwang mich zu einem Lächeln. Was sein muss, muss sein.

»Ich liebe Weihnachten. Das ist die schönste Zeit im Jahr!«

Sie entblößte eine Reihe makellos weißer Zähne.

»Umso besser, ich finde es nämlich sehr anstrengend. All diese Geschenke, die eingepackt werden müssen, dazu diese kitschige Musik und die überfüllten Geschäfte.«

»Ich dachte, du magst Weihnachten!«

»Ich? Wer hat dir das denn weisgemacht?«

»Du hast diejenigen, die Weihnachten nicht mögen, gerade als Miesepeter bezeichnet.«

Sie fing an zu lachen.

»Ich liebe es ja auch! Was ich verabscheue, sind die ganzen Vorbereitungen. Ich habe wahrlich Wichtigeres zu tun, als mich um ein albernes Beisammensein im Büro zu kümmern. Nichts für ungut, das war natürlich nicht bös gemeint.«

War ich ihr auf den Leim gegangen? Die Weihnachtsfeier schien in Shantis Augen den gleichen Stellenwert zu haben wie die Ablehnungsbriefe. Und nun hatte ich die Organisation einer Veranstaltung an der Backe, aber noch kein Wort über das Manuskript verloren, das mich die Nacht über in Atem gehalten hatte.

Ich nahm mein Herz in beide Hände.

»Ich wollte noch mit dir über …«

»Die Details für das Fest besprichst du am besten mit den anderen Assistenten.«

Sie wies bereits mit einem manikürten Fingernagel zur Tür, um mich hinauszukomplimentieren. Ich wäre am liebsten im Boden versunken. Weil ich mich noch nie für irgendetwas ins Zeug gelegt hatte, war ich unsicher, wie ich vorgehen sollte. Ruckartig stand ich auf und verkündete:

»Ich habe ein Manuskript gefunden!«

»Auf dem Boden?«

»Nein! Im Stapel der abgelehnten.«

Sie warf mir einen gleichermaßen mitleidigen wie erzürnten Blick zu.

»Wie oft muss ich es dir noch sagen? Du wirst nicht dafür bezahlt, Texte zu lesen, die schon von anderen beurteilt wurden. Das ist verschenkte Zeit. Weitaus qualifiziertere Mitarbeiter als du haben bereits ihre Entscheidung getroffen.«

Ich war drauf und dran, klein beizugeben. Eine Stimme in meinem Kopf flüsterte mir zu, dass Shanti recht hatte. Für wen hielt ich mich eigentlich? Ich war schon immer derjenige gewesen, den man nicht bemerkte, derjenige, der keinen Ärger machte. Unscheinbar. Eine Figur, an der man achtlos vorübergeht.

Im Grunde hatte ich mich damit abgefunden. Ich hatte mich mit der Situation arrangiert und war mehr und mehr unsichtbar geworden … Aber sollte ich tatsächlich nichts anderes sein als ein Dekor? War ich nicht doch mehr wert?

Wenn man sich damit arrangiert, in Vergessenheit zu geraten, vergisst man sich am Ende selbst. Ich hatte das Wesentliche aus dem Blick verloren: Wer war ich eigentlich?

In diesem Augenblick kamen mir die Worte aus *Die Versöhnung* wieder in den Sinn. Sie waren Balsam für mein Herz gewesen. Die kraftvolle Botschaft, der feinfühlige Schreibstil. Die Hoffnung, die Seite für Seite aufkeimte. Ich beschloss zu kämpfen. Es war an der Zeit, weniger unscheinbar zu werden. Zeit, das Grau hinter mir zu lassen – vielleicht nicht gleich für ein Gelb oder Rot, aber zumindest für ein Dunkelblau.

»Hör zu, Shanti. Ich glaube, dass dieses Manuskript irrtümlich auf dem Stapel der abgelehnten gelandet ist. Man kann dieses kleine Wunder unmöglich übersehen.«

Sie wollte mich unterbrechen, aber ich ließ ihr keine Zeit dazu.

»Lass mich wenigstens den Autor treffen.«

»Warum denn?«

Las Shanti nur die Bücher, die sie veröffentlichte?

»Um ihn kennenzulernen. Um die empfindsame Seele zu entdecken, die einen solchen Text geschrieben hat.«

Ich machte einen Schritt auf den Schreibtisch zu, dem eine Entschlossenheit innewohnte, wie ich sie mir selbst nicht zugetraut hätte.

»Wir dürfen uns den nächsten *Prix Goncourt* nicht auch noch entgehen lassen ...«

Für den Bruchteil einer Sekunde verzerrten sich die Lippen meiner Vorgesetzten zu einer wenig eleganten Grimasse. Eine gewisse Genugtuung stieg in mir auf.

Ich kam mir vor wie bei einer Runde Poker. Es ging darum, wer als Letzter noch am Tisch saß. Das war natürlich nur eine Metapher, denn schließlich saß ich hier in ihrem Arbeitszimmer und war ihr damit letztlich ausgeliefert.

Jetzt war der Zeitpunkt gekommen, um meinen Joker auszuspielen.

»Die Konkurrenz hat diesen Autor bestimmt schon auf dem Radar.«

Sie zog eine ihrer perfekt geschwungenen Augenbrauen hoch. Ich hatte ins Schwarze getroffen, also machte ich Nägel mit Köpfen:

»Lass es mich versuchen. Ich bin sicher, dass ich richtigliege.«

»Sicher?«

»Hundertprozentig.«

Noch nie in meinem Leben hatte ich mit solchem Nachdruck vorgetäuscht, von etwas überzeugt zu sein. Shanti schien zu zögern. Die Stärke von uns Unsichtbaren besteht darin, dass wir, wenn wir doch einmal wach werden, den Eindruck vermitteln können, etwas Großes zu vollbringen.

Ich hatte eine Bresche geschlagen und musste jetzt nur noch zügig voranschreiten, um zum Gnadenstoß auszuholen.

»Wenn das Manuskript kein Erfolg wird oder wenn ich es nicht schaffe, dass er bei uns unterschreibt, kannst du mich entlassen.«

Sie ließ ihre schwarzen Augen auf mir ruhen, sagte aber nichts.

Ich ließ mir nichts anmerken, aber in mir tobte das Chaos. In welchen Schlamassel manövrierte ich mich da hinein? Mit dem Handrücken fegte ich alle Bedenken weg, die sich in meinem Kopf auftürmten.

»Du hast nichts zu verlieren: Entweder ich komme mit einem Bestseller zurück, und die Lorbeeren fallen dir zu, oder du bist mich ein für alle Mal los.«

Sie dachte einen kurzen Moment nach und schwenkte ihren Bürosessel zu der großen Fensterfront hinüber, die einen beeindruckenden Blick über die Stadt bot. Sie drehte sich nicht einmal zurück, als sie mit strenger Stimme verkündete:

»Das ist deine letzte Chance.«

»Die Weihnachtsfeier oder das Manuskript?«

»Beides.«

Als ich die Tür hinter mir schloss, hatte ich das Gefühl, ein Meisterstück vollbracht zu haben. Die Olympischen Spiele der Kühnheit. Ich trug die Flamme des Mutes.

In meinem Nacken spürte ich den Atem des Sieges, die Entschlossenheit schoss durch meine Adern. Mein Herz schlug zum Zerspringen, als wäre es fest entschlossen, sich aus dem Gefängnis meiner Brust zu befreien. War das ein Adrenalinrausch oder ein beginnender Herzinfarkt?

Festen Schrittes marschierte ich über den Teppichboden, gedanklich immer noch im siebten Himmel. Erst in meinem Büro entfalteten Shantis Worte ihre ganze Tragweite in meinem Kopf. *Das ist deine letzte Chance.* Was, wenn ich mich irrte? Was, wenn dieses Manuskript gar nicht so gut war?

Mir schwindelte. Unterzuckerung oder eine Panikattacke? Fehlendes Selbstvertrauen ist ein Gift, das dem Erstbesten die Macht gibt, einen vollständig aus der Bahn zu werfen.

Mit weichen Knien sank ich ermattet auf meinen Bürostuhl.

4

So fuhr ich schon am nächsten Tag in das reizende Dörfchen Arnac-la-Poste[1]. Einwohnerzahl: 951. Allein das Gesicht, das der Bahnbeamte am Schalter machte, als ich eine Fahrkarte für dieses kleine Nest in der Region Haute-Vienne erstehen wollte! Er hielt mein Ansinnen für einen Scherz. »Klar doch, und anschließend geht's dann nach ›Nique-la-Police‹[2]!«, hatte er geprustet, offensichtlich sehr zufrieden über seinen Scherz.

Nach den Vorgaben meines Arbeitgebers musste ich den Zug nehmen und hatte damit eine lange Fahrt vor mir, die noch dazu doppelt so teuer war wie mit dem Auto – aber egal. Im Bahnhofsgebäude musste ich pausenlos Weihnachtslieder über mich ergehen lassen, eines deprimierender als das andere. Ich stopfte mir grüne, nach Menthol riechende Papiertaschentücher in die Ohren, aber leider brachte das nur einen mäßigen Erfolg. Noch dazu verliehen mir die grünen Pfropfen das Aussehen eines Außerirdischen und das Menthol brannte in den Augen. Schließlich bewahrte mich der einfahrende Zug vor dem Selbstmord.

Ich hatte Shanti über meine Spritztour in Kenntnis gesetzt, aber sie schien sich nicht dafür zu interessieren. Gelassen wartete sie darauf, dass ich einen Fehler machte. Sie sah dem Flugzeug zu, wie es ein paar Loopings machte, bevor es am Boden zerschellte.

---

1 Übersetzt so viel wie »Zock die Post ab«
2 Übersetzt so viel wie »Scheiß auf die Polizei«

Ich nutzte die Fahrzeit, um mir Gedanken zu meinem Autor zu machen. Ich stellte mir einen traurigen jungen Mann vor. Eine alte Seele, die in einem jungen Körper steckte. Vielleicht schrieb er sogar mit einer Feder. Sein Haus war womöglich der Inbegriff einer verwunschenen Künstlerexistenz. Zusammengeknüllte, auf den Boden geworfene Blätter, Perserteppiche, ein Schreibtisch aus Mahagoniholz.

Über und über mit einer feinen und beinahe unleserlichen Schrift vollgekritzelte Zettel lägen auf dem Parkett. Bisher nicht von seinem Talent überzeugt, nie zufrieden mit sich selbst, wäre er unablässig auf der Suche nach der Vollkommenheit, ohne sich darüber im Klaren zu sein, dass er sie bereits zu Papier gebracht hatte. Das Privileg der ganz Großen.

Ja, er musste jung sein, denn der Text verströmte eine gewisse Zartheit, eine beinahe kindliche Lebensfreude. Er besaß die Kraft derer, die die Unbeschwertheit der Kindheit kennengelernt hatten. Aber er war ganz gewiss auch traurig, das Leben hatte ihn nicht geschont. Zwei tiefe Falten mussten sich auf seiner Stirn eingegraben haben, die er unter der Last intensiven Grübelns ständig in Falten legte.

Obendrein musste er sensibel sein. Feingefühl, Eleganz und Zärtlichkeit wohnten seinen Worten inne. Nur ein Mensch mit sehr großer Empathie vermochte die Abgründe des Lebens so gut zu beschreiben.

Bestimmt trug er eine ausgewaschene Jeans und dazu ein weißes T-Shirt. Schlicht und praktisch. Sein Haar war zerzaust – nicht aus Stilgründen, sondern einfach, weil er ihm keine Beachtung schenkte. Man kann nicht über das Böse in der Welt sprechen und zum Friseur gehen.

Ich weiß nicht, warum ich mir eine große Nase vorstellte. Vielleicht, weil Perfektion langweilig ist. Es braucht etwas Kantiges, um einem Gesicht Charakter zu verleihen, und mein Schriftsteller musste diesen im Überfluss besitzen. Ja, er konnte furchtbare Wutanfälle haben, aber sein Zorn richtete sich niemals gegen andere, sondern immer nur gegen sich selbst. Und obwohl er sich selbst nichts verzieh, entschuldigte er bei anderen alles.

Es war nicht sehr voll im Zug, und in Arnac-la-Poste war ich der Einzige, der ausstieg. Der Bahnhof, ein winziges Gebäude aus hellem Backstein, war menschenleer. Nicht einmal ein Kontrolleur war zu sehen, den ich nach dem Weg hätte fragen können. Ich gab die Adresse meines Schriftstellers ins GPS meines Handys ein. Erleichtert stellte ich fest, dass sein Haus nur etwa zehn Minuten zu Fuß entfernt war. Außerdem konnte es bei 951 Einwohnern nicht wirklich schwierig sein, den Schriftsteller des Dorfes ausfindig zu machen.

Ich fragte mich, wie man die Einwohner von Arnac-la-Poste wohl bezeichnete. Die Arnaqueurs? Ich stellte mir den Bürgermeister des Dorfes vor, wie er seine Reden folgendermaßen begann: »Arnaqueurs und Arnaqueuses ...«[3] Und warum *La Poste?* Was hatten sie bloß gegen unsere gute alte Postverwaltung? Waren die Einwohner am Ende bekannt für ihre Briefmarkenfälschungen?

Ich ging die Hauptstraße entlang, die den stolzen Namen *Grand-route* trug. Die Häuser mit ihren Strohdächern und ihren alten Steinmauern sahen hübsch aus. Der Kirchturm schien über die kleine Ortschaft zu wachen, die in jenes weiche Licht getaucht war, das nur der Winter zu spenden vermag. Hier und da gab es kleine, von Bäumen gesäumte Plätze. Ein alter Wasserturm war vollständig von Efeu und grünem Moos bewachsen – die ländliche Allegorie der Vergänglichkeit.

Mein erster Eindruck war, dass die Arnaqueurs ganz außerordentliche Liebhaber von Weihnachten waren. Alles war festlich geschmückt: die Straßen, die Häuserfassaden, die Bäume ...

---

3 Übersetzt so viel wie »Abzocker und Abzockerinnen«

31

Runde Glühbirnen im Vintage-Stil warfen ihren warmen gelben Lichtschein auf das Pflaster. Kleine bunte Lampions säumten den Weg. Eine echte Postkartenidylle.

Über der Straße hing eine breite Banderole, die schöne Festtage wünschte und auf bevorstehende Festivitäten hinwies: Wettstreite aller Art von Schneeballschlachten bis zur Fertigung des schönsten Weihnachtsgebäcks, Eislaufen, Rodeln, Kutschfahrten und natürlich die feierliche Zeremonie, wenn die Lichter der großen Tanne eingeschaltet wurden. Die Krönung des ganzen Spektakels schien der Besuch des Weihnachtsmannes zu sein, der auf seinem von echten Rentieren gezogenen Schlitten vorbeischaute.

Der absolute Horror für einen Weihnachtsphobiker wie mich. Ich hatte meine Gründe. Weihnachten machte mich traurig und einsam, es flößte mir Angst ein. Für mich war es unangefochten die schlimmste Zeit im Jahr. Zum Glück würde ich noch gerade rechtzeitig vor der anstehenden Lichterflut, den erleuchteten Tannen und dem zimtgeschwängerten Weihnachtsgebäck wieder abreisen.

Ich warf einen Blick auf mein Handy. Ging ich etwa im Kreis? Es kam mir so vor, als sei ich schon viel länger unterwegs als zehn Minuten, und ich war ganz sicher, an diesem Brunnen schon einmal vorbeigekommen zu sein.

Ich hatte keinen Empfang mehr. Es gab also tatsächlich in Frankeich noch Funklöcher! Mein Handy war zu nichts mehr nutze. Wütend versetzte ich dem tollen Brunnen einen Tritt, der das jedoch nicht schätzte und sich verteidigte, indem er die Sohle meines Schuhs dazu brachte, sich zu lösen.

Ich hatte nämlich Straßenschuhe angezogen anstatt meiner üblichen Turnschuhe, um auch ja professionell auszusehen! Jetzt ähnelte ich mit meinem Humpeln eher dem Glöckner von Notre-Dame als einem Geschäftsmann.

Ich steuerte ein schönes, schmiedeeisernes Ladenschild

an, das das Lebensmittelgeschäft des Ortes zierte. Der Inhaber schien sich nicht weiter über mein Hinken zu wundern, als ich bei ihm eintrat. Offenbar kam es bei den Arnaqueurs häufiger vor, dass jemand in den schwankenden, gebückten Gang von Quasimodo verfiel.

Die Sonne ging bereits langsam unter. Ich hatte zwar eine Tasche gepackt für alle Fälle, aber ich hatte keine Lust, die Nacht im Dorf zu verbringen. Also kam ich auf schnellstem Wege zur Sache:

»Ich suche die *rue de l'Écurie* Nummer drei.«

»Guten Tag!«

Man legte Wert auf Höflichkeit hier in Arnac-la-Poste.

»Guten Tag, ich suche die *rue de l'Écurie* Nummer drei.«

Der Mann war gut fünfzig Jahre alt, trug ein kariertes Hemd, einen Filzhut und hatte einen wohlgenährten Bauch. Er fragte mich lächelnd:

»Wie geht es Ihnen?«

Da ich den Dorfbewohner, der meinen Schriftsteller mit Sicherheit kannte, nicht verärgern wollte, ließ ich mich auf das Spiel ein.

»Sehr gut, danke.«

»Ist ein schöner Tag heute, nicht wahr? Tolles Wetter.«

Mir wurde klar, dass ich es mit einer geschwätzigen Natur zu tun hatte. Er bekam vermutlich nicht oft Touristen zu Gesicht. Ich beschloss, ihn ins Vertrauen zu ziehen, möglicherweise gewann ich so einen Verbündeten, um den Schriftsteller davon zu überzeugen, bei dem Verlag Delamare zu unterschreiben.

»Großartig, in der Tat. Ich bräuchte Ihre Hilfe …«

Ich senkte die Stimme in der Hoffnung, die Situation mit etwas Geheimnis zu umwittern, und flüsterte:

»Ich suche den *Schriftsteller*.«

»Wie bitte?«

»Ich bin hier wegen …«

Ich sah kurz hinter mich, um mich zu vergewissern, dass wir allein waren.

»… des *Schriftstellers*.«

»Wegen wem?«

»Ich möchte den *Schriftsteller* des Dorfes aufsuchen, den Autor eines wunderbaren Romans …«

»Sprechen Sie doch bitte etwas lauter, ich verstehe Sie nicht.«

Jetzt verlor ich die Geduld und schrie:

»Den *Schriftsteller*!«

Er sah mich erschreckt an – vielleicht war ich doch etwas zu laut geworden. Ich fuhr mir mit der Handfläche über die Haare, um sie zu glätten.

»Ich suche jemanden.«

Seine Gesichtszüge hellten sich auf.

»Da sind Sie genau bei dem Richtigen gelandet. Ich bin Robert Courrier, der Bürgermeister.«

»Sie nehmen mich auf den Arm!«

»Aber nein, warum denn?«

»Sie heißen Robert Courrier, sind jedoch nicht Briefträger, wie der Name nahelegen könnte, sondern Bürgermeister von Arnac-la-Poste …«

Stolz lächelte er mich an.

»Das ist Schicksal.«

Er erhob sich von seinem Stuhl hinter der Kasse.

»Wie ich schon sagte, Sie sind an den Richtigen geraten. Mir gehört das einzige Taxiunternehmen im Dorf.«

»Abgesehen davon, dass Sie Bürgermeister und Lebensmittelhändler sind?«

»Man muss sich breit aufstellen.«

»Können Sie mich in die *rue de l'Écurie* Nummer drei fahren?«

»Aber gern.«

Er setzte seine Kopfbedeckung ab und kramte hinter dem Tresen, bis er eine schwarze Jacke, passende Handschuhe und eine Chauffeursmütze ausfindig gemacht hatte.

Entzückt über meinen erstaunten Gesichtsausdruck beteuerte er:

»Ich biete einen Vier-Sterne-Service.«

Die Fahrt dauerte insgesamt gerade einmal drei Minuten. Es stellte sich heraus, dass ich auf Höhe der Kirche nach rechts abgebogen war, anstatt mich links zu halten. Die *rue de l'Écurie*, die ihrem Namen übrigens in keinster Weise gerecht wurde, denn es gab keinen Pferdestall, sah ganz entzückend aus: Die Bäume auf beiden Seiten leuchteten in ihrem Lichterkleid.

Als wir vor der Hausnummer drei standen, reichte mir der Bürgermeister-Lebensmittelhändler-Taxifahrer eine Zuckerstange.

»Willkommensgeschenk. Sie werden sehen, Arnac-la-Poste ist der beste Ort, um Weihnachten zu verbringen.«

5

Ein in solchem Übermaß geschmücktes Haus hatte ich noch nie zuvor gesehen. Der Bürgermeister hatte nicht gelogen. Hier liebte man Weihnachten, und dies war nun der krönende Abschluss. Wenn der Weihnachtsmann einen Zweitwohnsitz in der Region Haute-Vienne hatte, dann war er mit Sicherheit genau an diesem Ort zu finden.

Eine Unmenge an Lichtern war wohlüberlegt angebracht, um die Umrisse des hübschen Hauses zu betonen. Im Garten zeigten sich die Tannen in ihrem allerschönsten Schmuck. Riesige Nussknacker bewachten den Eingang. Wichtel, Sterne, Geschenke, Rentiere und sogar Eisbären bewegten sich in einer gut geölten Aufziehmechanik, um mich zu begrüßen.

Ich hätte am liebsten auf der Stelle kehrtgemacht. Aber ich hatte nicht diesen weiten Weg zurückgelegt, eine Schuhsohle im Kampf verloren und obendrein meine Anstellung in den Ring geworfen, um jetzt vor der Höhle des Weihnachtsmanns den Rückzug anzutreten.

Ich holte tief Luft und drückte auf die Klingel am Tor. *It's beginning to look a lot like Christmas* tönte es mir entgegen. Ich musste auch noch die zweite Strophe des Liedes abwarten, bis das Tor sich öffnete. Allerdings war niemand zu sehen. Trotzdem schlug ich den Weg zum Haus ein und stapfte hinkend durch den künstlichen Schnee. Mein Schriftsteller war also schüchtern. Ein schüchterner Weihnachtsfan. Damit hatte ich nicht gerechnet, aber ich konnte durchaus nachgiebig sein. Er liebte diese Jahreszeit, na und? Niemand war vollkommen.

Als ich die einen Spalt breit geöffnete Haustür erreichte, umfing mich bereits der Duft von Bratapfel, Zimt und Lebkuchen. Das Paradies des weihnachtlichen Feinschmeckers. Die Hölle für mich. Ich nahm die Räumlichkeiten in Augenschein. Es war zwar ein Perserteppich vorhanden, aber es lag kein zusammengeknülltes Papier herum. Nirgendwo Papierknäuel, dafür aber überall Kugeln: rote, grüne, goldene …

Um die Garderobe herum waren Tannenzweige gewunden, hier und da verziert mit karminroten samtenen Schleifen. Perry Como hatte Bing Crosby die Bühne überlassen, der nun sein *Santa Claus Is Coming to Town* anstimmte.

Wider Willen ging ich weiter, getrieben von einer seltsamen Neugier. Wer konnte in einer solchen Umgebung leben? Ein Wichtel? Mein Schriftsteller musste sich bei der Angabe seiner Adresse verschrieben haben. Er wohnte überhaupt nicht in Arnac-la-Poste. Am Ende hätte ich vielleicht tatsächlich nach »Nique-la-Police« fahren müssen.

Der Salon verströmte eine gemütliche und arbeitsame Atmosphäre. Ein wunderschöner Eichenschreibtisch beherrschte den Raum. War ich letztlich doch am rechten Ort? Eine irrwitzig große Tanne erhob sich in einer Ecke. Ihr Funkeln reichte bis zum Kamin hinüber. Der Geruch nach brennendem Holz mischte sich mit dem von Weihnachtsgebäck.

»Was kann ich für Sie tun?«

Ich fuhr herum, stieß an ein Rentier – wie hinterhältig! – und taumelte auf das Sofa.

Mir gegenüber stand ein Mann. Er hatte ein gewisses Alter, weißes, lockiges Haar, trug eine runde Brille mit dünner Metallfassung und hatte einen langen weißen Bart. Ein Doppelgänger des Weihnachtsmanns! Der einzige Unterschied war die Kleidung. Er trug nicht das übliche rot-weiße Gewand, sondern einen zinnoberroten Kaschmirpullover und eine beigefarbene Cordhose. Darüber hatte er eine Schürze im Schotten-

38

muster gebunden, auf deren Vorderseite eine Schneelandschaft zu sehen war.

Eilig rappelte ich mich wieder hoch.

»Entschuldigen Sie bitte, ich wollte nicht unerlaubt hier eindringen. Die Tür war offen und ...«

Er fegte meine Entschuldigungen mit einer Handbewegung beiseite.

»Bei allen Wichteln dieser Welt! Sie scheinen mir sehr gestresst zu sein.«

Gebieterisch forderte er mich auf, mich wieder zu setzen, und ließ mich dann allein. Was sollte ich tun? Ihm folgen? An Ort und Stelle bleiben? Fotos machen für die nächste Weihnachtsausgabe der Zeitschrift *Kunst und Dekoration?*

Als er zurückkam, trug er ein hübsches goldenes Tablett vor sich her. Darauf standen zwei gläserne Tassen, die mit einer cremefarbenen Flüssigkeit gefüllt waren. Obenauf türmte sich ein Berg Sahne, der mit Schokoladensplittern bestreut war. Statt eines Löffels steckte eine Zimtstange darin. Und als wäre diese Kalorienbombe noch nicht ausreichend, hatte er ein paar stern- oder tannenförmige Weihnachtskekse dazugelegt.

»Ich bin glücklich, Sie empfangen zu dürfen.«

Der Mann war gastfreundlich. Er setzte sich in den Schaukelstuhl dem Sofa gegenüber und reichte mir eine der Tassen.

»Eierpunsch. Das wird Ihnen guttun.«

Ich griff nach dem Getränk. Er nahm seine Tasse und hob sie in meine Richtung.

»Auf die letzten Festtage des Jahres!«

Ich rechnete mit einem »Ho! Ho! Ho!«, aber das blieb aus. Das heiße Glas gab seine Wärme wohltuend an meine Hände ab. Jeder wusste, dass man keinen Eierpunsch von einem Unbekannten annimmt. Aber hier herrschte eine so friedvolle Atmosphäre, und der Mann wirkte unglaublich sanftmütig. Ich ließ mich etwas tiefer in das Sofa sinken und führte das Gebräu an meine Lippen. Es war eine Explosion süßer Geschmacksnoten. Milch, Zucker, Muskatnuss, noch einmal Zucker, ein Hauch alter Rum und erneut Zucker.

Es tat gut. Das Weihnachtsgebäck erfüllte den Raum mit seinen würzigen Aromen, das im Kamin knisternde Feuer beruhigte mich und der Rum benebelte angenehm meine Sinne. Der Mann wartete, bis ich meinen Eierpunsch halb geleert hatte, bis er das Wort an mich richtete, als seien wir alte Bekannte.

»Ich hoffe, Sie hatten keine Schwierigkeiten herzufinden?«

»Ich bin mit dem Zug gekommen.«

»Sehr gut.«

»Und dann mit dem Taxi.«

»Dann haben Sie bereits Bekanntschaft mit unserem Bürgermeister geschlossen?«

»Ja.«

»Ein reizender Mann.«

Ich nickte zustimmend und fügte hinzu:

»Und ein Multitasking-Talent.«

Ich nahm einen weiteren Schluck. Die Muskatnuss kitzelte mich in der Nase. Was versprach ich mir von dieser Unterhaltung mit dem Weihnachtsmann von Arnac-la-Poste? Irgendetwas stimmte nicht in meinem Leben. Ich mochte noch so sehr versuchen, die richtigen Entscheidungen zu treffen, stets lag ich unweigerlich daneben. Ich hatte mein Schicksal mutig in die Hand nehmen wollen und sah mich nun einem skurrilen Weihnachtsmann hilflos ausgeliefert. Was für eine Ironie!

Plötzlich fiel es mir wie Schuppen von den Augen. Was, wenn das Ganze eine Falle war? Aber natürlich! Wie konnte ein so schöner Roman wie *Die Versöhnung* überhaupt auf meinem Schreibtisch gelandet sein? Mit einem Mal war alles klar – Shantis fehlende Begeisterung, das anonyme Manuskript, Arnac-la-Poste … Sie hatten mich schön reingelegt! Was für ein

Idiot war ich doch! Und dieser arme Mann, der mich empfing, als gehörte ich zu seiner Familie. Und der mich zudem gerade schon wieder etwas fragte:

»Sind Sie hierhergekommen, um die Festtage in unserem Dorf zu verbringen?«

»Nein, ich bin beruflich hier.«

»Was machen Sie denn?«

»Ich bin Lektor, genau genommen, Assistent in der Lektoratsabteilung. Ich arbeite für das Verlagshaus Delamare.«

Für einen Moment funkelten seine Augen, aber er sagte nichts. Ich fuhr fort:

»Ich sollte wohl eher sagen, ich habe für das Verlagshaus Delamare gearbeitet.«

»Sind Sie nicht mehr dort angestellt?«

»Ich weiß nicht genau.«

Ein geheimnisvolles Lächeln huschte über sein Gesicht, bevor er sich bequem in seinen Schaukelstuhl zurücklehnte und ein mit einer Elfe verziertes Kissen hinter seinen Rücken schob.

»Was ist passiert?«

»Ich dachte, dass ich den Autor eines großartigen Romans treffen würde.«

»Und dann?«

»Ich habe mich auf ganzer Linie getäuscht.«

»Was hat Sie zu dieser Einschätzung gebracht?«

»Das Ganze war ein Scherz, ein sehr schlechter Scherz.«

Er biss in ein Weihnachtsplätzchen, was angesichts seines recht runden Bauches meiner Meinung nach nicht unbedingt ratsam war.

»Glauben Sie wirklich?«

»Allerdings! Gibt es einen Schriftsteller in Arnac-la-Poste? Das wüssten Sie doch, oder?«

»Ja.«

»Wie, ja? Ja, es gibt einen Schriftsteller?«

»Nein. Ja, ich wüsste es.«

Ich versuchte, meinen Kummer ganz tief in meiner Tasse zu ertränken.

»Es gibt also keinen Schriftsteller im Dorf.«

Bedauern lag in seinem Blick, als er bestätigte:

»Nein.«

»Haben Sie nie etwas von einem Manuskript gehört, das den Titel *Die Versöhnung* trägt?«

Er antwortete nicht, aber ein erneutes Funkeln in seinem Blick veranlasste mich nachzuhaken.

»Sie wissen doch etwas …«

Das war zugleich eine Frage und eine Feststellung.

»Möchten Sie vielleicht noch ein Plätzchen?«

Er wusste etwas! Er kannte meinen Schriftsteller, weigerte sich aber, mir etwas zu sagen. Ich musterte ihn abwägend. Seine fröhliche Miene, seine Gutmütigkeit, die Liebenswürdigkeit, mit der er mich empfangen hatte – alles an ihm mutete rundum freundlich an.

Ich ahnte nicht im Entferntesten, dass der Weihnachtsmann ein Erpresser war.

6

»Ich bin Ihr Mann.«

Seine Wangen hatten sich so gerötet, dass sie nun farblich gut zu seinem Pullover passten. Er nestelte verlegen an den Ärmeln wie ein Schüler, den man gerade bei einer Dummheit erwischt hat.

Warum mussten immer mir solche Dinge passieren? Eine Liebeserklärung vom hiesigen Doppelgänger des Weihnachtsmannes! Der Arme fühlte sich so allein, dass er nach der Hand des erstbesten Dahergelaufenen griff. Ich musste schnellstmöglich einen Weg finden, ihn freundlich zurückzuweisen.

In einer Zeitschrift hatte ich einen Artikel gelesen, der die Ansicht vertrat, dass sehr gut aussehende Männer, ganz anders als man annehmen könnte, praktisch nie von Frauen angesprochen werden. Sie scheinen durch ihr gutes Aussehen auf einem so hohen Sockel zu stehen, dass sie eine gewisse Unnahbarkeit verströmen. Diese Erklärung empfand ich, der ich so gut wie nie irgendwohin eingeladen wurde, als einigermaßen beruhigend. Aber wie soll man unterscheiden, ob jemand allein ist, weil er sehr schön ist oder weil er zu unscheinbar ist?

Meine Erwägungen wurden von meinem Verehrer unterbrochen:

»Ich heiße Nicolas.«

Ich ergriff die Hand, die er zu mir herüberstreckte.

»Ben.«

»Ich bin derjenige, den Sie suchen …«

»Das ist sehr freundlich, Monsieur, aber … Wie soll ich sagen? Sie sind schon ein wenig alt.«

Er wirkte überrascht.

»Gibt es denn eine Altersbegrenzung?«

»Aber ja, natürlich.«

»Gibt es inzwischen eine Altersbegrenzung für Träume?«

Der Ärmste, ich war wirklich dabei, sein Leben aus den Angeln zu heben. Er wollte nicht aufgeben.

»Dabei steckt mein ganzes Herzblut darin.«

Nur mir konnte es zufallen, einen Weihnachtsmann in eine Depression zu stürzen. Ich versuchte den Ball flach zu halten.

»Wir könnten Freunde bleiben.«

»Ich weiß nicht, das scheint mir schwierig zu sein.«

»Ich verstehe.«

Er wurde wütend und ereiferte sich:

»Aber verflixt noch mal, bei allen Zuckerstangen dieser Welt, warum sind Sie dann hierher gekommen?«

Der arme Mann geriet zunehmend durcheinander.

»Das habe ich Ihnen doch gesagt. Ich wollte einen Schriftsteller suchen.«

»Aber der bin ich ja!«

Ich stand auf. Meine Anwesenheit brachte ihn offensichtlich vollkommen aus dem Gleichgewicht.

»Ich werde jetzt gehen.«

»Aber ich sage Ihnen doch, dass ich derjenige bin, den Sie suchen.«

So konnte ich nicht aufbrechen. Ich musste ihm diese irrige Vorstellung nehmen. Das Geschenkpapier, das all seine Hoffnungen umgab, musste zerrissen werden.

»Ich bitte Sie, Monsieur …«

»Nicolas.«

»Ich bitte Sie, Nicolas. Das Ganze war eine sehr schlechte

Idee. Wir sind offenbar Opfer eines von meinen Kollegen eingefädelten Streichs geworden. Es tut mir wirklich leid.«

»Sie begreifen rein gar nichts!«

Wie aggressiv mein Verehrer jetzt wurde! Ich wies mit einem Finger auf ihn.

»Sie sind derjenige, der nichts begreift. Ich habe kein Interesse.«

»Ich habe *Die Versöhnung* geschrieben, bei allen Zimtsternen dieser Welt!«

Ich setzte mich erneut auf das Sofa. Wenn es eine zweite Tasse Eierpunsch gegeben hätte, hätte ich sie in einem Zug geleert.

»Sie sind der Autor von *Die Versöhnung?*«

»Das versuche ich Ihnen die ganze Zeit über klarzumachen!«

»Aber warum haben Sie denn nichts gesagt?«

Meine Bemerkung schien ihn geradezu niederzuschmettern. Er nahm ein Plätzchen, um sich zu beruhigen. Und wenn ich Weihnachtsplätzchen gemocht hätte, hätte ich es ihm sicher gleichgetan. Ich holte tief Luft, um einen klaren Kopf zu bekommen.

»Fangen wir noch einmal von vorn an.«

Er wollte mir schon ins Wort fallen, aber ich fuhr ihn an:

»Antworten Sie einfach nur mit einem Ja oder einem Nein.«

Er nickte und kaute auf seinem Gebäck herum.

»Haben Sie *Die Versöhnung* geschrieben?«

»Ja.«

»Haben Sie das Manuskript an das Verlagshaus Delamare geschickt?«

»Ja.«

»Sie sind also doch Schriftsteller?«

»Nein.«

Ich riss ihm sein Plätzchen aus der Hand.

»Wie bitte?«

»Nein.«

»Wie konnten Sie *Die Versöhnung* schreiben und kein Schriftsteller sein?«

Er nahm mir sein Plätzchen wieder ab.

»Darauf kann ich wohl kaum mit Ja oder Nein antworten!«

Ich schlug mit der Faust auf den Tisch. Das hatte zur Folge, dass ein kleiner Plastik-Weihnachtsmann aufwachte und ein *Santa Baby* anstimmte. Ich stand kurz vor einem Nervenzusammenbruch.

»Reden Sie!«

Er nahm sich die Zeit, sein Plätzchen aufzuessen, dann erklärte er:

»Um Schriftsteller zu sein, muss man etwas veröffentlicht haben. Ich habe *Die Versöhnung* geschrieben, aber ich bin lediglich ein einfacher Briefträger im Ruhestand.«

Ich war nicht seiner Meinung, was die Definition eines Schriftstellers anging, aber ich würde jetzt ganz gewiss keine Diskussion mit ihm darüber anfangen. Und außerdem kam mir der letzte Teil seines Satzes wieder in den Sinn. Sein Beruf war demnach nicht Weihnachtsmann, sondern Briefträger.

»Briefträger in Arnac-la-Poste?«

»Im Ruhestand.«

Der Bürgermeister Robert Courrier und jetzt also Nicolas, der Briefträger von Arnac-la-Poste. War ich hier im Tollhaus gelandet?

»Sie machen sich über mich lustig.«

»Keineswegs.«

Er strich über seinen weißen Bart und fügte hinzu:

»Ich übernehme außerdem seit mehr als dreißig Jahren die Rolle des Weihnachtsmanns im Dorf.«

»Haben Sie noch ein wenig Eierpunsch?«

Er lächelte, hocherfreut darüber, dass ich seine kulinarischen Talente wertschätzte. Als er den Raum verließ, nutzte ich die Zeit, um mich ein wenig zu sammeln. Der Mann war zwar gestört, aber ich hatte meinen Schriftsteller gefunden! Er ähnelte zweifellos nicht annähernd dem, was ich mir vorgestellt hatte, doch entscheidend war, dass ich immer noch darauf hoffen konnte, ihn zu einem Vertragsabschluss zu bewegen. Es war noch nicht alles verloren! Meine Anstellung als Lektor war immer noch in Reichweite.

Der Mann kehrte mit zwei weiteren gut gefüllten Glastassen zurück. Ich kam ohne Umschweife auf den Punkt.

»Nicolas ...«

Erst jetzt realisierte ich, dass ich seinen Familiennamen gar nicht kannte.

»Nicolas und weiter?«

»Noël – wie Weihnachten.«

»Sie scherzen.«

»Ja.«

Er kicherte zufrieden in sich hinein, was seinen dicken Bauch zum Beben brachte. Ich lächelte wider Willen ebenfalls; er hatte Humor und Esprit, zwei wesentliche Eigenschaften für einen zukünftigen Erfolgsautor. Ich nahm einen Schluck und fuhr fort:

»Ich schlage Ihnen vor, einen Buchvertrag mit Delamare zu unterzeichnen.«

Ich erwartete, dass er außer sich vor Freude sein würde. Dass er mir dankte. Dass er von seinen Emotionen überwältigt in sich zusammensackte.

Aber ich wurde eines Besseren belehrt. Mein Weihnachtsmann war weit davon entfernt, sein letztes Wort gesprochen zu haben.

7

»Vielleicht.«

Mehr sagte er nicht. Ich hätte ein »Danke« oder vielleicht sogar »Das ist der schönste Tag in meinem Leben« erwartet, aber er beließ es bei einem »Vielleicht«.

Er schob die kleine runde Brille auf seiner Nase hoch.

»Unter einer Bedingung.«

Darauf war ich nicht vorbereitet. Ich war ganz naiv davon ausgegangen, dass ein aufstrebender Autor entzückt, ja geradezu überwältigt sein müsste, wenn man ihm anbot, einen Vertrag bei dem angesehenen Verlagshaus Delamare zu unterzeichnen. Trotz meines Erstaunens wahrte ich eine professionelle Haltung.

»Die da wäre?«

Er strich erneut über seinen Bart. Vermutlich ein nervöser Tick.

»Ich habe eine Tochter, Laly.«

Damit hielt er inne und schien auf meine Zustimmung zu warten. Angesichts seines Alters hielt ich ein »Glückwunsch!« für etwas verspätet, und so entschied ich mich für ein trockenes: »Schön.«

Erleichtert fuhr er fort:

»Laly hat gerade eine Scheidung hinter sich und befindet sich in einer schwierigen Phase. Sie hat ihre Arbeit aufgegeben, ist umgezogen und hat alles hinter sich gelassen. Sie steckt in einer richtigen existenziellen Krise.«

»Das tut mir leid für sie.«

Und das stimmte. Ich fand es bedauerlich, dass diese junge Frau nicht in Bestform war. Aber ich verstand beim besten Willen nicht, inwieweit die Probleme im Liebesleben der Tochter meines Schriftstellers etwas mit unserer Angelegenheit zu tun haben könnten.

»Sie weiß überhaupt nicht mehr weiter. Sie hat jeden Halt verloren, hat all ihre Träume aufgegeben. Und was noch schlimmer ist, sie will nicht mehr Weihnachten feiern.«

»Was bedeutet das?«

»Sie hat den Sinn für Weihnachten verloren, die Freude am Leben, die Hoffnung, die Lust, etwas mit anderen zu teilen und den Glauben an die Magie dieser Festtage.«

Ich musste mich außerordentlich zusammenreißen, um kein schiefes Gesicht zu ziehen. Es gab Schlimmeres im Leben, als sich nicht freudig auf die Festtage einlassen zu können. Ich selbst kam schließlich auch sehr gut klar, obwohl ich Weihnachten verabscheute.

»Und weiter?«

»Ich brauche Sie.«

»Um an einigen Passagen in Ihrem Roman zu feilen?«

»Um die Lust wieder zu wecken.«

»Die Lust am Schreiben?«

»Die Freude.«

»Die Freude am Schreiben?«

»Den Sinn.«

»Den kreativen Sinn?«

»Den Sinn für Weihnachten.«

Ich wollte ihm schon sagen, dass er da den Falschen vor sich hatte. Eine ungeeignetere Person als mich konnte es auf Erden gar nicht geben, um jemandem Gefallen an Weihnachten einzuflößen. Er sah mich eindringlich und ernst an.

»So lautet meine Bedingung.«

»Ich verstehe nicht ganz. Wie lautet Ihre Bedingung genau?«

»Sie müssen dafür sorgen, dass meine Tochter den Sinn für Weihnachten wiederfindet.«

Ich hatte schon Erzählungen über Schriftsteller gehört, die, nachdem sie berühmt geworden waren, die verrücktesten Forderungen stellten. Mit einem Mal konnten sie nur noch in warmen Gefilden schreiben oder ihren Roman nur noch auf feinem japanischen Papier verfassen ... Aber das hier war etwas völlig anderes – und es ging um ein Debüt!

Ich hob die Arme als Zeichen meiner Hilflosigkeit.

»Ich sehe absolut nicht, was ich da tun könnte.«

Er ging zu seinem Schreibtisch und zog ein Bündel Blätter hervor. Hoffnung keimte in mir auf: War das etwa ein weiterer Roman in der Nachfolge von *Die Versöhnung?* Vielleicht hatte er schon sein ganzes Leben lang geschrieben und seine Schubladen quollen über vor unveröffentlichten Manuskripten.

Er reichte mir ein paar Blätter.

»Ich habe eine Liste erstellt mit Aufträgen, die abgearbeitet werden müssten.«

Ich überflog eilig das oberste Blatt:

* *einen Schneemann bauen*
* *einen Tannenbaum schmücken*
* *Schlittschuhlaufen gehen*

Ich schüttelte den Kopf.

»Ich weiß nicht, ob ich Sie richtig verstanden habe. Sie wollen, dass ich mit Ihrer Tochter einen Schneemann baue?«

»Das und auch alles andere.«

Ich las weiter:

* *Lebkuchenmänner backen*
* *eine heiße Schokolade trinken*
* *sich unter dem Mistelzweig einen Kuss geben*

»Sich unter dem Mistelzweig einen Kuss geben? Das ist ja total schräg! Wir sind doch nicht in einem Roman von Barbara Cartland!«

»In dieser Jahreszeit ist alles möglich. Das ist die Magie von Weihnachten.«

Ich steckte in einem wahren Albtraum. Was sollte ich nur tun? Das Klügste wäre gewesen, meinen Erpresser sitzen zu lassen und mich eiligst aus dem Staub zu machen. Aber was würde Shanti dazu sagen? Ich sah sie vor mir, wie sie mir mit einem verächtlichen Grinsen auf den Lippen meine in einem kleinen Karton zusammengepackten Bürosachen überreichte. Viel war es nicht, ein Tacker, ein paar Stifte und meine Sammlung von Erstausgaben. Ich besaß *L'Albatros* von Baudelaire, *Sturmhöhe* von Emily Brontë, *Der Graf von Monte Christo* von Alexandre Dumas …

Nicolas beobachtete mich, während er in aller Ruhe an seinem Eierpunsch nippte. Mein Zögern war ihm vermutlich nicht entgangen.

»Wenn Ihnen das alles gelingt, werde ich den Vertrag an Heiligabend unterzeichnen.«

Unsere Blicke kreuzten sich. Jeder versuchte, die Lage abzuschätzen.

»Warum?«

»Meine Tochter muss den Sinn für Weihnachten wiederentdecken, denn ohne dieses Gefühl fehlt dem Leben etwas.«

»Ich meine, warum übernehmen nicht Sie diese Aufgabe? Warum machen Sie nicht all diese Dinge mit ihr? Sie sind schließlich ihr Vater.«

Er legte mir sanft eine Hand auf die Schulter.

»Weil niemand auf die Ratschläge seines Vaters hört.«

Er zog seine Hand wieder zurück und ließ sich tief in seine Kissen sinken. Ich begann das Für und Wider abzuwägen. Wider: Ich verabscheute Weihnachten. Wie sollte man einer depressiven jungen Frau Gefallen an Weihnachten vermitteln, wenn man selbst nicht gerade ein Ausbund an mentaler Gesundheit war und außerdem dem Festtagsfirlefanz abhold war?

Für: *Die Versöhnung* würde den nächsten *Prix Goncourt* gewinnen, davon war ich überzeugt. Wenn ich Nicolas dazu brächte, bei uns zu unterzeichnen, würde ich gewiss die Anstellung meiner Träume erlangen.

Im Geiste skizzierte ich eine mögliche Strategie. Ich müsste seine Tochter lediglich ein paarmal treffen, zwei oder drei dieser »Aufträge« ausführen und die Sache wäre erledigt. Der Aufwand lohnte sich.

Für ein Wochenende sollte ich es schaffen so zu tun, als würde ich Weihnachten lieben. Ich dachte an Shanti, deren Bewunderung einen Anflug von Neid nicht würde verhehlen können, wenn der von mir entdeckte Schriftsteller der absolute Verkaufsschlager geworden wäre. *Die Versöhnung* auf den Verkaufstischen aller Buchhandlungen und in den Herzen von Tausenden von Lesern. Ja, ich konnte mir abringen, eine Tanne mit lächerlichen Kugeln zu schmücken, wenn mir dies dazu verhelfen würde, Lektor zu werden. Schlimmstenfalls würde ich zu der Tochter gehen und ihr alles erklären. Sie musste schließlich wissen, wie exzentrisch ihr Vater war, und würde ihn anrufen, um ihm zu sagen, dass er mit diesem Spielchen aufhören und den von mir angebotenen Vertrag unterzeichnen sollte.

Ich kehrte zu Nicolas zurück und bedeutete ihm mit einem Kopfnicken, dass ich einverstanden war. Er lächelte und klatschte mir mit seiner Pranke so ordentlich auf den Rücken, dass meine Lunge erschreckt zusammenfuhr. Der Weihnachtsmann war gut bei Kräften, aber ich trug es mit Fassung.

Er begleitete mich zur Tür.

»Ach, noch ein letzter Punkt: Laly darf natürlich nicht wissen, dass diese Idee von mir stammt.«

»Wie?«, fragte ich entsetzt.

»Wenn sie merkt, dass Sie all diese Weihnachtsaktionen auf meine Bitten hin unternehmen, wird unsere Abmachung hinfällig und ich werde den Vertrag nicht unterzeichnen.«

Als er wenig später die Tür hinter mir schloss, rieselte ein wenig Schnee in meinen Nacken. Aber es war nicht die Kälte, die mir einen Schauer über den Rücken jagte. Mein schöner Plan ging bereits den Bach hinunter.

8

Fassen wir zusammen. Ich musste mich also mit einer vollkommen unbekannten Frau treffen und sie wieder für ein Fest begeistern, das ich selbst verabscheute. Obendrein musste ich noch die Weihnachtsfeier im Büro organisieren. Großartig! Ich hatte mein Leben im Griff. Alles lief wie geschmiert.

Laly, die Tochter meines machiavellistischen Weihnachtsmannes, wohnte, wie ich von ihm erfahren hatte, im gleichen Dorf. Sie war nach ihrer Scheidung nach Arnac-la-Poste zurückgekehrt, hatte aber nicht in ihr Elternhaus ziehen wollen. Vermutlich aus Stolz. Also wohnte sie im einzigen Hotel – eher einer Art Gästehaus – in der näheren Umgebung, für das sie auch arbeitete. Sie kümmerte sich um die Reservierungen, half beim Saubermachen der Zimmer und bei den Bestellungen und Anlieferungen. Sogar kleinere Reparaturen im Haus erledigte sie selbst.

Mit meiner Reisetasche auf dem Rücken und meinen lädierten Schuhen an den Füßen machte ich mich auf den Weg zu diesem Gästehaus. Wie sollte ich Laly ansprechen? Ich war nicht gerade der geborene Geheimagent. Aufs Lügen verstand ich mich überhaupt nicht. Wann immer ich es versucht hatte, war ich ins Stocken geraten, war rot geworden wie eine Tomate, hatte übermäßig geschwitzt und schließlich nur irgendeinen Unsinn hervorgebracht. Es war aussichtslos.

Das Dorf besaß eine größere Ausdehnung, als ich erwartet hatte, und das Gästehaus lag am anderen Ende. Ich bedauerte, dass der Bürgermeister-Chauffeur nicht mehr in Reichweite war.

Da ließ mich das Geräusch einer Hupe herumfahren. Hinter mir rollte der größte Traktor, den ich jemals gesehen hatte, auf mich zu. Das Monster bedrohte mich mit seiner mechanischen Schaufel wie eine Transformer-Actionfigur. Gleichermaßen überrascht und erschreckt warf ich mich in den Graben, um ihn passieren zu lassen.

»Was machen Sie denn da? Das ist nicht gerade der geeignete Moment, um sich in die Büsche zu schlagen.«

Robert Courrier stieg von der Maschine und reichte mir seine starke Hand, um mir auf die Beine zu helfen.

»Nicolas hat mir gesagt, dass Sie sicher ein Taxi gebrauchen könnten, das Sie zum Gästehaus bringt.«

Ich wies mit dem Finger auf die mächtige Maschine.

»Und das ist ein Taxi?«

Er lachte.

»Ich hatte das Auto gerade in die Garage gefahren, als er anrief. Aber da ich noch etwas auf dem Feld erledigen muss …«

Geschmeidig öffnete er die Tür auf der Beifahrerseite, und ich kletterte auf den Traktor. Er verstaute meine Tasche und fuhr los. Die Maschine hoppelte gemütlich den Weg entlang.

Der Bürgermeister-Traktorfahrer sah zu mir hinüber.

»Ich freue mich, dass Sie ein wenig in Arnac-la-Poste bleiben. So kommen Sie in den Genuss all der Festlichkeiten, die der Gemeinderat geplant hat.«

»Ja«, erwiderte ich wenig überzeugt.

»Wir haben Weihnachtsfeierlichkeiten organisiert, von denen Sie mir Ihre Eindrücke berichten können. Und außerdem sollten Sie die vielen Sehenswürdigkeiten unseres Dorfes besichtigen.«

Der Bürgermeister arbeitete anscheinend auch noch für das Touristenbüro.

»Es gibt den Marktplatz, den Kirchplatz, die Einkaufsstraße …«

Er musterte mich eingehend, als habe er plötzlich eine Eingebung.

»Sie sollten auch in meinem Beauty Center vorbeischauen. Das würde Ihnen guttun.«

»Sie haben neben dem Bürgermeisteramt, dem Lebensmittelgeschäft und dem Taxiunternehmen auch noch ein Beauty Center?«

Er lächelte stolz.

»Es ist das einzige Spa in Arnac-la-Poste.«

Während wir in wohliger Wärme gleichmäßig unseres Weges zuckelten, versuchte ich, einen Plan zu schmieden, wie ich der Realisierung meines Vorhabens näher kommen könnte. Ich würde mich als Tourist ausgeben und ein Zimmer mieten. Vor Ort würde ich dann schon einen Weg finden, um mit Laly in Kontakt zu treten. Ich würde einen Vorwand benutzen, wie zum Beispiel einen Heizkörper, der nicht funktionierte, eine Glühbirne, die ausgetauscht werden musste … Und dann? Wie gelangte man von einem »Danke, dass Sie das Regal freigeräumt haben« zu einem »Wie wäre es, wenn wir gemeinsam einen Schneemann bauen würden?« Das Ganze war einfach nur lächerlich!

Wie diese Laly bloß sein mochte? Ich stellte mir eine depressive Vierzigjährige vor, mit verzagtem Blick und dunklen Ringen unter den Augen. Gleichwohl empfand ich ein gewisses Mitgefühl für sie. Sie durchlebte eine schwierige Phase, und ich wusste, wie sich das anfühlte. Es war nicht leicht, sein Leben noch einmal neu in die Hand zu nehmen, wie man an mir sehen konnte: Ich versuchte dies schließlich schon seit Jahren. Ohne Erfolg. Und außerdem war ihr Weihnachten verleidet. Da hatten wir schon etwas Gemeinsames.

Endlich setzte mich der Bürgermeister vor dem Gästehaus ab. Es dämmerte bereits, und die Nacht schien kalt zu werden. Schon jetzt musste ich ein Frösteln zurückdrängen. Das

Abendlicht umschmeichelte die Fassade des Hauses mit einem bläulichen Schimmer, der ihm eine reizende Unschärfe verlieh. Es war ein hübsches Holzhaus, obwohl wir hier nicht in den Bergen waren. Warmes Licht drang aus den Fenstern, und ein paar bunte Lampions wiesen den Weg zur Haustür.

Ich betätigte die Klingel, aber es regte sich nichts. Ich klopfte an die Tür, begann vor Kälte zu zittern und klopfte noch einmal lauter.

»Komme schon!«

Eine etwa sechzigjährige Frau von beeindruckender Gestalt öffnete die Tür und empfing mich mit einem breiten Lächeln. Sie trug ein wundersames langes schwarzes Samtkleid, das in der Taille von einem braunen Ledergürtel zusammengehalten wurde. Ihr Haar wurde höchst elegant von einem auffällig gemusterten Seidentuch gebändigt. Sie war beinahe genauso groß wie ich.

Mit meiner abgerissenen Schuhsohle, der von der Landung im Straßengraben beschmutzten Hose und dem zerzausten Haar gab ich nicht gerade eine gute Figur ab. Von wegen großer Lektor bei Delamare! Die Frau ließ einen beschützenden Blick auf mir ruhen.

»Willkommen!«

Mit einer Handbewegung bat sie mich ins Haus. Sofort umfing mich eine wohltuende Wärme. Eine helle Holztreppe, die mit Lichterketten geschmückt war, führte einladend zum Obergeschoss hinauf. Um sie herum standen ein breites Sofa und ein paar hübsche Sessel. Die heitere und gemütliche Atmosphäre verlieh dem Chalet etwas sehr Heimeliges, Privates.

Gebieterisch nahm mir die Frau meine Jacke ab, um sie an einen Kleiderständer zu hängen. Plötzlich rieb sich mit einem leisen Quieken eine braune Kugel an meinen Füßen.

»Ich bin Angelica, die Inhaberin, und das ist Cristal.«

Ich sah zu dem Tier hinunter, dessen Fell so langhaarig war, dass ich nach dem Kopf Ausschau halten musste. Es sah aus wie eine dicke Katze, allerdings ohne den Kopf einer Katze. Seltsam.

»Was ist das?«

»Ein Cuy.«

»Eine Kiwi?«

Offenbar an eine solche Ratlosigkeit gewöhnt, erklärte sie mir:

»Es schreibt sich ›C-U-Y‹, spricht sich aber ›kouwi‹ aus. Das kommt aus dem Ketschua.«

Die Frau nahm das Tier hoch und streichelte es.

»Ein riesiges Meerschweinchen. Cristal wiegt mehr als drei Kilo«, gab sie stolz preis.

Sie hielt die Ohren des Cuy zu und flüsterte:

»In Südamerika isst man sie. Wussten Sie das? Cristal ist eine Überlebende. Ich habe sie von einer Reise nach Peru mitgebracht.«

Plötzlich besann sie sich wieder auf den Grund meiner Ankunft:

»Jetzt müssen wir uns aber um Ihre Aufnahme hier kümmern.«

Sie drückte mir das Tier in die Arme.

»Sie werden sich gut verstehen. Sie haben beide eine gelbe Aura, das ist das Zeichen intensiven Nachdenkens.«

Sie kehrte mir den Rücken zu und steuerte ein kleines Arbeitszimmer neben der Haustür an. Ich betrachtete das Fellknäuel, das genauso erstaunt zu sein schien wie ich. Als die Inhaberin mich rief, setzte ich das Tier wieder auf dem Boden ab und ging zu ihr hinüber.

»Sie bleiben eine Woche bei uns, nicht wahr?«

»Oh nein, eine Nacht reicht aus. Allerhöchstens zwei.«

Ein rätselhaftes Lächeln schlich sich auf die Züge der Frau.

»Wir lassen das einfach offen. Haben Sie Gepäck?«

»Nur diese Tasche.«

»Das ist alles?«

Sie warf einen Blick auf meine Schuhe.

»Sie werden ja erfrieren!«

Sie schüttelte den Kopf, bevor sie gewichtig erklärte:

»Typisch für einen Zwilling!«

Ich wollte sie gerade fragen, was das denn nun heißen sollte, als sie rief:

»Laly!«

Ich fuhr zusammen, als ich den Vornamen meiner Mission vernahm. Jetzt würde ich ihr begegnen. Ich musste unbedingt einen guten Eindruck bei ihr machen. Das war kriegsentscheidend für den erfolgreichen Abschluss meines Vorhabens.

Im Flur tauchte eine Frau auf. Da sie allerdings in keinster Weise dem Bild entsprach, das ich mir von dieser Laly gemacht hatte, versuchte ich, über die Frau hinwegzusehen, aber sie versperrte mir den Blick.

»Guten Tag.«

»Ja, guten Tag«, erwiderte ich unkonzentriert, neugierig auf die Person, die hinter dem Rücken der Frau stehen musste.

Ich machte einen Schritt zur Seite, um besser in den Flur spähen zu können. War die von mir erwartete Vierzigjährige nicht nur depressiv, sondern auch noch taub?

»Ich bin Laly.«

Ich runzelte die Stirn.

»Sie sind das?«

Ich musste meine Voreinschätzung von Leuten wirklich verbessern. Eigentlich lag ich immer daneben. Bei dem Vater und seiner Tochter aber auf jeden Fall. Ich musterte sie diskret. Sie war viel jünger als erwartet, ähnelte Nicolas allerdings durchaus, wenn man den weißen Bart und den Bauch des Weihnachtsmannes wegdachte. In ihrem Blick lag das gleiche ebenso sanfte wie verschmitzte Leuchten.

Sie trug ein kariertes Hemd und eine dunkle Jeans. Derbes Schuhwerk vervollständigte ihren Holzfäller-Look.

»Schön, dann lasse ich euch jetzt allein, ihr Lieben. Jupiter steht diese Woche im Zeichen von Venus«, teilte Angelica uns mit.

Als würde diese Auskunft für vollkommene Klarheit sorgen, zog sie jetzt recht theatralisch von dannen, brachte bei ihrem Abgang die Falten ihres Kleides in Schwung und bedeutete ihrem Meerschweinchen in Katzengröße, ihr zu folgen.

9

Laly griff nach meiner Tasche und bewegte sich zur Treppe. Als ich keine Anstalten machte, ihr zu folgen, drehte sie sich zu mir um.

»Kommen Sie mit?«

Der Augenblick war da. Ich sah mich meiner Mission direkt gegenüber. Ich musste handeln. Zunächst einmal musste ich sie mir gewogen stimmen. Wie sollte ich sie dazu bringen, Weihnachten erneut zu lieben? Ich hatte keinen blassen Schimmer, mein Gehirn war wie vernebelt. Daran waren vermutlich die beiden Gläser Eierpunsch bei Nicolas nicht ganz unschuldig.

Letztlich ging ich ihr nach und versuchte, ihr meine Siebensachen wieder abzunehmen. Ich würde wohl kaum eine Dame meine Tasche tragen lassen.

»Lassen Sie mich das machen.«

Sie hielt sie fest, zog sie sogar etwas mehr an sich. Hatte sie abgesehen von ihrer Depression vielleicht auch einen Hang zur Kleptomanie?

»Kommt nicht infrage. Wir sind ein ausgezeichnetes Gästehaus mit einem ausgezeichneten Service.«

Sie presste die Tasche geradezu an sich.

»Und außerdem kann man getrost behaupten, dass Sie mit leichtem Gepäck reisen.«

Vermutlich unter dem Eindruck widerstreitender Impulse blieb ich eine Antwort schuldig und verharrte mit offenem Mund auf der Stelle wie ein Weihnachtskarpfen. Sie nahm die ersten Stufen, und ich trottete schweigend hinterher.

Oben angekommen drehte sie sich zu mir um.

»Sie sind zum ersten Mal hier.«

Das war keine Frage.

»Ja.«

Ich musste jetzt handeln. Aber jeder Satz, der mir in den Kopf kam, schien mir vollkommen dümmlich. Ich war wirklich der schlechteste Geheimagent unter der Sonne. Daher beschloss ich, mich zunächst einmal auf neutrales Terrain zu begeben.

»Angelica ist eine reizende Person.«

»Ja, sie ist großartig. Ein wenig mystisch veranlagt, aber alles, was sie vorhersagt, trifft letztlich irgendwann ein.«

Jetzt konnte ich mir ein spöttisches Lächeln doch nicht verkneifen.

»Wirklich?«

»Glauben Sie mir nicht?«

»Ich glaube nicht an solche Phänomene.«

Sie sah mich mit dem Gesichtsausdruck von Menschen an, die etwas wissen, was man selbst nicht weiß.

»Sie werden sehen …«

Sie trug mein Gepäck bis zu einer hübschen Holztür, die von Tannenzweigen umrankt war, an denen rote und goldene Kugeln steckten. In den Zweigen am oberen Türrahmen prangte außerdem ein mit goldenen Pailletten versehener Mond.

»Willkommen im Zimmer ›Goldener Mond‹.«

Sie lächelte mich an und fügte hinzu:

»Ich bin im Zimmer ›Saturn‹.«

War das eine Einladung oder lediglich ein Hinweis auf die eigentümliche thematische Ausrichtung des Hotels? Jeder Verführungsversuch war mir höchst unangenehm, und ich tat mich außerordentlich schwer damit, ein leichtes Flirtverhalten von einer bloßen Feststellung zu unterscheiden. Sie musste mein

Misstrauen bemerkt haben. Verlegen murmelte sie ein paar unverständliche Worte vor sich hin. Begegnen sich zwei schüchterne Menschen auf einem Hotelflur, dann ist die Bühne frei für ein Ballett aus fehlgesteuerten Bewegungen, einen Reigen von verlegenem Lachen und ein Festival geröteter Wangen.

Sie fasste sich wieder.

»Ich meine … Alle Zimmer tragen Namen des Sonnensystems. Angelica wohnt in der Suite ›Milchstraße‹.«

So viel zu dem Verführungsversuch. Ich versuchte, die Situation mit einem Witz zu entkrampfen.

»Und Cristal?«

Überrascht zog Laly eine Augenbraue in die Höhe.

»Sie schläft im gleichen Zimmer wie Angelica«, erklärte sie etwas perplex.

Keine weiteren Experimente mit Witzen also. Nie wieder.

Sie reichte mir meine Tasche.

»Ich lasse Sie jetzt allein. Angenehmen Aufenthalt.«

Sie machte kehrt, und ich musterte ihren Rücken. Sie besaß eine sportliche Figur – die Arbeiten im Gästehaus boten ihr vermutlich ausreichend Gelegenheit, in Form zu bleiben. Gleichwohl zeichneten sich zarte Schultern unter ihrem Holzfällerhemd ab.

Ich hatte nicht daran gedacht, Nicolas zu fragen, welchen Beruf seine Tochter ausgeübt hatte, bevor sie alles über Bord geworfen hatte. War sie Rechtsanwältin gewesen? Buchhalterin? Zahnärztin? Was konnte ihre plötzliche Existenzkrise ausgelöst haben? Man wacht doch nicht eines Morgens auf und sagt sich, dass man sich scheiden lässt, seine Arbeit kündigt und zurück nach Arnac-la-Poste zieht. Wenn ich ihr den Sinn für Weihnachten zurückgeben wollte, wäre es vielleicht hilfreich gewesen, den Auslöser für das Debakel herauszufinden.

Ich war ziemlich stolz auf mich und meine feinsinnigen psychologischen Herleitungen. Zum ersten Mal an diesem

Tag hatte ich das Gefühl, die Sache in den Griff bekommen zu können und gestattete mir deshalb ein Lächeln.

Laly musste meinen Blick in ihrem Rücken gespürt haben, denn genau in diesem Augenblick drehte sie sich um. Ich spürte, wie mir eine unerwünschte Röte ins Gesicht stieg. Auf frischer Tat ertappt. Wobei genau? Ich hatte keine Ahnung, aber ich sah schuldig aus. Das Lächeln eines Straftäters.

Laly lächelte mir ihrerseits höflich zu. Ich versuchte, es ihr gleichzutun, aber ich brauchte keinen Spiegel, um hundertprozentig sicher zu sein, dass mein Versuch kläglich misslang.

»Ich muss immer an Cristal denken, wenn ich Sie sehe.«

Wollte sie damit etwa sagen, dass ich Hasenzähne hatte wie dieses Riesenmeerschweinchen? Sie ließ mir keine Zeit, dieser Frage nachzuhängen und erklärte:

»Auch Sie sehen aus, als würden Sie ständig sinnieren.«

Da mir keine passende Erwiderung auf diesen Vergleich mit dem Nagetier einfiel, drehte ich mich abrupt wieder um, wobei ich ihr noch rasch zurief:

»Gute Nacht!«

Dann warf ich die Tür zu und sank auf das Bett.

10

Über meinem Bett lag eine unglaublich weiche Decke, deren Bezug mit Mond- und Sternenmotiven bedruckt war. Ich nahm mir Zeit, um mein Zimmer in Augenschein zu nehmen. Das ganze weihnachtliche Universum war in diesem kleinen Zimmer präsent. Sogar ein eigener Tannenbaum fehlte nicht! An das Motto des Zimmers war ebenfalls gedacht worden, denn die Konifere war über und über mit Sternen, Monden und anderen Himmelskörpern geschmückt.

Ich verfrachtete den mageren Inhalt meiner Tasche in den Schrank. Wenn ich gewusst hätte, dass ich in Arnac-la-Poste bleiben musste, hätte ich wärmere und bequemere Kleidung eingepackt. Zumindest eine Daunenjacke. Ich würde morgen ein paar Besorgungen machen müssen. Ob es in diesem kleinen Dorf wohl ein Bekleidungsgeschäft gab?

Ich musterte mein Aussehen in dem an der Schranktür befestigten Spiegel. Schließlich hatte zunächst der Bürgermeister mir empfohlen, in seinem Beauty Center vorbeizuschauen, und dann hatten sowohl Angelica als auch Laly eine gewisse Ähnlichkeit zwischen mir und einem Meerschweinchen festgestellt …

Ich ließ mich im Schneidersitz auf dem Bett nieder und griff nach meinem Laptop, um meine Mails einzusehen. Shanti hatte ihren Standpunkt sehr deutlich gemacht: Ich konnte ruhig nach Posemuckel abziehen, wenn mir danach war, aber meine Arbeit durfte darunter nicht leiden. Die Ablehnungsschreiben konnten nicht warten. Also machte ich mich daran, wieder einmal die Herzen einiger aufstrebender Autoren zu brechen.

Als ich meine traurige Pflicht erledigt hatte, las ich die anderen Mails. Eine Nachricht teilte mir mit, dass die Auslosung für das Weihnachtswichteln stattgefunden hatte. Ich hasste diese Aktion. Wie sollte man einem Kollegen, den man kaum oder gar nicht kannte, ein Geschenk machen? Und jedes Jahr saß man anschließend mit einer Duftkerze oder einer lächerlichen Kaffeetasse da, die schließlich ganz hinten im Wandschrank vor sich hinvegetierte. Am schlimmsten traf es natürlich denjenigen, der Shantis Namen zog. Seiner Chefin ein Geschenk machen, da geriet man ganz schön unter Druck! Dieses Los war mir bisher zum Glück erspart geblieben.

Angstvoll überflog ich die Mail. *Bitte nicht Shanti*, flehte ich. Der Name des von mir zu Beschenkenden tauchte am Ende der Mail auf: Phineas. Zunächst erfasste mich eine Woge der Erleichterung. Neben meinem Auftrag für Nicolas, dem Vertrag für *Die Versöhnung*, der Angst, meine Stellung zu verlieren und der Organisation der Weihnachtsfeier in der Redaktion hätte ich keine zusätzliche Bürde mehr aushalten können.

Wer aber war dieser Phineas? Ich hatte seinen Namen noch nie gehört. Arbeitete er tatsächlich für das Verlagshaus Delamare? Ich ging das Organigramm durch, um ihn ausfindig zu machen. Bei einem solchen Vornamen musste er mindestens sechzig sein. Gehörte er zur Geschäftsführung, die ganz oben im Verlagsgebäude residierte? Ich stellte mir einen alten Mann mit Schnurrbart und einer Zigarre zwischen den Lippen vor.

Erst beim dritten Anlauf wurde ich fündig. Er saß nicht in der Geschäftsführung, war auch nicht Lektor und schon gar nicht sechzig Jahre alt. Ich musste wirklich damit aufhören, mir Leute vorzustellen. In diesem Spiel war ich einfach miserabel.

Phineas war noch keine dreißig, hatte schwarzes, zerzaustes Haar und trug eine dicke Brille. Er sah ein wenig aus wie ein

Teenager und arbeitete in der IT-Abteilung. Es gibt nichts Dubioseres als die IT-Abteilung. Man weiß nie, was genau sie dort treiben.

Wie soll man einer Person etwas schenken, der man noch nie begegnet ist? Was könnte einem Nerd gefallen? Eine neue Tastatur? Ich gab seinen Namen in die Suchmaschine ein. Nichts. Er tauchte absolut nirgendwo auf. Auch in keinem einzigen sozialen Netzwerk. Phineas war ein Phantom. Von wegen Nerd! Ich war an den einzigen Informatiker geraten, der dem Internet fernblieb!

Ich nahm meinen ganzen Mut zusammen und beschloss, ihn anzurufen. Letztlich war das der beste Weg, mich von dieser lästigen Aufgabe zu befreien. Ich warf einen Blick auf den Radiowecker auf dem Nachttisch. Es war ein wenig spät, aber ich besaß seine Handynummer. Schönen Dank auch ans Intranet des Hauses Delamare, das dem Privatleben seiner Mitarbeiter offenbar wenig Bedeutung beimaß.

»*Shoot!*«

Ich hörte Geschrei, Gestöhne und Schüsse. War Phineas ein Psychopath? Ich stellte mir vor, wie er eine Unschuldige mit einer Säge massakrierte.

»Phineas?«

»Wer ist da?«

»Ben, ein Arbeitskollege.«

Schweigen.

Ich versuchte es mit ein wenig Heiterkeit in meiner Stimme:

»Ich bin dein Wichtel.«

»Warte kurz, ich gehe AFK.«

»Wie bitte?«

»*Away from keybord* ... offline.«

»Ach so, alles klar.«

Also kein Psychopath, sondern ein Fan von Videospielen. Ich kann nicht sagen, wem ich den Vorzug gegeben hätte.

Meine eigene letzte Erfahrung lag mit *Super Mario Bros.* auf Nintendo lange zurück. Die Hintergrundgeräusche erloschen.

»Okay. Wer ist da bitte?«

»Ben. Ich arbeite auch bei Delamare.«

»Und da rufst du mich auf meinem Handy an? Spinnst du oder was?«

»Tut mir leid, es ist ein wenig spät …«

»Die Nummer ist nicht geschützt. Ich rufe dich zurück.«

Er legte auf, ohne dass er auch nur nach meiner Nummer gefragt hätte. Wie erstarrt blickte ich auf das Telefon in meiner Hand. Ich hatte eindeutig den absolut gestörtesten Mitarbeiter von Delamare abbekommen. Denjenigen, den man ins Untergeschoss verbannt hatte, damit er nicht zu viele Dummheiten anstellte.

Verdutzt dachte ich bereits über die Duftkerze nach, die ich ihm schenken würde, als das Zimmertelefon klingelte. Im Klingelton erkannte ich eine metallische Version der Melodie von *White Christmas*. Ich nahm den alten Telefonhörer ab.

»Ben? Hier ist Angelica. Ist alles in Ordnung? Haben Sie sich eingerichtet?«

»Ja, alles perfekt. Danke.«

»Ich habe einen Mann am Telefon, der Sie sprechen will. Soll ich durchstellen?«

»Einen Mann?«

Sie flüsterte:

»Er weigert sich, seinen Namen zu nennen. Es klingt sehr mysteriös, aber das ist auch nicht weiter verwunderlich mit dem Aszendenten Wassermann.«

»Was will er von mir?«

»Keine Ahnung. Ich respektiere das Privatleben meiner Gäste. Soll ich jetzt durchstellen? Cristal und ich würden gern schlafen gehen.«

»Ja, natürlich, Angelica. Danke und gute Nacht.«

Dann war ein seltsames Geräusch zu hören, das klang, als würde man Kabelstränge entwirren, und schließlich hörte ich eine männliche Stimme.

»Ben? Bist du das?«

»Phineas?«

»Man darf nie auf Handys anrufen. Sie werden alle abgehört.«

»Woher hast du die Nummer des Gästehauses?«

»Dein Handy ortet dich, und nichts ist leichter, als die Konten der Telefongesellschaften zu hacken.«

Er schniefte.

»Festnetzanschlüsse sind viel sicherer.«

Ich verstand gar nichts.

»Sicherer wofür?«

Mit einem Seufzen artikulierte er seine Einschätzung, es mit einem einfach gestrickten Geist zu tun zu haben.

»Die terrestrischen Netze lassen sich viel schwerer hacken. Es ist hier also weniger wahrscheinlich, dass wir abgehört werden.«

»Abgehört von wem?«

»Was für ein *noob!* Von der Regierung natürlich! Oder von China und den USA.«

Ich verdrehte die Augen. Phineas war also der Spinner von Delamare. Jedes Unternehmen hatte einen. Da ich nicht in der Stimmung war, mich auf eine Diskussion über eine Weltverschwörungstheorie einzulassen, fragte ich ihn:

»Was wünschst du dir zu Weihnachten?«

»Frieden in der Welt.«

Oh, das war süß. Auch wenn Phineas noch so quälende Gedanken umtrieben, er hatte ein gutes Herz. Ich verwarf die Idee mit der Duftkerze und schwenkte zu einem schönen Kaschmirschal.

»Ehrlich?«

»Natürlich nicht! Hältst du mich für Miss Frankreich oder was?«

Also doch lieber eine Kerze mit Zimtgeruch.

»Ich will das Herunterfahren der Satelliten.«

»Was hältst du von einer Duftkerze?«

»Eine Kerze?«

»Lieber eine Kaffeetasse?«

»Ist das alles, was du auf Lager hast, du Weihnachtswichtel?«

»Eine neue Tastatur?«

Er prustete los.

»Ich mag deinen Humor. *Poke.*«

Ich war ratlos und wollte ihn gerade fragen, ob ihn vielleicht eine ergonomisch geformte Sitzlehne erfreuen könnte, als er von mir wissen wollte:

»Was treibst du in Arnac-la-Poste?«

»Ich habe einen Auftrag. Ich versuche, einen Schriftsteller zum Unterzeichnen eines Vertrags zu bewegen, aber die Aufgabe ist schwieriger als gedacht.«

»Soll ich dir helfen?«

Ich hatte keine Ahnung, wie mir ein in seinem Arbeitszimmer hockender Computernerd bei meinen weihnachtlichen Missionen behilflich sein sollte, aber ich würdigte seinen Vorschlag. Der Kaschmirschal kam erneut in Betracht.

»Das ist nett, aber wie willst du mir von deinem Standort aus helfen?«

»Wenn du wüsstest, was man alles von einem Computer aus machen kann.«

Plötzlich fingen die Lichterketten in meinem Zimmer alle gleichzeitig an zu blinken, während der Radiowecker *Winter Wonderland* anstimmte und mein Laptop eine Diashow verschneiter Winterlandschaften abspielte.

Ich krallte meine Hand um den Hörer.

»Was ist denn hier los?«

»Ho! Ho! Ho! Fröhliche Weihnachten!«

»Hast du das alles ausgelöst?«

»Man kann vom Computer aus so gut wie alles bewerkstelligen, wenn man sich ein wenig auskennt ... und wenn man bereits ein paar kleinere Auseinandersetzungen mit der Justiz in Sachen Cyberkriminalität hatte. Okay, ich muss jetzt Schluss machen. Ich bin nicht so gerne lange online.«

Er legte auf. Meine Lichterketten setzten ihren Leuchttanz noch etwa eine Minute lang fort, dann erloschen sie wieder. Ein Schriftzug flimmerte über meinen Bildschirm: »Sehr erfreut, deine Bekanntschaft gemacht zu haben. Bis bald. PS: Alles außer einer Duftkerze.«

Ein erpresserischer Weihnachtsmann, seine depressive Tochter im Holzfällerhemd, eine mystisch veranlagte Gastgeberin, ein riesiges Meerschweinchen und nun auch noch ein Hacker der Sonderklasse. Weihnachten versprach in der Tat sehr erholsam zu werden!

11

Am nächsten Morgen wachte ich erstaunlich erholt auf. Die wohlige Wärme unter der Bettdecke, das weiche, durch die Vorhänge dringende Morgenlicht – ich dehnte und streckte mich. Wie lange war es her, dass ich so gut geschlafen hatte? Ich sah auf die Uhr. Jetzt aber schnell! Ich würde noch das Frühstück verpassen. Rasch machte ich mich fertig und eilte die große Holztreppe hinunter.

Das stabile, glatte Geländer kam mir bereits vertraut vor. Ich bewegte mich Richtung Frühstücksraum, aus dem ein himmlischer Duft von buttrigen Brotscheiben, Konfitüre, heißer Schokolade und frisch gebackenen Crêpes drang.

Ich wusste nicht, wie viele Gäste das Haus gerade zählte, rechnete aber damit, wenigstens ein paar von ihnen hier unten anzutreffen. Doch ich fand mich allein im Frühstücksraum. Beinahe zumindest. Laly saß bereits an einem Tisch. Als sie mich erblickte, lächelte sie mir zu.

Ich zog meine Jacke zurecht und räusperte mich. Ich musste mich auf mein Ziel konzentrieren. Ich war nicht in Arnac-la-Poste, um hier Urlaub zu machen, sondern um eine Mission zu erfüllen. Meine Zukunft stand auf dem Spiel. Ich musste an Laly herankommen und es schaffen, ihr Weihnachten wieder nahezubringen. Aber wie? Es galt, eine aussichtsreiche Strategie zu ersinnen:

»Gut geschlafen?«

Ich hielt den Satz für neutral, aber plötzlich fragte ich mich, ob ich vielleicht etwas zu weit gegangen war. Letztlich war der

Schlaf doch etwas Intimes. Die Depressive würde erkennen, dass etwas nicht stimmte. Ich war nicht besonders begabt im Lügen. Und auch nicht darin, Leute anzusprechen. Im Grunde war ich in gar nichts begabt.

Ich wurde hochrot im Gesicht, während ich alles auf mein Tablett häufte, was mir unter die Finger kam.

»Sie haben großen Hunger«, stellte Laly fest.

Der Tonfall, in dem sie sprach, war eigenartig. Man wusste nie, ob sie sich über ein Geschehen lustig machte oder es lediglich getreu und sachlich beschrieb.

Ein Blick auf mein Tablett bestätigte ihre Worte, denn es quoll über vor süßem Gebäck, Crêpes, Toasts …

Ich setzte mich an den Tisch neben ihr und biss in meinen Toast. Sie trank in aller Ruhe ihren Kaffee.

»Was machen Sie in Arnac-la-Poste?«

Jetzt war es geschehen, sie hatte mich enttarnt! Ich hatte noch nicht einmal meinen Frühstückstoast aufgegessen, und schon wusste sie, dass ihr Vater mich geschickt hatte. Ich hätte nicht gedacht, dass dies möglich ist, aber ich wurde noch röter im Gesicht. Man sollte eine andere Bezeichnung für diese Gesichtsfarbe erfinden. Fluo-Rot vielleicht?

Ich verschluckte mich und schnappte nach Luft. Sie klopfte mir auf den Rücken, und schon schwamm ein Stückchen Brot in ihrem Kaffee. Wahrscheinlich der peinlichste Augenblick meines Lebens. Ich bedauerte beinahe, nicht tot umgefallen zu sein. Niedergestreckt von einem Frühstückstoast.

Laly war so feinfühlig, sich ohne weiteren Kommentar eine neue Kaffeetasse zu holen. Möglicherweise waren schwimmende Toastkrümel in Arnac-la-Poste an der Tagesordnung. Sie kam zurück und setzte die Unterhaltung fort, als sei nichts vorgefallen.

»Sind Sie wegen unserer Weihnachtsfeierlichkeiten hierhergekommen?«

Wenn ich ihr doch nur die Wahrheit sagen könnte! Dann wäre alles so viel einfacher!

Im Radio wurde *All I Want for Christmas Is You* gespielt. Verfluchte Mariah, sie verfolgte mich. Ich musste die Augen verdreht oder mir vielleicht sogar die Ohren zugehalten haben, denn Laly fragte mich jetzt:

»Mögen Sie dieses Lied nicht?«

»Ich könnte wetten, dass man es in Guantánamo verwendet hat, um die Häftlinge zu foltern.«

Sie lachte los und fragte weiter:

»Mögen Sie Weihnachten nicht?«

Ich geriet ins Stottern und suchte nach einer Antwort, als Angelica mit Cristal im Schlepptau hereinkam, deren langes, haariges Fell munter auf und ab wippte.

»Guten Tag allerseits!«

Angelica überprüfte mit einem kurzen Blick auf das Buffet, ob noch genug Frühstücksgebäck vorhanden war. Es reichte für ein ganzes Regiment. Als sie mein gut bestücktes Tablett sah, lautete ihr Kommentar:

»Endlich jemand, der meine Küche wertschätzt!«

Sie warf einen nur scheinbar vorwurfsvollen Blick zu Laly hinüber. Ermutigt nahm ich also endlich ein Schokocroissant in Angriff. Das sich allerdings eher als Backstein entpuppte. Der erwartete luftige Blätterteig war so dicht wie Spachtelmasse.

Angelica lächelte mir zu und war offenbar entzückt darüber, dass ich ihre kulinarischen Talente würdigte. Laly, der meine Hilflosigkeit nicht entging, gab sich alle Mühe, einen Lachanfall zu unterdrücken. Auf die Gefahr hin, einen Zahn zu verlieren, kaute und kaute ich, bis es mir schließlich gelang, den üblen Betonklotz hinunterzuschlucken.

»Und?«, wollte meine Gastgeberin mit hoffnungsfrohem Blick wissen. »Es ist ein neues Rezept. Schmeckt es Ihnen?«

Cristal krabbelte auf meine Knie und quiekte, um der Frage ihrer Herrin größeren Nachdruck zu verleihen.

Das Fluo-Rot schoss erneut in meine Wangen. Wann würde ich es endlich schaffen zu lügen, ohne dass mein Körper mich auf der Stelle verriet?

»Köstlich.«

Ein strahlendes Lächeln legte sich auf Angelicas Gesicht.

»Ich wusste es!«

Sie wandte sich an Laly.

»Möchtest du es nicht auch versuchen?«

»Nein, danke. Ich hänge sehr an meinen Zähnen.«

Angelica fegte ihre Bemerkung mit dem Handrücken beiseite und schenkte sich einen Tee ein. Ich wollte diesen Augenblick nutzen, um den Rest meines süßen Teilchens an Cristal zu verfüttern, doch das Meerschweinchen sah mich entsetzt an.

Angelica kam zurück und nahm neben uns Platz.

»Ich habe unsere Horoskope studiert. Die Sterne stehen ausgezeichnet für uns, wir werden einen wunderbaren Tag haben.«

»Da bin ich aber froh«, erwiderte Laly spöttisch und stand auf.

»Wohin gehst du?«

»Ich befestige noch ein paar Lichterketten am Dach.«

Mir kamen die unzähligen Dekorationen in den Sinn, die bereits vorhanden waren.

»Noch mehr Lichterketten?«

Sie sahen mich an, als käme ich vom Mars.

»Aber natürlich. Heute beginnen die Weihnachtsfeierlichkeiten«, informierte Angelica mich.

Dann wandte sie sich an Laly:

»Du solltest Ben heute Abend zu der Eröffnungszeremonie mitnehmen, wenn die Beleuchtung des großen Tannenbaums eingeschaltet wird.«

Mit einem Mal wirkte Laly verlegen.

»Ich weiß nicht so recht, ob ich dieses Jahr hingehen werde. Mir ist nicht besonders nach Feiern zumute.«

»Unfug! Du gehst dahin, und damit basta!«

Jetzt wies sie mit dem Zeigefinger einer Oberlehrerin auf mich.

»Sie wird Sie mitnehmen.«

Einerseits war es mir unangenehm, einer schwer depressiven Frau in dieser Weise aufgezwungen zu werden, andererseits beglückte mich die Vorstellung, dass dies eine vorteilhafte Fügung für mich bedeutete. Die Eröffnungsfeier wäre definitiv eine gute Gelegenheit, Laly den Sinn für Weihnachten zurückzugeben.

»Ich würde mich freuen.«

Laly staunte mich mit großen Augen an. Selbst Cristal verlieh ihrer Überraschung mit einem erneuten Quieken Ausdruck.

»Tatsächlich?«

»Ich habe noch nie einer solchen Eröffnungszeremonie der Weihnachtsbeleuchtung beigewohnt.«

Angelica klatschte erfreut in die Hände.

»Wunderbar! Ich habe es euch ja gesagt: Es wird ein großartiger Tag.«

12

Ich beschloss, zu Fuß in den Ortskern zu gehen, um ein paar besser für das Landleben geeignete Kleidungsstücke zu erstehen. Meine zu weite Jacke und vor allem mein sohlenloser Schuh waren nicht sonderlich praktisch. Ich genoss die ruhige Atmosphäre des Dorfes. Die tief stehende Sonne der kurzen Wintertage schien mit warmem Licht auf die gepflasterten Straßen. An den Fassaden der Häuser rankten sich Zweige von Waldreben und Lichterketten um die Wette nach oben. In den schattigen Winkeln lagen selbst auf den Straßen noch Schneereste.

Trotz meiner anspruchsvollen Mission fühlte ich mich recht entspannt beim Gedanken an den bevorstehenden Abend. Schon am ersten Tag würde ich eines der von Nicolas aufgestellten Ziele ausstreichen können. Das war ein ausgezeichneter Anfang. Wenn es gut lief, bräuchte ich die anderen Punkte auf der Liste vielleicht nicht einmal mehr abzuarbeiten. Wenn ich es geschickt anstellte, würde Laly womöglich schon heute Abend den Sinn für Weihnachten wiederentdecken, und ich könnte Arnac-la-Poste am nächsten Tag verlassen. So furchtbar depressiv wirkte sie eigentlich auch gar nicht.

Bei der Kirche bog ich in die erste Straße auf der linken Seite, wie Angelica es mir beschrieben hatte. Dort lag das einzige Bekleidungsgeschäft am Ort. Ein ebenso hübsches schmiedeeisernes Schild wie an dem Lebensmittelladen hing über dem Eingang, diesmal in Form einer Hose und eines Kleides.

Ich mochte diese altertümliche Atmosphäre, die das Gefühl vermittelte, aus der Zeit gefallen zu sein.

Ich schob die Tür auf, die ein kleines Glockenspiel in Gang setzte. Es war niemand zu sehen. Die Verkäuferin musste gerade im Lagerraum sein. Also ließ ich meinen Blick über die Regale schweifen. Pullover, Schals, warme Hosen und eine einzige Daunenjacke. Unglücklicherweise war sie leuchtend gelb. Der grelle Farbton schien mir entgegenzuschreien: »Überfahren Sie mich nicht, ich arbeite auf der Autobahn!« Innerlich betete ich, dass es dieses Kleidungsstück noch in einer dunkleren Farbe geben möge. Zum Beispiel in Schwarz.

Immer noch war niemand aufgetaucht. Was trieb die Verkäuferin bloß?

»Ist da jemand?«

Ich hörte den Lärm von umkippenden Kartons und gleich darauf einen spitzen Schrei. Ich eilte zu dem Vorhang, der den Verkaufsraum von den Hinterzimmern trennte, und schob ihn beiseite.

»Ist alles in Ordnung?«

Zwei Beine tauchten zwischen den Kartons auf. Pullover, Hemden, Röcke hatten die arme Person unter sich begraben.

»Warten Sie, ich helfe Ihnen.«

Ich räumte den Kleiderberg beiseite.

»Sie?«

Der Bürgermeister lächelte mich an.

»Freut mich, Sie wiederzusehen, Ben.«

Robert Courrier rappelte sich hoch, zog seinen Anzug zurecht, befestigte erneut seinen Nadelhalter am Handgelenk und wickelte sich ein Maßband um den Hals. Der Gianni Versace von Arnac-la-Poste!

»Suchen Sie etwas Besonderes?«, fragte er mich jetzt ganz professionell.

»Sind Sie auch Inhaber des Bekleidungsgeschäfts? Neben

dem Rathaus, dem Lebensmittelladen, dem Beauty Center und dem Taxiunternehmen?«

»Aber natürlich! Hier auf dem Land verstehen wir uns darauf, uns anzupassen.«

Er fasste mich am Arm, schob mit der Fußspitze einen Karton aus dem Weg und geleitete mich wieder nach vorn zu den Regalen.

»Wir haben alles, was Sie brauchen. Von elegant und exquisit bis zu …«

Er sah mich prüfend und ernst an, bevor er mit schönstem amerikanischen Akzent fortfuhr:

»… Casual-Stil oder Streetwear-Kleidung und nicht zu vergessen Countryside – was hier natürlich besonders authentisch wäre.«

Er wartete. Ich fragte mich, ob ich Applaus spenden sollte.

Dann ging er zu den auf einem Ständer hängenden Anzügen, aber ich bremste ihn in seinem professionellen Ansinnen, mir einen neuen Look zu verpassen.

»Ich hätte gern etwas Warmes.«

Seine Enttäuschung hatte er schnell wieder im Griff.

»Ich habe gerade die neue Kollektion erhalten.«

Mit diesen Worten verschwand er in die Lagerräume und kam mit einigen Cordhosen zurück. Das perfekte Rüstzeug für einen Universitätsprofessor. Fehlte nur noch ein Pullover mit Ellbogenschonern. …

»Haben Sie vielleicht noch etwas anderes?«

Trotzdem griff ich nach einer der Hosen, die er mir anbot. Cremefarben und so weich, dass ein Eisbär vor Neid erblasst wäre. Vielleicht war Cord ja neuerdings wieder in Mode. Die Universitätsprofessoren waren unterschätzte Modepioniere.

»Ich nehme eine von diesen hier.«

Der Bürgermeister lächelte.

»Eine sehr gute Wahl. Und um Ihr Outfit zu vervollständigen – was halten Sie von einem hübschen Pullover?«

Er zeigte mir mehrere aus dicker Wolle.

»Madame Berthier strickt diese Pullover. Sie hat eine Schäferei.«

Ich spürte die Wärme dieser Wolle unter meinen Fingern. Mit einem solchen Pullover würde ich mich geborgen fühlen wie in einem Kokon. In meinem Kleiderrausch erstand ich auch noch dicke Strümpfe, ein Paar gefütterte Schuhe, einen weiteren Pullover und ein Hemd. Jetzt fehlte nur noch die Daunenjacke.

»Haben Sie diese hier in Schwarz?«

»In Schwarz? Aber warum denn? Im Winter braucht man Farbe! Und Leben!«

Ich griff nach der kanariengelben Jacke.

»Das ist mir zu viel Farbe und Leben.«

Der Bürgermeister-Verkäufer setzte ein zerknirschtes Gesicht auf.

»Es tut mir leid. Das ist meine letzte.«

Das war bei dieser Farbe nicht anders zu erwarten. Wer würde mitten im Winter eine zitronenfarbene Daunenjacke haben wollen außer einem Touristen, der sich ohne geeignetes Gepäck hierher verirrt hatte? Ich hatte die Wahl, ob ich vor Kälte oder vor Scham sterben wollte. Egal, ich entschied mich für die Scham.

Während Robert Courrier all meine Käufe sorgfältig zusammenlegte, fragte er mich:

»Kommen Sie zur Einweihung des Weihnachtsbaums heute Abend?«

»Ja, Laly wird mich dorthin begleiten.«

Ein breites Lächeln zeichnete sich auf seinem Gesicht ab.

»Unsere Laly lässt so manches Herz höherschlagen, nicht wahr?«

Ich spürte, wie mir die Röte in die Wangen stieg.

»Es ist keineswegs so, wie Sie glauben …«

»Vor allem das von Antoine.«

Ich biss mir auf die Lippe.

»Antoine?«

»Ihre Liebe aus Schulzeiten. Sie waren einander sehr nahe. Es war ein harter Schlag für ihn, als Laly ihn verlassen hat und für ihr Studium fortgegangen ist.«

Sofort hatte ich das perfekte Paar vor Augen. Den König und die Königin des Gymnasiums.

»Dann hat Antoine geheiratet.«

Ich wusste nicht warum, aber diese Neuigkeit empfand ich irgendwie als Erleichterung.

»Aber jetzt ist er frisch geschieden.«

Mühsam verhinderte ich, dass meine Gesichtszüge entgleisten, und versuchte meine Gedanken zu sortieren. Was hatte das mit mir zu tun?

Wenn Laly ihre Jugendliebe wieder erobern wollte, umso besser für sie! Das ging mich nichts an, solange es nicht meine Mission gefährdete.

Der Bürgermeister klatschte in die Hände.

»Sie brauchen einen Anzug für den Anlass!«

»Für welchen Anlass? Für das Einschalten der Weihnachtsbeleuchtung an dem Tannenbaum?«

»Egal für welchen Anlass. Es wird einen Anlass geben, das spüre ich.«

Er ging zu dem Ständer mit den Anzügen hinüber und zog einen heraus. Erstaunlich dezent im Verhältnis zu meiner gelben Daunenjacke. Ich strich mit den Fingern über den feinen Stoff.

»Er ist wirklich sehr schön, aber ich trage diese Art Kleidung nie.«

Der Bürgermeister staunte nicht schlecht.

»Warum?«

Ich warf einen raschen Blick in den Spiegel. Eine so

schlechte Figur gab ich gar nicht ab. Trotzdem trug ich schon seit Jahren nur bequeme Klamotten, und diese ausschließlich in Schwarz und Grau. Ich tat alles, um nicht bemerkt zu werden. Robert Courrier trat dicht neben mich und hielt den Anzug vor mich hin. Mein Teint schien sich aufzuhellen, meine Haare wirkten voller und ich sah sogar ein wenig größer aus. Ich lächelte, denn ich erkannte mich kaum wieder.

»Ein Geschenk des Hauses.«

»Das kann ich nicht annehmen.«

»Ich bestehe darauf.«

Er reichte mir die große Tüte mit meinen Einkäufen.

»Es ist schon lange her, dass ich zum letzten Mal so viel auf einmal verkauft habe. Außerdem ist es mir eine Freude.«

Ein Lächeln lag auf meinen Lippen, als ich das Geschäft mit einer prall gefüllten Tragetasche in den Händen und einer fluogelben Jacke am Leib wieder verließ.

13

Das Gästehaus war bereits im Festmodus. *Silver Bells* schallte durch alle Zimmer. Ein Projektor warf Sternbilder an die Decke. Ich weiß nicht wie, aber Angelica hatte es geschafft, noch weitere Dekorationen anzubringen, und mit ihnen hatte sich der Salon in eine höchst seltsame Mischung aus Weihnachtsmann-Werkstatt und Planetarium verwandelt.

Angelica wies mit dem Finger auf eines der Sternbilder.

»Das ist Ihres.«

»Mein Stern?«

»Das Sternbild des Zwillings.«

Ich zuckte mit den Schultern.

»Ich kenne mich mit Astrologie nicht aus.«

»Der Zwilling ist nie wirklich allein. Er ist immer auf der Suche nach seiner anderen Hälfte. Er ist gesellig, charmant, lustig und geht gern voran ...«

Welten trennten mich von dieser Beschreibung. Wider Willen musste ich lachen.

»Das trifft es genau!«

»Zugleich ist er empfindsam, nachtragend und verschlossen.«

Das kam der Wahrheit schon näher. Angelica legte sanft eine Hand auf meine Schulter.

»Sie sind alles zugleich. Selbst wenn Ihnen das gar nicht klar ist.«

Mit einem hohen Quieken gesellte sich Cristal wieder zu ihr. Ihre Herrin streichelte sie, und das Tier stieß ein Geräusch aus, das beinahe wie ein munteres Gezwitscher klang.

Angelica drehte sich noch einmal zu mir um und flüsterte: »Dieses Weihnachten wird ganz besonders sein.«

Dem konnte ich nur zustimmen. Besonders – das war dieses Weihnachten schon jetzt. Ich hing in einem abgelegenen Dorf fest und war gezwungen, vollkommen verrückte Aufgaben zu erfüllen, um eine Unbekannte wieder in Weihnachtsstimmung zu versetzen. Wo steckte Laly eigentlich? Wir hatten doch eine Verabredung und wollten gemeinsam zu der feierlichen Zeremonie gehen, bei der die Tannenbaumbeleuchtung eingeschaltet wurde.

Ich beschloss, draußen zu warten. Mit meiner kanariengelben Daunenjacke brauchte ich die Kälte nicht zu fürchten. Es hatte am frühen Nachmittag geschneit, und eine dünne weiße Schneedecke verlieh der Landschaft ein märchenhaftes Aussehen. Das musste selbst ein Griesgram wie ich zugeben. Blinkende Lichterketten warfen unzählige bunte Tupfen auf den verschneiten Boden.

Gerade dachte ich, dass meine Aufgabe endgültig zum Scheitern verurteilt sei, als ich hinter mir ein Wiehern vernahm. Ich drehte mich um und erblickte eine Kutsche. Auf dem Kutschbock saß Laly und bedeutete mir, zu ihr hochzuklettern. Dabei konnte sie meine neue Daunenjacke bewundern. Sie kniff die Augen zusammen und hielt ihre Hand davor.

»Was ist denn das für eine Daunenjacke? Sie hätten mich vorwarnen können, dann hätte ich meine Sonnenbrille eingesteckt.«

»Ha, ha. Sehr lustig. Im Geschäft gab es nur noch dieses eine Exemplar.«

»Ich sehe schon, der Bürgermeister hat es endlich geschafft, das gute Stück loszuwerden … Haben Sie vor, später einmal auf der Autobahn zu arbeiten?«

»Das ist safrangelb und todschick.«

Ihr entfuhr ein spöttisches Lachen, aber dann reichte sie mir die Hand.

»Steigen Sie nun auf?«

»Da hoch?«

»So etwas nennt man eine Kutsche.«

Ich schnitt ein Gesicht.

»Das weiß ich … aber ich dachte, dass wir zu der Illumination des Weihnachtsbaums gehen.«

»Aber genau das machen wir doch auch.«

»Mit der Kutsche?«

»Sie sind wohl etwas schwer von Begriff, oder wie darf ich das verstehen?«

Bevor ich zu einer Antwort ansetzen konnte, fuhr sie fort: »Was spricht denn dagegen? Haben Sie einen besseren Plan?«

Ich näherte mich der Kutsche und streichelte das Pferd. Trotz der Flocken, die sich auf seinem Fell niederließen, war sein Hals warm.

Ich fasste mir ein Herz und schickte mich an, über das Trittbrett nach oben zu steigen, aber genau in diesem Augenblick beschloss das Pferd, sich in Bewegung zu setzen. Ich plumpste mit der Eleganz eines auf eine Sandbank geworfenen Seehunds auf den Sitz.

»Sehr graziös!«, spottete die Kutscherin und breitete eine warme Decke über unsere Knie.

Sie zog sanft die Zügel an und schnalzte ermunternd. Alsbald verfiel das Pferd in eine ruhige Gangart, deren Gleichförmigkeit etwas Einlullendes, Besänftigendes hatte.

Wohltuendes Schweigen breitete sich aus. Und ich, der ich den immerwährenden Geräuschpegel der Stadt gewohnt war, genoss diese Ruhe. Der Atem des Pferdes, die gedämpften Geräusche der Räder im Schnee, ein paar Nachtvögel … Keiner von uns beiden schien diese friedliche Stille stören zu wollen. Laly gehörte offenbar zu dem Menschenschlag, der sich selbst genug war. Sie brauchte eine solche Leere nicht mit Worten zu füllen. Und ich als ein sehr schüchterner Mensch wusste diese

Eigenschaft außerordentlich zu schätzen. Es kommt selten vor, dass man einfach nur neben einer Person sitzt, ohne die Verpflichtung zu verspüren, etwas sagen zu müssen. Es war eine Stille, die mit dem Augenblick harmonierte.

Ich spürte die Wärme von Lalys Körper neben mir und dachte, dass dies vermutlich die Definition von Komplizenschaft war: ein Schweigen zu teilen.

Als die Lichter des Dorfes näher kamen, gestand ich:

»Das ist für mich die erste derartige Illumination eines Tannenbaums.«

»Sie mögen Weihnachten nicht.«

Wieder eine dieser Fragen, die zugleich Feststellungen waren. Ich grübelte, wie sie hatte bemerken können, dass ich eine Aversion gegen diese Zeit hegte, und bemühte mich zugleich nach Kräften, diesen Umstand zu verbergen.

Also erklärte ich:

»Mein Hund ist an Weihnachten gestorben.«

Betroffen senkte sie den Kopf ein wenig.

»Das ist traurig.«

»Meine Katze ist an Weihnachten gestorben.«

»Auch das noch?!«

»Meine Goldfische sind an Weihnachten gestorben.«

Sie kam aus dem Staunen nicht mehr heraus.

»Haben Sie sie umgebracht?«

»Aber nein! Wie können Sie so etwas auch nur vermuten?«

»Sie müssen schon zugeben, dass es seltsam ist, diese ganzen Todesfälle …«

»Aber trotzdem ist es doch nicht mein Fehler, wenn alle, die ich liebe, an Weihnachten sterben!«

Sie ließ sich einen Augenblick Zeit und dachte nach.

»Oder Sie haben unglaubliches Pech. Angelica würde sagen, dass das Karma zurückgeschlagen hat. Sie waren vermutlich in einem früheren Leben ein sehr schlechter Mensch.«

Ich wandte mich ihr zu. Die Lichterketten ließen in ihren Augen regenbogenfarbige Lichtreflexe aufleuchten.

»Und Sie? Was würden Sie sagen?«

»Dass Sie wahrscheinlich ein Psychopath sind.«

Angesichts meiner konsternierten Miene lachte sie los.

»Meine Güte, das war doch ein Scherz. Sie zählen ganz einfach zu denjenigen, denen im Leben nichts erspart bleibt. Für mich besteht die Welt aus zwei Arten von Menschen: den Glücklichen und den anderen.«

»Den anderen? Meinen Sie damit ›die Unglücklichen‹?«

»Nein. Nur weil Sie nicht glücklich sind, sind Sie nicht zwangsläufig unglücklich.«

»Aber das ist doch genau die Definition des Begriffs ›unglücklich‹.«

»Der Dalai Lama sagt, dass es niemanden gibt, der unter einem schlechten Stern geboren wäre. Es gibt nur Menschen, die den Sternenhimmel nicht zu lesen verstehen.«

»In diesem Fall bin ich ein erbärmlicher Himmelsbeobachter.«

Sie lächelte mir zu.

»Ich auch.«

Erneut stellte sich ein Schweigen ein. Unter den Hufen des Pferdes knirschte der Schnee. Seinen Nüstern entwich warme Luft. War es das sanfte Wiegen der Kutsche, die warme Decke oder das enge Nebeneinander auf dem Kutschbock? Mit einem Mal verspürte ich den Drang, ihr den wahren Grund zu gestehen, warum ich Weihnachten nicht mochte.

»Meine Eltern sind an Weihnachten gestorben.«

Es war seit Langem das erste Mal, dass ich darüber sprach. Normalerweise hielt ich dieses einschneidende Ereignis fest verschlossen in einer verborgenen Kammer meines Gedächtnisses. Aber heute Abend hatte ich ausnahmsweise den Schlüssel zu dieser Kammer benutzt.

»Ein Autounfall an Heiligabend. Ich war fünf Jahre alt.«

»Das tut mir leid.«

Weiter sagte sie nichts, und ich schloss daraus, dass auch sie diesen Schmerz kannte. Sie wartete darauf, dass ich fortfuhr.

»Danach kam ich in mehrere Pflegefamilien.«

»Mehrere?«

»Niemals zu lange in die gleiche. Damit man keine zu große Bindung aufbaut.«

Laly sagte nichts, sie fasste lediglich nach meiner Hand. Sie hörte denjenigen zu, die leidvolle Erfahrungen gemacht hatten. Ich beschloss, mich weiter zu öffnen.

»Ich habe das traditionelle Weihnachtsfest nie kennengelernt. Ich war ein Anhängsel, das keine Geschichte hat, oder im Gegenteil zu viele Geschichten. Ich habe mich nie irgendwo zu Hause gefühlt. Das kam erst mit meiner ersten eigenen Wohnung, als ich achtzehn Jahre alt war. Die Wohnung war winzig klein, aber sie war mein eigenes Reich.«

Es war seltsam, all dies tatsächlich auszusprechen. Ich hatte das Gefühl, von einer anderen Person zu reden. Und ich realisierte, dass ich, wenn mir ein Unbekannter diese Geschichte erzählt hätte, ihm weitaus mehr Mitgefühl schenken würde, als ich es mir selbst zugestand. Bei mir selbst fand ich immer unendlich viele Unzulänglichkeiten, unendlich viel Versagen.

Als ich meine Geschichte jetzt mit Laly teilte, wurde mir bewusst, was mir seit meiner Kindheit gefehlt hatte. Ich hatte keine Wurzeln, keine Familie, zu der ich gehörte, keine liebenden Eltern, die mir hätten vermitteln können, dass ich das Wichtigste war und dass die Welt nur auf mich gewartet hatte. Ohne Vertrauen aufzuwachsen, das bedeutet, ohne Zuversicht im Leben unterwegs zu sein.

Sie drückte meine Hand.

»Das tut mir wirklich leid für Sie. Jetzt verstehe ich, warum Sie Schwierigkeiten mit diesen Tagen haben.«

Laly runzelte die Stirn und dachte offenbar nach. Sie schien das Für und Wider abzuwägen. Vielleicht erinnerten sie meine Schwierigkeiten mit Weihnachten an ihre eigenen. Die Arme hatte bereits ihre Freude an den Feiertagen verloren, und da hatte ich nichts Besseres zu tun, als ihr von meinem Unglück zu erzählen!

Plötzlich nahm sie die Zügel wieder auf.

»Vorwärts, Rudolph! Zeig uns, was du draufhast!«

Das ließ sich das Pferd nicht zweimal sagen und legte los, als sei größte Eile geboten, um noch rechtzeitig zur Illuminationszeremonie des Tannenbaums zu kommen.

Erschrocken klammerte ich mich in einem mit Sicherheit wenig männlichen Reflex an Lalys Arm fest, die einen völlig gelassenen Eindruck machte.

Ihr Haar wehte im Wind, als sie sich zu mir umdrehte.

»Dieses Weihnachten wird besonders …«

Besonders, so hatte auch Angelica schon gesagt.

»Ich werde Ihnen zeigen, wie ein echtes Weihnachtsfest aussieht!«

Wir lächelten einander an.

Dicht nebeneinander, gewärmt von der Decke auf unseren Knien und liebkost von ein paar Schneeflocken auf unseren Gesichtern fuhren wir durch die Straßen von Arnac-la-Poste. Nur die Spuren der Hufe und Räder zeugten von unserem Weg.

14

Unsere Ankunft erregte sofort Aufmerksamkeit, denn die Kutsche wurde bereits sehnlichst erwartet. Eine ganze Schar von Kindern konnte die Ungeduld kaum noch im Zaum halten. Unser Schlachtross hatte seinen heutigen Auftritt noch lange nicht beendet.

Laly sprang mit einem geübten Satz vom Kutschbock, während ich mich ungeschickt hinunterhangelte. Wieder auf festem Boden, zog ich erst einmal meine Daunenjacke zurecht.

»Passen Sie auf, dass Sie nicht am Ende noch unsere Tanne in den Schatten stellen«, frotzelte Laly und wies auf meine leuchtende Daunenjacke.

Sie überließ das Gespann einem freiwilligen Helfer, und wir gingen zu dem prachtvollen Weihnachtsbaum hinüber. Er war riesig. Die größte Tanne, die ich je gesehen hatte. Hier in Arnac-la-Poste nahm man Weihnachten wirklich ernst.

An den Zweigen tummelte sich eine seltsame Mixtur von Dingen. Alle Bewohner brachten dort einen Baumschmuck und ein Bändchen an.

»Was machen die Leute denn da?«

»Das ist eine Tradition bei uns. Jeder Dorfbewohner bringt eine Dekoration für die Tanne mit. Damit ist klar, dass der Baum allen gehört und dass wir den Zauber von Weihnachten miteinander teilen.«

Ein trauriger Schleier verdüsterte ihren bisher strahlenden Blick. Als würde ihr angesichts des Glücks der anderen klar, was sie verloren hatte.

Um sie von diesen melancholischen Gedanken abzubringen, fragte ich:

»Und was hat es mit den Bändern auf sich?«

Sie schüttelte den Kopf, als wolle sie ihre Erinnerungen vertreiben.

»Das sind Wünsche.«

Laly strich über einen Zweig der Tanne und ließ die Nadeln durch ihre Finger gleiten.

»Sie müssen Ihren Weihnachtswunsch auf ein Band schreiben, es dort anbringen und ganz fest daran glauben, dass der Wunsch in Erfüllung geht.«

»Und weiter?«

»Die Tanne lässt Ihren Wunsch wahr werden.«

»Machen Sie sich über mich lustig?«

Sie antwortete mir mit einem geheimnisvollen Lächeln.

»Wollen Sie es nicht versuchen?«

Ich wich einen Schritt zurück.

»An solche Dinge glaube ich nicht.«

»Was haben Sie denn zu verlieren?«

Sie griff nach einem Band und hielt es mir hartnäckig hin. Da nahm ich die Herausforderung an.

»Einverstanden. Aber dann wünschen Sie sich auch etwas.«

Sie verzog kleinlaut das Gesicht.

»Dieses Jahr war schwierig für mich ...«

»Ich dachte, niemand ist unter einem schlechten Stern geboren ...«

»Ich weiß nicht einmal mehr, was ich mir wünschen soll.«

Da griff ich nach einem Band für sie und schrieb darauf: »Ich wünsche mir, glücklich zu sein.«

Sie lachte.

»Ach, und sonst nichts?«

Jetzt nahm sie meines und notierte ebenfalls: »Ich wünsche mir, glücklich zu sein.« Ich selbst hätte lieber mein Anliegen vermerkt, Lektor zu werden und ein großes Büro mit einer breiten Fensterfront zu bekommen wie Shanti, aber nun gut. Gegen diesen Wunsch ließ sich wahrhaftig nichts einwenden, und mein Glück definierte sich schließlich zu einem guten Teil über die Arbeit. Wenn also der magische Weihnachtsbaum von Arnac-la-Poste meinen Wunsch erhörte, dann würde ich demnächst zu den Lektoren des Verlagshauses Delamare zählen, und es wäre ein für alle Mal vorbei mit dem Verfassen von Ablehnungsbescheiden.

Ich dachte wieder daran, was mich hierher geführt hatte: das Manuskript von *Die Versöhnung*. Schon eine ganze Weile hatte ich jetzt keinen Gedanken mehr daran verschwendet. Ich fühlte mich unbehaglich dabei, Laly anzulügen, was den wahren Grund meiner Anwesenheit hier betraf. Aber ich hatte ihrem Vater versprochen, ihr nichts zu verraten. Außerdem stand schließlich meine berufliche Zukunft auf dem Spiel.

Während Laly und ich unsere Bänder an dem Tannenbaum befestigten, ertönte hinter uns eine Stimme.

»Welch schöner Abend!«

Weißer Bart, runde Nickelbrille, dicke Stiefel und ein breiter Gürtel: Nicolas stand vor uns. Wenn man vom Weihnachtsmann spricht …

»Papa!«, rief Laly und umarmte ihn. »Bist du es, der diesmal den Tannenbaum zum Leuchten bringt?«

»Ja, der Bürgermeister hat mir diese ehrenvolle Aufgabe übertragen, beim heiligen hölzernen Schlitten!«

Ich beobachtete sie. Den Vater und die Tochter. Den heimlichen Schriftsteller und die depressive Holzfällerin. Wer konnte ahnen, dass hinter dieser Fassade solche Geheimnisse schlummerten? Man spürte die Liebe zwischen den beiden, aber auch eine Art kindliche Zurückhaltung, ja sogar Scham bei Laly. Jetzt verstand ich, warum Nicolas wollte, dass ein Fremder seinen Weihnachtsauftrag übernahm.

Als professioneller Undercover-Agent fragte ich mich, wie ich mich in Lalys Anwesenheit meinem Schriftsteller gegenüber verhalten sollte. Sollte ich ihr gestehen, dass wir uns bereits begegnet waren? Wusste sie, dass ihr Vater der Autor des schönsten Romans des 21.Jahrhunderts war?

Am liebsten wäre ich im Boden versunken; ich spürte, wie mir kalter Schweiß den Rücken hinunterlief und mein Gesicht eine anormale Färbung annahm. Mit meinen roten Wangen und der gelben Daunenjacke konnte ich es mit jeder bunten Weihnachtskugel aufnehmen.

Während Vater und Tochter plauderten, verwandelte mein Rücken sich zunehmend in ein olympisches Schwimmbecken. Es war wirklich unglaublich heiß in dieser Daunenjacke!

Ich glaubte zu ersticken. Das Lügengespinst, in dem ich feststeckte, hinderte mich buchstäblich am Atmen. Was, wenn ich Laly hier und jetzt die Wahrheit sagte? Aber was würde dann aus *Die Versöhnung* werden? Was würde aus Laly werden? In der Kutsche war etwas Besonderes geschehen. Sie hatte sich geöffnet, und ich spürte, dass mein Weihnachtsauftrag ihr sehr guttun würde. Ich konnte das Ganze nicht gefährden, nur weil mir eine pathologische Unfähigkeit zum Lügen eigen war.

Nicht ahnend, in welchem Dilemma ich steckte, wandte sich die Tochter jetzt mir zu.

»Ben, darf ich Ihnen meinen Vater vorstellen?«

Ich streckte ihm förmlich meine Hand hin und äußerte mit einer um größtmögliche Neutralität bemühten Stimme:

»Sehr erfreut, Sie wiederzusehen.«

Mist! Die wichtigste Eigenschaft eines Geheimagenten ist, dass er nur das sagt, was er sagen will.

Laly zog die Augenbrauen hoch.

»›Wiederzusehen‹? Habt ihr euch denn schon bekannt gemacht?«

Mein Körper verformte sich wie ein riesiges Marshmallow.

Ein gelb-rotes Marshmallow. Zum Glück legte Nicolas bei diesem Spiel etwas mehr Geschick an den Tag.

»Jeder kennt doch den Weihnachtsmann.«

Ich brach in ein hysterisches Lachen aus und reckte die Arme in die Höhe wie eine Cheerleaderin.

»Den Weihnachtsmann!«

Nicolas bedachte mich mit einem strengen Blick. Ich zog in Betracht, mir auf der Stelle eine Schaufel zu besorgen, ein Loch zu graben und mich darin zu verkriechen.

»Schön, Kinder, dann gehe ich mal weiter. Die Wichtel warten nicht.«

Als Nicolas davongezogen war, gelang es mir endlich, wieder ruhiger zu atmen. Auch Laly verschwand jetzt für einen Augenblick, und so konnte ich etwas Ordnung in mein gedankliches Chaos bringen. Ich versuchte mir einzureden, dass sie nichts gemerkt hatte. Vielleicht hatte ich mich am Ende gar nicht so schlecht aus der Affäre gezogen.

Sie kehrte mit zwei Bechern zurück und reichte mir einen. Hastig griff ich danach.

»Achtung, das ist …«

Ich stürzte seinen Inhalt in einem Zug hinunter.

»… heiß.«

Trotz einer Verbrennung dritten Grades bemühte ich mich, eine würdevolle Haltung zu bewahren.

»Ich dachte, es sei Kakao.«

Sie nippte gemächlich an ihrem Getränk, während ich versuchte, nicht in Tränen auszubrechen.

»Ich habe gedacht, es sei der richtige Moment für einen Glühwein.«

Der Schmerz ließ langsam nach, und ich schmeckte die Aromen von Zimt und Orange. Seit meiner Ankunft in Arnac-la-Poste hatte ich mein Alkoholquantum beachtlich nach oben geschraubt. Mit dem Eierpunsch bei Nicolas und dem Glühwein heute schrammte ich nur knapp am Alkoholmissbrauch vorbei.

»Arnacois und Arnacoises! Liebe Freunde …«

Die Bewohner von Arnac-la-Poste hießen also nicht Arnaqueurs und Arnaqueuses, sondern Arnacois und Arnacoises.

Der Bürgermeister betrat die Bühne neben der Tanne und griff zum Mikrofon. Er trug einen dunklen Anzug und dazu eine rote Krawatte, die mit Schneemännern bedruckt war. Während er in seiner Rede die reizvollen festlichen Aktivitäten zum Jahresende anpries, musterte ich die Menschenansammlung um mich herum. Die Dorfbewohner traten näher an die Tanne heran, die letzten Dekorationen und Wunschbänder waren jetzt an ihr befestigt. Auf der Kutsche saßen ein paar Kinder und lachten. Die vielen Lichter zauberten einen bernsteinfarbenen Schimmer auf die Gesichter. Die Farbe des Glücks.

Einen Augenblick lang glaubte ich, ein wenig von der Wärme des Weihnachtsfestes zu spüren. Aber es war wohl nur meine Daunenjacke mit ihrer watteweichen Füllung.

»Ich übergebe das Wort an unseren Weihnachtsmann.«

Ein großer Applaus begrüßte ihn. Nicolas war ein Superstar in Arnac-la-Poste. Wenn die Dorfbewohner wüssten, wozu ihr schreibender Weihnachtsmann fähig war …

»Vielen Dank, dass ihr heute Abend zu unserer Illumination des Weihnachtsbaums gekommen seid. Ich freue mich, dass wir so zahlreich hier versammelt sind, um die Weihnachtsstimmung zu genießen.«

Ein kurzer, eindringlicher Blick schweifte zu seiner Tochter hinüber, die so tat, als würde sie nicht verstehen, was er auch und gerade ihr sagen wollte.

»Und ich bemerke einige neue Gesichter in der Menge.«

Wieder ein kurzer, eindringlicher Blick, diesmal in meine Richtung. Erneut verspürte ich den Wunsch, mir eine Schaufel zu besorgen.

Alle Augen richteten sich nun auf uns. Als hätte man uns erwischt, bewegten Laly und ich uns voneinander weg. Das löste die schlimmste aller Reaktionen in der Menschenmenge aus: ein wissendes Lächeln. Ich versuchte, eine Situation zu klären, die ganz offensichtlich außer Kontrolle geriet.

»Ich bin wegen der Weihnachtsfestlichkeiten hier!«, beteuerte ich der Menge.

Laly legte sich ebenfalls ins Zeug.

»Wir schlafen lediglich am gleichen Ort.«

Empört versetzte ich ihr einen leichten Schlag auf die Schulter und stellte verlegen richtig:

»Ich wohne im Gästehaus, das ist alles.«

Erneut wissendes Lächeln um uns herum. Ein solches Wohlwollen ist die schlimmste aller Waffen. Nicolas bekam Mitleid und griff wieder zum Mikrofon:

»Jetzt ist der Augenblick, auf den wir gewartet haben …«

Alle klatschten in die Hände. Die Spannung erreichte ihren Höhepunkt.

»Und in diesem so besonderen Jahr möchte ich gern unseren Gast zu mir rufen.«

Alle drehten sich zu mir um. Das war die Schattenseite davon, der einzige Tourist in einem Dorf von neunhundert Einwohnern zu sein.

»Ben, wenn Sie jetzt bitte auf den Knopf drücken wollen.«

In meinem Rücken bildete sich erneut ein künstlicher See. Die Daunenjacke war definitiv eine Fehlkonstruktion.

Die Menge skandierte meinen Namen.

»Ben, Ben …«

Niemand verabscheute es mehr als ich, im Rampenlicht zu stehen. Aber jetzt gab es kein Entkommen mehr. Der Lichtkegel eines grellen Spots fing meine Gestalt ein. Ich warf Laly, die inzwischen neben mir stand, einen verzweifelten Blick zu. Sie raunte mir zu:

»Ein besonderes Weihnachten.«

Dann legte sie die Hände an meinen Rücken und schob mich zur Bühne. Zittrig stieg ich die drei Stufen hinauf, die vor mir lagen wie der Mount Everest. Ich beschloss, auf der Stelle in Ohnmacht zu fallen, wenn Nicolas mich bitten würde, eine Rede zu halten. Aber das geschah zum Glück nicht; er führte mich lediglich zu einem riesigen roten Knopf. Alle begannen zu zählen:

»Fünf, vier, drei, zwei, eins …«

Ich drückte den dicken Knopf hinunter, und die Tanne erstrahlte. Tausend Birnchen leuchteten mit einem Schlag auf und ließen ebenso vielen Menschen warm ums Herz werden. Jubelrufe empfingen dieses Lichtermeer, und ich kam mir beinahe vor wie ein Astronaut der NASA, der eine Rakete startet.

Mit einem Lächeln auf den Lippen begannen alle zu singen. Nicolas legte mir eine Hand auf die Schulter.

»Sie schlagen sich gut. Es sind noch vier Tage bis Weihnachten …«, ließ er sich halblaut vernehmen.

15

Am nächsten Morgen stand ich früh auf, stieß im Frühstücksraum aber bereits auf Angelica. Sie war in vor ihr auf dem Tisch ausgebreitete Tarotkarten vertieft, während Cristal auf ihren Knien vor sich hin piepste.

Ich ging zum Buffet hinüber und füllte meinen Teller, wobei ich das hausgemachte süße Gebäck sorgsam aussparte. Der Geschmack des Betonklotzes war mir noch sehr präsent. Angelica winkte mich zu sich. Ich wies mit meiner Löffelspitze auf die Karten.

»Was machen Sie da?«

»Ich befrage die Karten.«

»Und sie antworten Ihnen?«

»Natürlich. Sie lügen nie. Kommen Sie, ziehen Sie eine.«

Neugierig griff ich aufs Geratewohl eine Karte heraus.

»Die Herrscherin. Eine Frau spielt eine wichtige Rolle in Ihrem Leben.«

Sofort kam mir Shanti in den Sinn. Die Frau auf der Karte trug ein goldenes Zepter. Ich sah darin meine Vorgesetzte und ihr ständig ans Ohr gepresstes Handy, das den Eindruck vermittelte, sie würde mit allen und jedem in Kontakt stehen. Es fehlten nur noch die E-Zigarette und der Popcorn-Duft.

»Noch eine«, ermunterte Angelica mich.

Ich zog eine weitere Karte.

»Der Hohepriester. Ein Mann hält Ihr Schicksal in seinen Händen.«

Nicolas. Wenn ich ihn dazu brächte, einen Vertrag für *Die*

Versöhnung zu unterzeichnen, würde mein Traum, Lektor zu werden, endlich wahr werden.

Ohne dass Angelica mich darum gebeten hätte, drehte ich eine weitere Karte um.

»Die Liebenden.«

Dazu fiel mir nun gar nichts ein. Worauf wollte das Tarot damit nur hinaus? Schon war also der Beweis erbracht, dass diese Kartenzieherei blanker Zufall war und keinesfalls echte Wahrsagerei. Angesichts meiner zweifelnden Miene erklärte Angelica mir:

»Diese Karte hat eine doppelte Bedeutung. Sie ist Ausdruck einer Wahl, die man hat. Man kann scheitern oder erfolgreich sein. Alles hängt von Ihnen selbst ab. Sie werden eine wichtige Entscheidung treffen müssen, Sie werden etwas wagen müssen.«

»Ihr seht aus wie zwei Verschwörer.«

Wir fuhren beide zusammen, Angelica genauso wie ich – offenbar waren wir so von den Karten in Beschlag genommen, dass wir Laly nicht in den Frühstücksraum hatten kommen sehen. Ich warf einen betretenen Blick auf die auf dem Tisch ausgebreiteten Tarotkarten, als wäre ich bei einem Fehler ertappt worden. Eilig drehte ich die aufgedeckten Karten zurück, damit sie sie nicht näher in Augenschein nehmen konnte. Weder die Herrscherin noch den Hohepriester und schon gar nicht die Liebenden.

We wish you a merry Christmas … Angelicas Handy klingelte. Mit der ihr eigenen Eleganz stand sie auf, setzte Cristal auf meine Knie und schob das Band zurecht, das ihre Haare zusammenhielt, als könne die Person am anderen Ende der Leitung sie sehen. Laly nutzte diese Unterbrechung, um sich ein ausgiebiges Frühstück aufzuladen. Sie schielte auf meinen Teller.

»Kein Schokocroissant heute?«

»Ein einziges Schokocroissant von Angelica reicht für das ganze Leben.«

Sie warf einen amüsierten Blick auf das riesige Meerschweinchen.

»Irgendwie lustig, es hat wirklich den gleichen ernsten Gesichtsausdruck wie Sie.«

Cristal und ich sahen einander konsterniert an.

»Unsinn! Sie wollen mir doch wohl nicht weismachen, dass ich einem Fellknäuel ähnlich sehe. Das könnte ich Ihnen am Ende noch übelnehmen ...«

»Einem süßen Fellknäuel«, fügte sie hinzu und nahm einen Schluck von ihrem Kaffee.

Ich spürte, wie mir einmal mehr das Blut in die Wangen stieg. Hatte Laly mir gerade ein Kompliment gemacht oder bezog sie sich lediglich auf das hübsche Cuy? Cristal sah mich an, als sei sie entzückt über diese vermeintliche Ähnlichkeit zwischen uns beiden. Ich spielte ernsthaft mit dem Gedanken, einen Termin beim hiesigen Friseur zu vereinbaren – und hätte eine Wette darauf abgeschlossen, dass auch der Frisiersalon vom Bürgermeister geführt wurde ...

Angelica, die immer noch telefonierte, ging unruhig auf und ab. Ihr Gesicht drückte Besorgnis aus.

»Was ist los?«, wollte Laly wissen.

»Der Verantwortliche für den Stand mit der heißen Schokolade ist krank geworden.«

Ich konnte nicht wirklich nachvollziehen, warum diese Nachricht so schrecklich sein sollte. Man würde doch wohl auf den Ausschank eines kakaohaltigen Getränks verzichten können. Laly, die meine Gedanken erraten zu haben schien, erklärte:

»Das ist einer der wichtigsten Stände auf dem Weihnachtsmarkt. Jedes Jahr organisieren wir einen Wettbewerb, wer die beste heiße Schokolade serviert.«

Stolz wies sie mit dem Finger auf sich selbst.

»Jedes Mal, wenn ich mitgemacht habe, habe ich auch gewonnen.«

Mit scheinheiliger Bescheidenheit flüsterte sie:

»Ich habe eine geheime Zutat.«

»Eine geheime Zutat?«

»Sie brauchen sich gar keine Mühe zu geben, sie herauszufinden. Ich werde nichts sagen.«

»Nicht einmal unter Folter?«

Sie schüttelte den Kopf.

»Ich schweige wie ein Grab.«

»Und wenn ich Sie zwingen würde, eines von Angelicas Schokocroissants zu essen?«

Ich tat so, als würde ich nach einem der süßen Teilchen greifen wollen, um es ihr in den Mund zu stopfen. Sie hob abwehrend ihre Hände vors Gesicht.

»Gut, ich gebe auf. Es ist Piment! Die Mayas haben der Schokolade immer Piment beigegeben, weil so die einzelnen Aromen besser zu schmecken sind.«

Sie hob drohend ihren Zeigefinger in meine Richtung.

»Und Sie verstehen sicher, dass ich Sie jetzt, wo Sie mein Geheimnis kennen, töten muss …«

»Das ist eine Katastrophe«, ließ sich Angelica vernehmen.

»Nur keine Bange, ich habe nicht wirklich vor, Ben zu töten. Es bringt nichts, wenn man seine Kundschaft tötet.«

»Der Stand mit der heißen Schokolade hat den größten Zulauf. Mit seinem Erlös finanzieren wir viele Aktivitäten für benachteiligte Kinder.«

»Kannst du den Stand nicht selbst übernehmen?«

»Ich bin schon für den Workshop ›Weihnachtssocken besticken‹ eingeteilt.«

»Wir müssen unbedingt jemanden finden …«

Wie auf Kommando drehten sie sich zu mir um. Ich wich einen Schritt zurück.

»Ich kann nicht! Ich habe sehr viel zu tun.«

Das war nicht gelogen, denn ich hatte heute Morgen eine Mail von Shanti erhalten, in der sie alle für die Weihnachtsfeier im Büro noch zu erledigenden Aufgaben aufgelistet hatte. Dazu kamen selbstverständlich noch meine üblichen Ablehnungsbriefe. Wegen meines Auftrags hier vor Ort war ich bereits kräftig im Rückstand mit meiner Verlagsarbeit.

Angelica griff nach meinen Händen.

»Bitte, Ben.«

»Ich weiß nicht …«

Laly lehnte sich an einen Holzpfeiler und beobachtete mich spöttisch. Meine Verlegenheit schien sie zu amüsieren. Ihre zur Schau getragene Lässigkeit ärgerte mich, und zwar so sehr, dass ich wild entschlossen verkündete:

»Einverstanden! Ich werde den Stand übernehmen, aber nur, wenn Laly auch mitmacht.«

Sichtlich erschrocken richtete sie sich auf.

»Ich?«

»Großartig!«, rief Angelica begeistert und seufzte erleichtert.

»Aber ich hatte etwas anderes vor …«

Angelica sah sie so streng an, dass sie nachgab.

»Schon gut, in Ordnung. Aber ich mache es nur für die Kinder.«

»Du bist ein Schatz!«

Damit verließ Angelica den Frühstücksraum. Cristal schenkte uns noch rasch ein Quieken zum Abschied, oder vielleicht sollte es auch ein Kompliment für unsere Einsatzbereitschaft sein, dann folgte sie ihr leichtfüßig. Laly stützte sich auf den Tisch.

»Sind Sie jetzt zufrieden?«

Ehrlich gesagt, war ich das. Der Verkaufsstand für die heiße Schokolade würde mich meinem Ziel, Laly die Freude an Weihnachten wieder zurückzugeben, ein gutes Stück näher bringen. Außerdem lautete ein Auftrag von Nicolas' Liste »eine heiße Schokolade trinken«. Ich war also auf dem richtigen Weg.

Wenn ich mit dem unterzeichneten Vertrag für *Die Versöhnung* in der Tasche ins Verlagshaus Delamare zurückkehrte, würde niemand mehr auf die verspäteten Ablehnungsbescheide zu sprechen kommen. Ich würde zwei Fliegen mit einer Klappe schlagen.

Meine offensichtliche Zufriedenheit schien Laly ein Dorn im Auge zu sein.

»Glauben Sie denn, dass Sie dieser Aufgabe gewachsen sind?«, fragte sie mit einem ironischen Grinsen.

Das klang beleidigend. Ich war gewiss nicht der beste Koch der Welt, aber ich würde es wohl schaffen, zwei oder drei verschiedene heiße Schokoladen anzurühren.

»Ich werde es schon hinbekommen.«

»Ich kann es gar nicht erwarten, Sie in Ihrem Kostüm zu sehen.«

»Welchem Kostüm?«

»Hat Angelica Ihnen das nicht gesagt? Für diesen Stand muss man sich als Wichtel verkleiden.«

Mit diesem Hinweis verließ sie den Raum und pfiff dabei fröhlich die Melodie von *Jingle bells* vor sich hin.

16

Eine kurze grüne Pumphose, dazu lange rot-weiß gestreifte Strümpfe und eine absolut übertrieben hohe Zipfelmütze. So sah meine Aufmachung hinter dem Schokoladenstand aus. Obendrein juckte meine mit weißem Plüsch besetzte Jacke am Hals, und ich versuchte immer wieder, eine Lücke zwischen sie und meine Haut zu bringen. Am Ende fing ich mir noch eine Nesselsucht ein.

Zu allem Elend konnte ich mich nicht einmal über Laly lustig machen. Sie trug ein grünes Kleid, dessen Knöpfe die Form von Zuckerstangen hatten, eine rot geringelte Strumpfhose und dazu eine Zipfelmütze – und sah dabei einfach nur hinreißend aus.

Die Welt folgt einer Logik, die mir unbegreiflich ist. Warum sah sie als Wichtel süß und sexy aus, während ich wie der Hofnarr persönlich daherkam? Mein einziger Trost bestand in der Gewissheit, dass niemand Bekanntes mich in dieser Aufmachung sehen würde. Wenn mir schon die Lächerlichkeit nicht erspart blieb, so vielleicht immerhin die Demütigung.

Aber da tauchte auch schon der ortsansässige Journalist auf und wollte ein Foto von uns beiden machen. Ich versuchte, mich zu verdrücken, aber er blieb hartnäckig. Schaulustige drängten sich um uns. »Wie niedlich die beiden aussehen«, lautete das allgemeine Urteil, und ich fragte mich, an welchem Ort ich hier gestrandet war, dass die Leute es normal fanden, uns auf diese Weise als Wichtel verkleidet zu sehen.

»Rücken Sie etwas näher zusammen«, befahl der Fotograf.

Verlegen bewegte ich mich einen Schritt in Lalys Richtung. »Er ist schüchtern«, skandierte die Menge jetzt gerührt, was dazu führte, dass ich mich endgültig beschämt fühlte. »Noch ein wenig näher«, verlangte der Journalist unbeeindruckt. »Sie wird Sie schon nicht fressen.« Gelächter in der Menge. Betretenes Schweigen am Ort des Geschehens. Am liebsten wäre ich mit Haut und Haaren unter meiner riesigen Wichtelmütze verschwunden. Der synthetische Plüsch kitzelte mich überdies in der Nase, und ich versuchte ungeschickt, mich zu kratzen. Trotz reichlicher Verrenkungen gelang es mir nicht, den Kragen zurückzuschieben. Die Passanten waren geradezu hingerissen von meiner Darbietung. Es hätte nicht viel gefehlt, und sie hätten mich mit Applaus bedacht.

Laly, die mit dieser dörflichen Art der Zuwendung vertrauter war, schaffte es, weiterhin höflich zu lächeln, während sie ein wenig dichter an mich heranrückte.

»Noch ein wenig mehr …«

Das war doch wohl Absicht! Was wollte er denn noch? Dass sie auf meine Schultern sprang?

Laly kam seiner Aufforderung nach und lehnte sich jetzt an mich. Ich roch ihr Apfelshampoo und bemerkte zum ersten Mal ein winziges Muttermal hinter ihrem Ohr. Sie biss sich auf die Lippen, und es beruhigte mich festzustellen, dass ihre Entspanntheit offenbar auch nur vordergründig war.

Der Fotograf brauchte eine Ewigkeit, um seine Aufnahme zu machen. Wir hatten es mit dem Cartier-Bresson von Arnac-la-Poste zu tun! Während dieses unerträglich langen Wartens befiel mich eine schreckliche Vorstellung. Ich triefte unter meinem Kostüm, das nicht nur kratzte, sondern geradezu als Wärmflasche hätte durchgehen können. Was, wenn Laly, die nun an meinem Arm lehnte, einen üblen Schweißgeruch wahrnähme? Die bloße Vorstellung ließ mich noch mehr schwitzen. Und je mehr ich schwitzte, desto mehr musste ich daran denken. Ich versuchte, die Arme dicht vor meinem Oberkörper zu verschränken und dabei trotzdem natürlich auszusehen, aber das war einfach unmöglich.

»Die Arme öffnen und etwas lockerer, Monsieur«, verlangte Robert Doisneau.

Ich gehorchte und ließ die Arme seitlich herunterhängen wie ein Lachs, der gegen die Strömung schwimmt.

»Nein, so geht das nicht«, befand Helmut Newton. »Wie wäre es, wenn wir ein Foto mit erhobenen Armen machen?«

Entsetzen. Ich war ganz sicher, dass mich – abgesehen von der Duftwolke, die ich vermutlich absonderte – zwei umfängliche Schweißflecke verraten würden.

»Wir können nicht den ganzen Tag mit diesem Foto verbringen. Wir müssen uns um den Verkaufsstand kümmern«, drängte Laly nun ungeduldig.

Hatte auch sie am Ende Probleme mit Schweißflecken unter den Achseln? Egal, ihre Bemerkung wurde von der Menge unterstützt, die jetzt nach dem Ausschank von heißer Schokolade verlangte. So musste der Fotograf – ganz der unverstandene Künstler – schließlich murrend von dannen ziehen.

Noch nie hat sich ein Wichtel so erleichtert wieder auf seinen Posten begeben. Es war das erste Mal, dass ich einen Verkaufsstand betreute, und ich verspürte einen gewissen Stolz über die mir übertragene Verantwortung.

Aufgrund meiner zahlreichen Schulwechsel, die sich aus den immer wieder neuen Pflegefamilien ergaben, hatte ich noch nie im Leben an einem Schulfest teilgenommen und auch an keiner außerschulischen Wohltätigkeitsveranstaltung. Meine Erfahrungen hinter einem Verkaufstresen beschränkten sich auf einen Studentenjob in einem Fast-Food-Restaurant, bei dem ich klebrige Finger und fettige Haare bekam.

Anders als ich geglaubt hatte, war der Stand ständig dicht belagert. Unentwegt war ich im Einsatz, lief hin und her, gab

Becher aus oder puderte Zimt auf die Getränke. Die Gesichter der Kinder strahlten, und sie kehrten mit schokoladigem Schnurrbart zurück, um sich einen weiteren Becher zu holen und alle Variationen auszuprobieren.

Der Weihnachtsmarkt war im Ortszentrum von Arnac-la-Poste aufgebaut worden. Eine ganze Reihe kleiner Holzhäuschen schien über Nacht aus dem Boden geschossen zu sein, und jetzt ächzten sie unter den süßen Leckereien, dem Kunsthandwerk, dem Holzspielzeug und anderen lokalen Wunderwerken, die dort feilgeboten wurden.

Ich beobachtete die vorbeischlendernden Menschen, die einander grüßten und Neuigkeiten austauschten. Man kannte sich, und diese Verbundenheit machte mich neidisch. Es musste ein gutes Gefühl sein, sich zu Hause zu fühlen, gewachsene Freundschaften und Wurzeln zu haben.

Ich war gerade mit dem Aufwärmen von Milch beschäftigt, als der Bürgermeister vorbeischaute. Zum Glück trug nicht auch er ein Wichtelkostüm. Er grüßte mit einem Kopfnicken zu mir herüber, als wären wir alte Freunde, die sich auch ohne Worte verstehen. Dann räusperte er sich und schaltete das Mikrofon ein, das er ganz offensichtlich nicht mehr aus der Hand gegeben hatte.

»Liebe Freunde, der jährliche Wettbewerb der besten heißen Schokolade ist eröffnet!«

Applaus. Die Bewohner von Arnac-la-Poste waren wirklich ein dankbares Publikum.

»Wer teilnehmen will, möge bitte die Hand heben.«

Einige Finger zeigten auf. Während der Bürgermeister damit beschäftigt war, die Namen auf einem Notizblock festzuhalten, wandte ich mich an Laly.

»Wollen Sie Ihren Titel nicht verteidigen?«

Einen Augenblick lang schien sie mir etwas gestehen zu wollen, dann besann sie sich.

»In diesem Jahr setze ich aus.«

Ich dachte daran, was sie mir unter der Tanne gesagt hatte. *Dieses Jahr war schwierig für mich.* Nicolas hatte mir zwar angedeutet, dass seine Tochter es gerade nicht leicht hatte, aber bis auf die hinter ihr liegende Scheidung keine Einzelheiten offenbart. Ein Hauch von Wehmut schien sich in Lalys Blick zu schleichen, als sie beobachtete, wie sich die Teilnehmer vorbereiteten.

Ich konnte nicht zulassen, dass sich auf diesem Fest Traurigkeit bei ihr einstellte. Hat man jemals einen so sexy aussehenden Wichtel weinen sehen? Mir kam plötzlich eine Idee.

»Was gewinnt der Sieger?«

»Einen Pokal und einen Gutschein für das Beauty Center im Dorf.«

Ich gab Erstaunen vor.

»Wow!«

Sie lachte.

»Nicht übel, was?«

»Und eine solche Gelegenheit lassen Sie sich entgehen?«

Sie verzog gequält das Gesicht.

»Ich kann …«

Ich unterbrach sie:

»Jetzt verstehe ich. Sie haben Angst, dass ich Sie schlage!«

Sie staunte mich an.

»Wollen Sie etwa teilnehmen?«

»Aber sicher! Der Sieger erhält schließlich einen Pokal.«

»Und einen Gutschein für das Beauty Center.«

»Den werde ich dann wohl auch in Anspruch nehmen. Ich will nämlich nicht länger mit Cristal verglichen werden …«

Sie zögerte. Da tat ich etwas, was mir noch eine Minute zuvor nicht im Traum eingefallen wäre: Ich fasste sie bei der Hand.

»Und wie wäre es, wenn wir gemeinsam antreten?«

Ihr Blick trübte sich.

Da spielte ich meinen letzten Trumpf aus.

»Ich habe nämlich auch eine geheime Zutat.«

Neugierig geworden lächelte sie mich verhalten an.

»Ach ja? Darf man wissen, welche?«

»Den Weihnachtszauber.«

17

Das war natürlich gelogen. Nicht Weihnachtszauber, sondern Banane. Fassungslosigkeit spiegelte sich auf Lalys Gesicht, als ich ihr das gestand.

»Banane? In einer heißen Schokolade? Da können Sie sich gleich von dem Besuch im Beauty Center verabschieden!«

»Sie sind wohl nicht ganz überzeugt?«

»Na ja, ich habe meine Zweifel.«

»Irgendwie habe ich das Gefühl, dass Sie mir nicht vertrauen. Das tut weh. Unter dieser gelben Daunenjacke schlägt tatsächlich ein Herz.«

Ein kalter Wind war aufgekommen, und ich hatte inzwischen meine zitronenfarbene Jacke über mein Wichtelkostüm ziehen müssen – optisch die reinste Gräueltat.

Lalys Mimik war bezaubernd, als sie jetzt die Stirn runzelte. Gleichwohl tat ich alles, um diesen Umstand zu ignorieren. Aber der Anflug eines Lächelns, den sie zu unterdrücken versuchte, blieb mir dennoch nicht verborgen. Im Übrigen war es höchste Zeit, mit der Zubereitung zu beginnen, denn die anderen Kandidaten waren bereits auf dem Posten. Dieser Wettbewerb war eine ernsthafte Angelegenheit. »MasterChef«-Atmosphäre garantiert. Jedem stand ein kleiner Tisch zur Verfügung, auf dem eine Reihe von Küchenwerkzeugen aufgebaut war, deren Namen und Nutzen mir größtenteils unbekannt waren. Etwa zehn Tische waren in einem Kreis aufgestellt, um den herum sich Passanten einfanden, die die Teilnehmer in andächtigem Schweigen beobachteten. Bei heißer Schokolade verstand man in Arnac-la-Poste keinen Spaß.

Mit voller Konzentration arbeiteten die Konkurrenten an dem Rezept, von dem sie glaubten, es bringe ihnen den Sieg ein. Sie murmelten leise vor sich hin und warfen immer wieder angespannte Blicke zu den anderen Tischen. Diese Atmosphäre weckte meinen Kampfgeist. Zum ersten Mal in meinem Leben packte mich der Ehrgeiz, und ich wollte gewinnen. Ja, ich wollte diese Trophäe, einen billigen Klunker in Form einer goldenen Schokoladentasse. Und außerdem wollte ich Laly einen Triumph bescheren. Ich wollte ihr zeigen, dass »ein schwieriges Jahr« sehr wohl schöne Überraschungen bereithalten konnte.

Ich versuchte, mir weiszumachen, dass dieser plötzliche Siegeshunger einzig und allein mit dem Auftrag zu tun hatte, den Nicolas mir abgerungen hatte – und natürlich mit meinem beruflichen Ehrgeiz. Aber da machte ich mir etwas vor. Der Sieg, den ich eigentlich erringen wollte, bestand darin, Laly zum Lächeln zu bringen.

Im Innern unseres kulinarischen Kreises stand eine ganze Reihe von Zutaten und Gewürzen bereit. Ich sah, wie sich die Titelanwärter bei Zimt, Nelke und Vanille bedienten und stellte mit unverhohlener Freude fest, dass die Bananen keine Abnehmer fanden. Ein paar Wagemutige rieben ein wenig Orangen- oder Zitronenschale in ihre Schokolade, aber die Bananen wurden gemieden. Wie ignorant!

Jetzt bewegte ich mich mit betont lockerem Schritt zu dem Tisch in der Mitte. Meine Augen waren fest auf die Bananen gerichtet. Ich fürchtete, dass jemand sie mir vor der Nase wegschnappen könnte. Oder schlimmer noch, dass ein Mitstreiter, dem es selbst an Inspiration mangelte, sah, wie ich nach ihnen griff. Ich kam mir beinahe vor wie James Bond bei einem seiner Geheimaufträge. Für einen Augenblick erwog ich eine

Rolle vorwärts gefolgt von einem militärischen Kriechen wie bei einer Truppenübung. Letztlich entschied ich mich jedoch, bei der Fortbewegung in dezent zügigem Schritt zu bleiben. Da mein Wichtelkostüm mir die Aufgabe zudem nicht leichter machte, griff ich einfach so rasch wie möglich mit zitternder Hand nach den Bananen.

Dann kehrte ich, in meiner Haltung um größtmögliche Lässigkeit bemüht, zu Laly zurück.

»Was machen Sie denn da?«, wollte sie wissen, als ich wieder bei ihr ankam.

So eine Anfängerin! Sie würde uns noch auffliegen lassen. James Bond musste stets auf ein paar Grünschnäbel gefasst sein, die seine Mission gefährdeten.

»Reden Sie doch etwas leiser.«

»Warum?«

»Ich will nicht, dass unsere Konkurrenten meine Idee klauen.«

Laly warf einen skeptischen Blick auf die Bananen, die durch meine unvorsichtige Handhabung in Mitleidenschaft gezogen waren.

»Nun ja, ich habe sie wohl ein bisschen gequetscht, aber das macht nichts.«

Ich beobachtete meine Gegner. Sie puderten, zerkleinerten, rührten, schmeckten ab ...

»Niemand rührt die Bananen an«, kommentierte ich mit feiner Beobachtungsgabe.

Der sexy aussehende Wichtel zog eine Schnute.

»Das wundert mich nicht.«

»Vertrauen Sie mir! Auch wenn ich aufgrund meiner, sagen wir einmal, bewegten Kindheit das traditionelle Weihnachten nie kennengelernt habe, ist es mir dennoch gelungen, eine Tradition einzuführen.«

»Welche denn?«

»Als ich sechs Jahre alt war, musste ich zum ersten Mal Weihnachten ohne meine Eltern feiern. Ich habe den ganzen Heiligen Abend allein in meinem Zimmer bei einer Pflegefamilie verbracht. Ich wollte mit niemandem sprechen. Ich habe nichts gegessen und nichts getrunken. Ich habe Weihnachten einfach verleugnet. Ohne meine Eltern sollte dieses Fest für mich einfach nicht mehr existieren. Wenn der Weihnachtsmann nicht meine Eltern auf seinem Schlitten zurückbringen konnte, wozu gab es ihn dann überhaupt?«

Laly legte mir eine Hand auf den Arm. Mein Körper wurde von einem Schauer erfasst, aber ich wusste nicht, ob es wegen dieser Berührung war oder nur deshalb, weil mich der Plüsch meines Kostüms noch immer teuflisch kratzte.

Doch es berührte mich, dass sie so aufmerksam zuhörte und mich so sanft ansah. Ich hatte das Gefühl, dass wir uns verstanden. Normalerweise sprach ich nicht über mein Leben in den Pflegefamilien, aber jetzt fand ich es schön, ihren Beistand zu spüren.

»Und dann?«, fragte meine zartfühlende Freundin unvermittelt.

Ich schüttelte ratlos den Kopf.

»Was dann?«

»Wo ist die Verbindung zu den Bananen?«

Letzten Endes war Sanftmut möglicherweise doch nicht die hervorstechendste Eigenschaft dieser Tochter des Weihnachtsmannes. In jedem Fall aber besaß sie den Vorzug, eine gute Zuhörerin zu sein, deshalb fuhr ich mit meiner Geschichte fort:

»Mitten in der Nacht, als schon alle schliefen, trieb mich der Hunger aus meinem Zimmer. Ich schlich mich in die Küche. Auf keinen Fall wollte ich die Erwachsenen aufwecken. Sie stellten ständig Fragen und wollten jede noch so kleine Gefühlsregung der Kinder analysieren, und ich wollte einfach nur etwas essen.«

Ich massierte meine Schläfen. Eine Migräne kündigte sich an, wie so oft, wenn diese Erinnerungen wach wurden.

»Ich wollte nichts essen, was zu Weihnachten gehörte: Pute, Maronen und all das. Also griff ich nach dem Erstbesten, was mir unter die Finger kam. Kakaopulver, ein wenig Milch und eine Banane. Ich habe die sehr reife Frucht zerdrückt und sie mit Schokoladenmilch vermengt. Seitdem schmeckt Weihnachten für mich nach der zuckrigen Mischung von Banane und Kakao.«

Sie hielt ihren Blick auf mich gerichtet, und ich bemerkte, dass ihre blauen Augen ein wenig glänzten.

»Haben Sie etwa Tränen in den Augen?«

Sie wandte sich ab und fuhr sich mit der Hand rasch übers Gesicht.

»Keineswegs.«

»Doch, Sie weinen.«

»Ganz und gar nicht.«

»Was ich sehe, ähnelt Tränen aber ungemein.«

»Es sind meine Augen, die tränen, aber ich weine nicht.«

Es rührte mich, sie so ergriffen zu sehen. In der kurzen Zeit hier in Arnac-la-Poste hatte ich mich mehr geöffnet, mehr Gefühle mit anderen geteilt als in meinem ganzen bisherigen Leben. Lag es an der besonderen Atmosphäre in diesem Dorf? Der Weihnachtsstimmung? Hatte ich bei dem Versuch, Laly den Sinn für Weihnachten wiederzugeben, mich selbst auch damit infiziert?

Ein greller Pfiff ließ uns zusammenfahren. Der Bürgermeister, entzückt über die Aufmerksamkeit, die er bei den im Schokoladenwahn befindlichen Kandidaten damit erzielte, rief mit lauter Stimme:

»Die Hälfte der Zeit ist vorüber!«

Er drehte sich zu uns um.

»Für Nachzügler wird es jetzt höchste Zeit!«

Ein Sonnenstrahl brachte den Pokal zum Funkeln, und das spornte uns an. Laly musterte ihn begehrlich, und ich bemerkte, wie ihre noch feuchten Augen zu leuchten begannen.

Mit einer ausladenden Bewegung, die, so hoffte ich, vielleicht sogar etwas von James Bond hatte, entledigte ich mich meiner gelben Daunenjacke. Dann schob ich die Ärmel meines Kostüms hoch.

»Wir werden ihnen die beste heiße Bananen-Schokolade ihres Lebens zubereiten!«

18

Wie zum Tode Verurteilte, die auf ihre Hinrichtung warten, standen wir in Reih und Glied und warteten nervös, während die Juroren hingebungsvoll alle Variationen kosteten. Mir wurde klar, dass sie ein genaues Raster anwendeten, um die Schokoladengetränke zu beurteilen. Alles kam auf den Prüfstand: das Aussehen, das Aroma, die Textur, die Originalität, die geschmackliche Intensität …

Ich wurde immer zappliger, während wir auf den Schiedsspruch warteten. Jetzt verweilte die Jury vor unserem Produkt. Als einer der Schiedsrichter den Becher zum Mund führte, griff Laly nach meiner Hand. Das wirkte bei mir wie ein Stromschlag, und ich fragte mich, ob es sich um eine Stressreaktion handelte oder der unvorhergesehenen Berührung mit der Hand einer Fremden geschuldet war. Einer Fremden, die im Grunde gar nicht mehr so fremd war. Immerhin hatten wir gemeinsam eine heiße Schokolade zubereitet, das bringt einander näher. Wir waren inzwischen beinahe so etwas wie Freunde. Jeder hätte in meiner Situation diesen Adrenalinschub verspürt, dieses Kribbeln in der Magengegend, diese nervöse Anspannung der Schultern, dieses Gefühl, dass die Beine gleich unter einem nachgeben. Ja, jeder.

Die Juroren schienen ihr Urteil gefällt zu haben. Jetzt sollte sich das Publikum einen Eindruck verschaffen. Eine Menge Ungeduldiger wartete sehnsüchtig auf die Entfernung des Seils, das sie von den heiß begehrten Schokoladengetränken trennte.

Jeder durfte nun probieren, die Nummer seines Favoriten auf einen Stimmzettel schreiben und in eine Urne werfen. Bei der Abstimmung wurden die »offiziellen« Juroren und das Publikum gleichermaßen berücksichtigt.

Siegesfantasien verwirrten mir die Sinne. Ich sah schon vor mir, wie ich den Pokal emporreckte, um ihn dann Laly zu schenken. In ihrem gerührten Blick würde ich nichts als Freude erkennen. Ihr »schwieriges Jahr« wäre von diesem Augenblick des Glücks mit einem Schlag weggefegt. Ich stand kurz davor, meinen Auftrag erfolgreich zu Ende zu bringen. Nicolas wäre zufrieden und würde den Vertrag für *Die Versöhnung* unterzeichnen. Mein Ziel war zum Greifen nah.

Lalys Hand berührte erneut meine. Ich überlegte, ob sie vielleicht an einem nervösen Tick litt.

»Wissen Sie, ich habe mich schon sehr lange nicht mehr so gut amüsiert«, gestand sie mir.

Ihre Wangen hatten in der Kälte eine zarte Rötung angenommen. Ich fragte mich, ob ich ihr meine gelbe Daunenjacke anbieten sollte, damit ihr wärmer wurde. Sie rückte näher an mich heran.

»Das hat mir sehr gutgetan.«

Ich war wie gelähmt. Und mir wurde mit einem Mal bewusst: Auch ich hatte diesen Augenblick genossen. Auch ich hatte mich seit Langem nicht mehr so gut amüsiert. Wir hatten diesen Moment wirklich miteinander geteilt. Aber genau deswegen musste ich ihr unbedingt die Wahrheit über meinen Auftrag sagen. Wenn ich jetzt noch länger schwieg, würde sie sich getäuscht fühlen und nicht glauben, dass ich je aufrichtig gewesen war. Noch war Zeit dafür. Ja, es war sogar der absolut richtige Zeitpunkt. Etwas Besseres als eine gute heiße Schokolade konnte es gar nicht geben, um einer Person zu gestehen, dass man von ihrem Vater, der zugleich ein Doppelgänger des Weihnachtsmanns war, gezwungen worden war, gewisse Aufträge auszuführen, um sie wieder für Weihnachten zu begeistern und auf diese Weise eine berufliche Beförderung zu ergattern. Darüber würde sie sicher lachen!

»Ich muss mit Ihnen über etwas sprechen …«

Ein Mann unterbrach uns.

»Du hast es immer noch drauf, wie ich sehe, meine liebe Lalou.«

Laly drehte sich zu ihm um.

»Antoine? Was machst du denn hier?«

»Ich wohne hier.«

Mein Wichtel wirkte verwirrt.

»Ich dachte, du bist auf Geschäftsreise!«

»Ich bin ein wenig früher zurückgekommen. Du kennst mich ja. Die Festtage sind mir heilig.«

Er kam auf sie zu. Ich hätte ihm am liebsten einen Faustschlag ins Gesicht verpasst. Einfach so, nur weil er meine Bananen-Schokolade probiert hatte. Er sah aus wie ein Schönling mit einem Playmobil-Körper. Der Prototyp eines Mannes, der immer und überall beliebt war. Arrogant, einflussreich, attraktiv. Das genaue Gegenteil von mir.

Ich beobachtete ihren Wortwechsel, ohne etwas zu sagen. Ich war unsichtbar geworden. Vielleicht wirkte jeder neben Antoine unsichtbar. Er gehörte zu den Leuten, die andere in den Schatten drängen, um selbst zu strahlen.

Er schlürfte meine Schokolade, während ich heimlich hoffte, er möge sich die Zunge daran verbrennen. Dabei würdigte er mich keines Blickes. Seine ganze Aufmerksamkeit war auf Laly gerichtet.

»Für dich, meine liebe Lalou, ist Weihnachten doch auch wichtig. Erinnerst du dich noch an unser Ritual am See?«

Jetzt teilten sie auch noch ein Ritual aus vergangenen Zeiten. Wer war dieser Unbekannte im Hugo-Boss-Hemd bloß?

Laly wirkte verlegen.

»Ich habe dir schon einmal gesagt, dass du mich nicht so nennen sollst.«

»Aber warum denn, wo du doch meine liebe Lalou bist?«

»Ich bin keine Lalou von irgendjemandem!«

Entzückt von diesem Aufbegehren, lächelte ich glückselig.

Antoine wies gekränkt mit dem Finger auf mich:

»Wer ist dieser Einfaltspinsel eigentlich?«

Ich brauchte eine Weile, bis ich begriff, dass er tatsächlich von mir sprach.

»Das ist Ben.«

Der andere warf mir einen misstrauischen Blick zu.

»Ben?«

»Er wohnt im Gästehaus.«

Damit wurde ich schlagartig inexistent. Mein Status als Tourist machte mich offenbar zu einer vernachlässigbaren Größe.

»Ich habe von deinem Vater gehört, dass du seit deiner Rückkehr dort arbeitest. Stimmt das?«

»Absolut.«

»Ich muss sagen, dass mich das wundert.«

Sie runzelte die Stirn und stemmte ihre Hände in die Seiten.

»Und warum wundert dich das?«

»Also hör mal, Lalou! Du hast doch etwas Besseres verdient, als Hausangestellte in einem Hotel auf dem Land zu spielen.«

»…«

»Du weißt, dass ich Angelica toll finde, auch wenn sie … Wie soll ich sagen? Ein wenig außergewöhnlich ist. Aber was soll's. Außerdem kann man nicht gerade behaupten, dass ihr Gästehaus das Hilton wäre.«

Wenn ich nicht dabei gewesen wäre, hätte ich es nicht für möglich gehalten, dass ein Wichtel sich so ereifern konnte. Und doch geschah genau das, und zwar direkt vor meinen Augen. Gereizt legte sich Lalys Stirn in Falten, und sie presste die Lippen aufeinander, ihr ganzer Körper verriet Anspannung.

Gleichwohl bestand eine Art Verbindung zwischen den beiden und, auch wenn mir das missfiel, eine gewisse Anziehung. Ihr Gegenüber war sich allerdings nicht darüber im Klaren, welches innere Brodeln er bei Laly ausgelöst hatte. Er sah sie auch jetzt noch mit seinem Schlafzimmerblick an, der so manche Frau hätte weich werden lassen. Ich fragte mich, ob er diesen Blick vor dem Spiegel übte oder ob er sich ganz von selbst einstellte. Kommen manche männliche Wesen vielleicht schon mit George Clooneys »What else?«-Blick auf die Welt?

»Wie wäre es, wenn wir zusammen essen gehen? Ich bin sicher, dass ich dich zurück in die Spur bringen könnte.«

Selbstsicher legte er seine Hand auf ihren Unterarm. Die Geste verriet eine gewisse Intimität zwischen den beiden. Es gab keinen Zweifel, sie hatten eine gemeinsame Geschichte. Die Frage war nur, ob diese zu Ende war oder nicht.

Laly, offensichtlich verwirrt durch den Schlafzimmerblick oder diese zärtliche Berührung, nickte einwilligend.

»Okay. Ich muss jetzt weiter. Schön, dass wir uns getroffen haben. Wir machen bald was aus zum Essen.«

Er schenkte ihr ein hinreißendes Lächeln, das selbst eine Nonne nicht ungerührt gelassen hätte, dann drehte er sich mit einem herablassenden Grinsen zu mir um:

»Nicht übel, die Schokolade. Was ist da drin? Etwa Banane?«

An einer Antwort war er wohl nicht ernsthaft interessiert, denn er zog ab und ließ Laly und mich stumm zurück.

Der gellende Ton eines wieder eingeschalteten Mikrofons ließ uns auffahren.

»Der Sieger steht jetzt fest!«

Ich kam mir lächerlich vor. Was tat ich hier in einem Wichtelkostüm und einer grellgelben Winterjacke? Warum hatte ich meine Bananen-Schokolade mit Fremden geteilt? All meine seit Jahren tief in mir verwurzelten Selbstschutzmechanismen drängten wieder an die Oberfläche. Ich verschränkte die Arme vor der Brust, um mich besser in mich selbst zurückziehen zu können. Die anderen waren gefährlich, das wusste ich doch nur zu gut. Warum hatte ich mich bloß in diese weihnachtliche Maskerade hineinziehen lassen?

Der Bürgermeister gab der mittlerweile angerückten Musikkapelle ein Zeichen. Der Trommelwirbel setzte ein.

»Die großartigen Gewinner des diesjährigen Wettbewerbs um die beste heiße Schokolade in Arnac-la-Poste sind Laly und Ben. Sie erhalten den Pokal für ihre gewagte Bananen-Schokolade!«

Die Kapelle stimmte ein sehr passendes *We Are the Champions* an, und die Menge applaudierte. Auch die anderen Teilnehmer zollten uns, als faire Mitstreiter, Beifall und kosteten nun unsere Kreation. Einige fragten mich sogar nach dem Rezept.

Mit einem Mal kam es mir vor, als hätte ich einen Weltmeistertitel gewonnen. Ich verspürte eine ungeheure Freude in mir aufsteigen, die meinen ganzen Körper erfasste. Nicht einmal der synthetische Stoff meines Kostüms kratzte mich noch. Der Bürgermeister reichte mir die goldene Tasse, die schwerer war, als ich erwartet hatte – mit Sicherheit war es der Sieg, der so schwer wog.

Ich stieg auf die Bühne und reckte die Trophäe stolz in die Höhe. Der Applaus schwoll an. Dann wollte ich sie symbolträchtig an die strahlend lächelnde Laly weiterreichen. Nach meinem Augenblick des Triumphes wollte ich, dass auch sie ihren bekommt.

Aber sie winkte ab.

»Es war Ihre Idee, Ihr Rezept. Ich habe nur mitgemacht.«

Der weitere Verlauf des Events wird wortgewaltig im (vom Bürgermeister herausgegebenen) lokalen Zeitungsblättchen wiedergegeben:

Der Sieger fasste seine Partnerin um die Taille und hob sie auf die Bühne wie ein Märchenprinz seine Liebste auf sein Ross setzt. In schöner Eintracht zeigten sie ihren Pokal einer begeisterten Menge, die sich noch lange an dieses Bananen-Schokoladen-Rezept erinnern wird, dessen Originalität die Stimmberechtigten überzeugt hat. Auch in diesem Jahr hat sich der weihnachtliche Zauber von Arnac-la-Poste eingestellt. Hoffen wir, dass dieses Weihnachten noch weitere schöne Überraschungen für uns bereithält.

19

Nachdem ich ins Gästehaus zurückgekehrt war, ließ ich mich vollkommen erschöpft aufs Bett fallen. Dieser Tag hatte mich echt geschafft. Ich war glücklich, endlich wieder in diesem Zimmer mit seinem Dekorationsmix aus weihnachtlichen und esoterischen Zutaten zu sein und schmiegte mich wohlig in die wunderbar weiche Bettdecke.

Ich dämmerte bereits weg, als ich wie aus der Ferne das Klingeln meines Handys vernahm. Ich nahm das Gespräch an, ohne nachzusehen, wer da anrief.

»Ben? Endlich! Ich habe den ganzen Nachmittag über versucht, dich zu erreichen.«

Die ernste und vom Dampf der E-Zigaretten etwas raue Stimme von Shanti riss mich mit einem Schlag aus dem Halbschlaf. Ich sprang aus dem Bett, fühlte mich geradezu ertappt.

»Tut mir leid, ich hatte mein Handy im Hotel vergessen.«

»Das ist ja nicht gerade professionell … Ich hoffe, du kommst mit den Vorbereitungen für die Weihnachtsfeier gut voran.«

Da wurde mir mit einem Mal klar, dass für Shanti die mögliche Zusage von Nicolas und damit ein zukünftiger Bestseller gar nicht von Bedeutung war, sondern einzig und allein ihre verflixte Abendveranstaltung. In ihren Augen war ich kein vielversprechender Mitarbeiter, der bald Lektor sein würde, sondern nichts weiter als ein kleiner Assistent, der sich um Betriebsfeiern kümmern durfte.

Shanti monologisierte weiter von »üppigem Dekor«, von »schick und elegant«, alles natürlich »im Einklang mit den Werten des Hauses Delamare«… Sie brauchte keine zweite Person, um eine Unterhaltung in Gang zu halten. Sie ging grundsätzlich davon aus, dass sie sprach und ihr Gegenüber zuhörte. Einseitige Kommunikation, das war ihr Ding.

Ich versuchte, ihre Aufmerksamkeit auf das eigentlich Wichtige zu lenken.

»Die Vertragsangelegenheit ist ein wenig kompliziert, aber ich hänge mich rein.«

»Welcher Vertrag denn?«

»Der zu dem Text, den ich entdeckt habe …«

»Ach ja, der.«

»Der Autor hat ein paar Forderungen, aber …«

»Wenn er mehr Geld will, das kann er sich schon mal abschminken. Unser Haus wird nicht einen Cent mehr ausgeben für den berühmten Unbekannten aus Pusemuckel.«

»Aus Arnac-la-Poste. Nein, er will etwas anderes, er …«

»Hör zu, Ben, ich habe keine Zeit für derlei Nebensächlichkeiten. Ich muss wichtige Entscheidungen treffen. Konzentrier dich auf die Weihnachtsfeier.«

Damit legte sie auf. Wenn Shanti zu sprechen aufhört, dann betrachtet sie die Unterhaltung auch als beendet.

Ihr Monolog war zu Ende, und ich saß ratlos da. Warum war sie so auf diese Feierlichkeit fixiert?, fragte ich mich. Als Cheflektorin müsste ihr eine solche Party unter Kollegen im Grunde doch ziemlich egal sein. Es musste also etwas Wichtigeres dahinterstecken. Shanti überließ nichts dem Zufall. Aber natürlich konnte man unmöglich eine Erklärung von ihr verlangen.

Ich musste zugeben, dass meine Weihnachts-Missionen vor Ort mich vollständig mit Beschlag belegt hatten und ich mir bis jetzt nicht das Geringste für die Betriebsfeier überlegt hatte.

Kalter Schweiß brach mir aus und ließ mich frösteln. Ich saß ganz verteufelt in der Klemme. Sollte es mir gelingen, Shanti den Vertrag für *Die Versöhnung* zu präsentieren, die Betriebsfeier aber zu einem Reinfall geraten, würde sie mich womöglich entlassen. Dann könnte ich mir nicht nur die angestrebte Stellung aus dem Kopf schlagen, sondern auch dieser großartige Text würde in Vergessenheit geraten.

Ich ließ mich wieder aufs Bett fallen und vergrub meinen Kopf unter dem Kissen, auf das der Weihnachtsmann und seine Frau beim Päckchenpacken in ihrer hoch im Norden liegenden Hütte gestickt waren. Das Paar ließ mich an Laly und mich selbst in unseren Wichtelkostümen denken. Die Schaulustigen hatten recht: Wir waren ein ziemlich putziges Pärchen gewesen. Vor allem natürlich Laly, denn bei mir sahen die langen rotweiß gestreiften Strümpfe längst nicht so gut aus wie bei ihr die Strumpfhose.

Auch an Antoine musste ich noch einmal denken, an sein selbstsicheres Auftreten als Alphatier. Laly wirkte in seiner Gegenwart geradezu zerbrechlich, und doch sah ich in ihr eine sehr starke Frau.

Erneut klingelte das Telefon. Sicher wollte Shanti mir weitere Anweisungen für die Feier durchgeben.

»Shanti, ich kümmere mich ...«

»Hallo?«

»Wer ist da?«

»Phineas.«

»Phineas?«

»Du bist mein Weihnachtswichtel.«

Dann herrschte Stille. Ich konnte es nicht fassen, dass mein nerdiger Kollege sich bei mir meldete. Warum rief er mich denn an? Wollte er sichergehen, dass ich ein Geschenk für ihn gefunden hatte?

»Was ist los?«

Ich hörte ihn am anderen Ende der Leitung seufzen.

»Ich wollte nur kurz hören, wie es dir geht.«

Ich sah rasch auf den Radiowecker. Zweiundzwanzig Uhr.

»Das ist nett, danke.«

»Findest du? Meine Psychologin hat darauf bestanden. Offensichtlich macht man das so. Stimmt es, dass man das so macht?«

»Fragen, wie es geht? Ja.«

Ich spürte, dass er beruhigt war. Seine Stimme klang jetzt nicht mehr ganz so mechanisch, nahm geradezu eine warme Färbung an.

»Sehr schön! Weil ich mich nämlich eigentlich in der Gesellschaft von Computern wohler fühle als in der von Menschen. Aber nach meinem Prozess musste ich eine Therapie machen.«

»Was für ein Prozess?«

»Ach, zwei oder drei Hackerangriffe … Wenn ich dir einen Rat geben darf für das Hacken von irgendwelchen Behörden – du weißt schon, Polizei, Finanzamt, eine Versicherungsgesellschaft oder Bank –, dann lautet der: Am besten machst du das in der Ferienzeit. Da werden alle nachlässiger und sorgloser, auch die Systembetreuer.«

»Das merke ich mir …«

»Und genau da habe ich einen Fehler gemacht: Man sollte niemals die Mails des Präsidenten an einem normalen Wochentag hacken. Ich hätte das Wochenende abwarten müssen!«

»Du hast die Mailbox des Präsidenten gehackt?«

»Nicht nur seine. Auch die Bankkonten von einigen Milliardären, die zwielichtige Geschäfte machen. Übrigens bin ich nur deshalb nicht ins Gefängnis gekommen, weil ich ein paar dieser Unterlagen öffentlich gemacht habe.«

»Ins Gefängnis?«

»Weißt du, im Gefängnis käme ich überhaupt nicht klar. Es gibt kaum Netz dort, schon gar kein Glasfasernetz. Da hätte ich überhaupt keine Beschäftigung. Egal, jedenfalls hat man mir eine Therapie verpasst, die Störungen im Sozialverhalten beheben soll. Und meine Psychologin sagt, dass man andere anrufen soll, um zu fragen, wie es ihnen geht, denn das wäre nett und würde Bindungen schaffen. Findest du es nett? Und schaffen wir gerade eine Bindung?«

»Äh, ja. Ich glaube ...«

»Super! Wenn ich ihr das sage, lässt sie mich vielleicht zur Belohnung ein wenig auf der Website der Polizei surfen.«

Ich rieb mir die Augenlider. Meine Müdigkeit war vollkommen verflogen. Ich war sicher, dass ich jetzt nicht mehr so bald einschlafen könnte.

»Wie läuft es denn bei deiner Unternehmung?«

Ich klemmte mir ein Kopfkissen in den Rücken.

»Sagen wir, die Situation wird zunehmend kompliziert.«

»Was heißt das genau?«

»Der Autor, den ich getroffen habe und der nebenbei auch den Weihnachtsmann in Arnac-la-Poste gibt, zwingt mich, Aufträge auszuführen, die mit seiner Tochter Laly zu tun haben und dafür sorgen sollen, dass sie ihre Liebe zu Weihnachten wiederentdeckt. Bisher haben wir eine Kutschfahrt gemacht, dem Einschalten der Weihnachtsbaumbeleuchtung auf dem Dorfplatz beigewohnt und einen Wettbewerb gewonnen, bei dem es um die beste heiße Schokolade ging.«

»Na, du scheinst ja wirklich deinen Spaß zu haben!«

Ich lächelte.

»Damit habe ich zwar nicht gerechnet, aber es ist so, ja.«

»Was ist denn dann so kompliziert?«

»Ich fühle mich Laly gegenüber irgendwie nicht gut. Vorhin kam es mir so vor, als seien wir uns tatsächlich nähergekommen, und ich wollte ihr die Wahrheit sagen. Dann ist einer ihrer Freunde aufgetaucht und hat uns gestört. Ich konnte das Thema nicht ansprechen. Wir sind ins Gästehaus zurückgekehrt, das von Angelica geleitet wird. Sie ist eine Art weihnachtsliebende Hellseherin.«

»Ich kenne mich nicht sonderlich aus mit menschlichen Gefühlsregungen, aber Eifersucht erkenne ich recht gut ...«

»Ganz sicher nicht!«

»Ganz sicher doch! Es gefällt dir nicht, dass ein anderer der Tochter des Weihnachtsmanns nahekommt.«

»Ich weiß nicht ...«

»Ist sie hübsch?«

»Angelica?«

»Laly!«

Ich streckte mich der Länge nach auf dem Bett aus.

»Sie ist authentisch. Sie ist manchmal ziemlich direkt und hat einen beißenden Humor, aber sie ist auch zerbrechlich und sanft, was sie allerdings zu verbergen versucht.«

»Herzchen, Herzchen, Herzchen.«

»Was soll das denn heißen?«

»Drei Herzchen-Emoticons. Ich stelle mich beim Schreiben geschickter an als in echten Unterhaltungen. Meine Psychologin sagt, dass dieser Umstand mein Sozialverhalten beeinträchtigen könnte.«

»Warum denn Herzchen?«

»Sag mal, du scheinst dich aber auch nicht viel besser auf menschliche Gefühlsregungen zu verstehen als ich! Soll ich dir die Kontaktdaten meiner Psychologin geben? Es ist doch klar, dass dir etwas an ihr liegt.«

»An deiner Psychologin? Ich kenne sie ja nicht einmal.«

»An Laly! Du musst am Ball bleiben. Du bist dabei, eine Bindung zu deiner Zielperson aufzubauen. Ein klassischer Fall von Übertragung.«

»Das kann ich gar nicht. Wenn die Feiertage vorbei sind, fahre ich zurück.«

Ich stieß einen Seufzer aus, der ziemlich herzzerreißend klingen musste.

»Und dann ist da ja noch diese Betriebsfeier im Büro, die ich organisieren soll. Ich weiß nicht, warum Shanti sich da so hinein verbeißt.«

»Soll ich mich in die Mails von allen hacken, um dir Klarheit zu verschaffen?«

Mit einem Schlag saß ich kerzengerade im Bett.

»Nein!«

»Warum? Wenn du wüsstest, was man alles über eine Person erfährt, deren Mails man liest! Ich erinnere mich da an einen russischen Oligarchen ...«

»Damit würde man sie alle hintergehen.«

»Sie werden nichts davon mitbekommen. Ich bin ein echtes Phantom, ich hinterlasse keinerlei Spuren. Du hast ja schließlich auch nichts bemerkt. Dabei habe ich deine gesamte Mailbox und auch deine persönlichen Informationen überprüft. Ich musste schließlich wissen, wer du bist, bevor ich dich frage, wie es dir geht. *Quod erat demonstrandum.*«

Mir schoss der Gedanke durch den Kopf, mich von sämtlichen sozialen Plattformen zurückzuziehen und die digitale Welt hinter mir zu lassen. Phineas ließ mir keine Zeit, ihn zu tadeln, und fuhr fort:

»Wo wir schon dabei sind, ich kann dich nur loben für deine regelmäßigen Spenden an Tierschutzverbände.«

»Jetzt reicht es aber! Das ist illegal, was du da machst!«

»Ach, weißt du, die Legalität ist etwas sehr Relatives.«

»Man schnüffelt nicht im Leben anderer Leute herum.«

»Okay, wie du willst – wenn der Herr es lieber altmodisch mag ... Pech für dich. Übrigens, wer ist Liam?«

»Keine Ahnung. Wer soll das sein?«

»Wenn ich das wüsste, würde ich dich nicht fragen. Du solltest wirklich mal meine Psychologin aufsuchen. Ich glaube, das täte dir gut ...«

So langsam brachte er mich auf die Palme.

»Sein Name taucht sehr häufig in den letzten Textnachrichten von Laly auf«, klärte Phineas mich auf.

»Du hast in ihren Textnachrichten geschnüffelt? Das hatte ich dir doch gerade verboten.«

»Du hast gesagt, ich soll nicht in ihre Mailbox schauen. Von SMS war nicht die Rede.«

Ich fuhr mir mit der Hand durch die Haare. Das war eine Angewohnheit von mir, wenn ich sehr nervös war. Ich war hin- und hergerissen zwischen zwei Gefühlen. Einerseits hatte ich Angst, mich strafbar zu machen und am Ende sogar verhaftet zu werden. Konnte es sich nicht als gefährlich erweisen, Kontakt zu einem solchen Hacker zu unterhalten? Ich sah bereits vor mir, wie das FBI meine Zimmertür aufbrach und mich an einen geheimen Ort verfrachtete, um mich zu verhören. Andererseits hatte Phineas meine Neugierde geweckt. Wer war bloß dieser Liam, der anscheinend um Laly herumstrich? Diese Frage stellte ich mir natürlich ausschließlich deswegen, weil er unter Umständen meine Weihnachtsmission behindern könnte.

Aber ich durfte der Versuchung nicht nachgeben. Das Privatleben war ein hohes Gut. Und das von Laly musste respektiert werden, auch wenn das Auftauchen von Antoine und jetzt von diesem Liam mir nicht in den Kram passten. Einzig und allein wegen meiner Mission natürlich.

»Gut, ich muss jetzt Schluss machen«, teilte mir Phineas, der Hacker, mit. »Ich hätte dich gern IRL besucht, aber ...«

»IRL?«

»*In real life*, echt eben! Aber weißt du, die Menschen, das ist einfach nicht so mein Ding.«

»Ich verstehe.«

»Bis bald.«

Ich hielt ihn noch einmal auf.

»Phineas? Schnüffel nicht mehr in Lalys Leben und auch nicht in meinem herum. Einverstanden?«

Er seufzte.

»Gut, einverstanden.«

»Danke«

»Fandest du es gut, dass ich dich angerufen habe?«

Ich musste lächeln.

»Ja.«

»Wenn meine Psychologin das hört, kriege ich sicher ein paar Pluspunkte. Vielleicht schaffe ich es dann mal auf die Website des amerikanischen Finanzministeriums ...«

»Gute Nacht, Phineas.«

»Gute Nacht. Übrigens, diese gelbe Daunenjacke ist supercool.«

Ich kam aus dem Staunen nicht mehr heraus.

»Woher weißt du, dass ich eine gelbe Daunenjacke habe?«

Verblüfft schüttelte ich den Kopf. Mein Hacker wurde mir immer unheimlicher.

»Hast du das herausgefunden, indem du meine Kontoauszüge durchgesehen hast?«

»Nein. Sie liegt auf dem Stuhl, der hinter dir am Schreibtisch steht. Dann mach's mal gut!«

Er beendete das Gespräch, ohne mir weitere Erklärungen zu liefern. Argwöhnisch sah ich mich im Zimmer um. Waren unter den Plastik-Weihnachtsmännern am Ende etwa Kameras versteckt?

Als ich das kleine rote Licht der Computerkamera an meinem Laptop ausgehen sah, begriff ich, wie Phineas vorgegangen war. Auf diesem Weg hatte er mich also ausspioniert! Hastig klappte ich den Laptop zu. Die Lichterketten begannen zu blinken, während der Radiowecker *Santa Claus Is Coming to Town* anstimmte. Gute Nacht, Phineas!

20

Am nächsten Morgen stieß ich im Aufenthaltsraum auf Angelica. Ein Kaminfeuer warf einen warmen Lichtschein auf ihr Gesicht. Sie saß gemütlich in einem Ohrensessel, das Riesenmeerschweinchen Cristal lagerte auf ihren Knien, und sie war in eine Lektüre vertieft.

»Guten Tag, Angelica. Was für ein Buch nimmt Sie denn so gefangen? *Astrologie für Dummies?*«

In meinem Kopf klang der Witz gut. Aber wie so oft lagen Welten zwischen dem, was in meinem Kopf vor sich ging, und der Realität.

Angelica bedachte mich mit einem nachsichtigen Lächeln, das mir das Gefühl vermittelte, sie hätte mich verstanden. Dann hob sie ihre Lektüre hoch und präsentierte mir den Buchdeckel, sodass ich den Titel ihres Romans lesen konnte:

Also sprach Zarathustra.

Ich war tief beeindruckt.

»Es gibt nichts Besseres als Nietzsche, um den Tag zu beginnen.«

Mit einer Handbewegung lud sie mich ein, im Ohrensessel ihr gegenüber Platz zu nehmen.

»Zarathustra ist der awestische Name für Zoroaster.«

»Aber natürlich, der awestische Name ...«

»Das Awestische ist eine alte iranische Sprache.«

»Genau.«

»Und Zoroaster ist der Gründer des Zoroastrismus.«

»Das macht Sinn.«

»Der Zoroastrismus ist eine im zweiten Jahrtausend vor Christus in Persien gegründete Religion.«

Ich rieb mir meine noch etwas schläfrigen Lider.

»Solche Weisheiten vor dem Frühstück …«

»Sie machen sich lustig. Das ist typisch für Zwillinge. Ich wette, dass Sie in der zweiten Dekade geboren sind.«

Sie klatschte in die Hände und schloss ihr Buch.

»Ich habe eine Überraschung für Sie.«

Ich schnitt ein Gesicht.

»Da befürchte ich das Schlimmste.«

»Es wird Ihnen gefallen, ich bin ganz sicher.«

»Wenn ich mich dafür noch einmal als Wichtel verkleiden muss, dann lehne ich strikt ab!«

Sie verpasste mir einen Klaps auf die Schulter, der einer Judoka würdig war.

»Autsch!«

Ein zweiter Klaps folgte, der mich tatsächlich beinahe ins Stolpern brachte. Dann eröffnete sie mir:

»Der heutige Tag bringt genau das, was Sie brauchen.«

»Wenn Sie das sagen …«

Ich rieb mir noch meine schmerzende Schulter, als Laly hereinkam. Sie trug eine Jeans-Latzhose und hielt einen Schraubenzieher in der Hand, den sie offenbar gerade benutzt hatte.

»Ich habe den Durchlauferhitzer repariert.«

Als sie mich erblickte, strich sie mit dem Handrücken ihr Haar glatt. Ihre Bewegung rührte mich, und ich fand, dass niemandem ein Schraubenzieher besser stehen könnte als ihr.

»Guten Morgen, Ben. Wie geht es dir?«

Mir fiel sofort der Wechsel zum »Du« auf. Noch nie hatte die Benutzung der zweiten Person Singular für mich so schön geklungen.

Ich stotterte ein paar belanglose Worte über die Qualität der

Matratze und die kuschlige Bettdecke. Amüsiert beobachtete Angelica unser Gespräch.

»Du tauchst genau zur richtigen Zeit auf, Laly. Ich wollte Ben gerade mitteilen, dass ich euch beide zum Weihnachtsmarathon angemeldet habe.«

Ich hielt mich an den Lehnen des Ohrensessels fest. Ein Rennen? Zu Fuß? Wie lang war noch mal ein Marathon? Das waren doch zweiundvierzig Kilometer, oder? Das war wahrlich kein Gästehaus hier, sondern ein Trainingszentrum!

Laly schien ebenfalls nicht begeistert zu sein. Sie blickte verlegen auf ihre Füße.

»Ich hatte nicht vor, mich dieses Jahr anzumelden. Mir steht der Sinn wirklich nicht nach Feierlichkeiten.«

»Eine Scheidung muss dich doch nicht daran hindern zu tun, was du gern magst.«

»Du kennst die besonderen Umstände dieser Scheidung. Und außerdem war dieses Jahr besonders schwierig. Ich habe keinen Kopf für Weihnachten und alles, was damit zusammenhängt.«

Angelica schüttelte entschieden den Kopf.

»Solche Dummheiten will ich gar nicht hören. Weihnachten in Arnac-la-Poste, das ist heilig.«

Laly wollte etwas erwidern, aber unsere Gastgeberin, in der offenbar auch eine Fitnesstrainerin schlummerte, ließ ihr keine Chance.

»Es ist ohnehin zu spät. Ich habe euch beide angemeldet.«

»Aber …«

»Es gibt kein ›aber‹, das sinnvoll wäre. Du gehst dahin und wirst Spaß haben. Und damit Schluss.«

Cristal hatte es sich mittlerweile auf meinen Knien bequem gemacht, und in den Ohrensessel geschmiegt folgten wir beide diesem Wortwechsel so gespannt wie einem Tennismatch.

Etwas milder fügte Angelica hinzu:

»Ich habe es in den Karten gelesen, und die Karten lügen nie.«

Spiel, Satz und Sieg für Angelica. Laly schnitt ein Gesicht, trat aber angesichts dieser messerscharfen Argumentation den Rückzug an. Als sie sich plötzlich an meine Gegenwart erinnerte, musterte sie mich von Kopf bis Fuß, während ich den Kopf des Riesenmeerschweinchens kraulte, das sich meine Zuwendungen mit einem wohligen Quieken gefallen ließ.

»Ich weiß nicht so recht, ob er das schafft.«

Der Satz war nicht eindeutig an mich gerichtet, auch wenn er sich wohl auf mich bezog.

»Aber sicher!!«, antwortete Angelica.

»Schau doch, er ist ganz blass.«

»Die frische Luft wird ihm guttun.«

»Er wird nicht bis zum Schluss durchalten.«

»Er wird sein Bestes geben.«

Ich sah den beiden zu, wie sie über mich sprachen, als wäre ich nicht anwesend. Das Bild, das Laly von mir zeichnete, war zwar nicht gerade schmeichelhaft, aber es entsprach ziemlich genau der Realität. Ich war kein Sportler, ich war sogar weit entfernt davon. Meine Heuschreckenbeine waren der beste Beweis dafür. Meine spärlichen Jogging-Versuche bezahlte ich jedes Mal mit grauenhaften Wadenkrämpfen und einem Schnupfen obendrein. Unabhängig von der Jahreszeit trug ich nämlich bei all meinen Aktivitäten dieser Art lediglich ein ärmelloses Sporttrikot, um unschöne Schweißflecke unter den Achseln zu vermeiden.

»Er wird schlappmachen, so viel ist klar«, beharrte Laly.

Jetzt hatte ich lange genug zugehört. Ich beschloss einzuschreiten, bevor meine Selbstachtung gänzlich dahin war.

»Hört mal, es ist eine Ewigkeit her, dass ich gelaufen bin …«

Verblüfft starrten die beiden mich an. Offensichtlich sah ich viel athletischer aus, als ich dachte. Weitere Erklärungen schienen mir angebracht.

»Ich bin nicht sehr sportlich.«

Nun tauschten sie einen wissenden Blick. Mir wurde klar, dass ich einen bereits klaren Sachverhalt ausgesprochen hatte. Aber da jeder Mann seinen Stolz hat, fügte ich hinzu:

»Auch wenn ich regelmäßig trainiere.«

Ich zog meinen Pullover zurecht und spannte meine Brust an, um etwas mehr Muskelmasse vorzutäuschen. Auch wenn meine Beine eine gewisse Ähnlichkeit mit Krebsschwänzen haben mochten, gab ich im Großen und Ganzen doch eine recht ansehnliche Figur ab. Ich ging sogar so weit, meine Brustmuskeln ein wenig spielen zu lassen, bevor mir klar wurde, dass dies bei meinem dicken Wollpullover vergebliche Mühe war. Ich verfluchte den strengen Winter von Arnacla-Poste, der mich daran hinderte, meine Trümpfe auszuspielen.

Laly kam zu mir. Ich roch den Duft ihres Apfelshampoos und bekam sofort Lust auf eine Tarte Tatin.

»Wer hat denn etwas von Laufen gesagt?«, fragte sie mich, als hätte ich gerade die Wellentheorie des Lichts dargelegt.

Schockiert von dieser Böswilligkeit hob ich die Arme zum Himmel:

»Na, ihr natürlich! In dem Wort ›Weihnachtsmarathon‹ steckt schließlich ›Marathon‹ drin.«

Jetzt prusteten die beiden los. Cristal gesellte sich zu ihnen und quiekte wie wild. Es war klar, dass man sich über mich lustig machte. Selbst pralle Muskelpakete konnten dagegen nichts ausrichten.

»Ich verstehe nicht, was daran so lustig ist.«

Jetzt konnten sie kaum noch an sich halten. Laly steckte den Schraubenzieher in eine der Taschen ihrer Latzhose und setzte sich auf das Sofa mir gegenüber.

»Es handelt sich nicht um einen Lauf, sondern eher um eine Art Schatzsuche.«

»Oder um einen Staffellauf«, spezifizierte Angelica.

»Ich verstehe überhaupt nichts mehr.«

Die Hausherrin erhob sich und zog ein Fotoalbum aus einem Regal. Sie blätterte ein wenig darin herum, bis sie fand, was sie gesucht hatte.

»Das bin ich beim Weihnachtsmarathon von 1985.«

Das Foto zeigte eine hübsche junge Frau mit langen schwarzen Locken, die über ihre Schulter hinab reichten. Stolz hielt sie einen goldenen Pokal in Händen. Neben ihr stand ein hochgewachsener Kerl mit breiten Schultern, der sie um die Taille gefasst hielt und genauso strahlte wie sie.

Sie blätterte weiter und wies auf andere Aufnahmen. Es waren die gleichen jungen Leute. Die gleichen strahlenden Gesichter. Nur die Daten auf den Pokalen änderten sich: 1987, 1990, 1993, 1998 …

Ab dem Jahr 2000 wirkte der Mann schwächer. Er hatte offenbar Gewicht verloren, und seine Schultern sahen nicht mehr so kräftig aus. Sein Lächeln war weniger strahlend. In den Augen der Frau konnte man einen Anflug von Sorge erkennen. Außerdem war nicht mehr er derjenige, der sie umfasst hielt, sondern sie hatte ihren Arm um ihn gelegt.

Im Jahr 2002 war er nicht mehr auf den Fotos zu sehen. Ein anderes Paar war an ihre Stelle getreten. Im Hintergrund sah man Angelica, die nun deutlich älter wirkte. Der Kummer hatte gewiss seine Spuren hinterlassen.

»In diesem Jahr ist Arthur von uns gegangen. Er konnte den Festlichkeiten nicht mehr beiwohnen.«

Wie alle, die ein solches Unglück erfahren haben, wusste ich, dass es keine Worte gab, um diesen Schmerz zu mildern. Ich war gerührt, dass Angelica diese traurige Phase ihrer Vergangenheit mit mir teilte.

Ich sah sie nun in einem anderen Licht. Ihre stolze Haltung, ihre Leidenschaft für die Astrologie und den Mystizismus. Vielleicht hatte sie über diesen Weg eine Nähe zu ihrem verstorbenen Ehemann gesucht. Selbst wenn diese Methode verrückt erscheinen mochte, so wusste ich doch nur zu gut, dass jedes Mittel recht war, um den Schmerz erträglicher zu machen.

Ich stand auf und schloss sie in meine Arme. Wenn meine Geste sie überraschte, so zeigte sie es nicht. Ich drückte sie an mich, um ihr etwas von meiner Wärme zu geben und um ihr mein Mitgefühl zu zeigen. Diese körperliche Nähe war die einzige Antwort, die mir in diesem Augenblick angemessen zu sein schien.

Sie löste sich schließlich von mir und zog das schwarze Samtband in ihrem Haar zurecht, obwohl es noch richtig saß.

Mit einem Ruck schlug sie das Album wieder zu und damit auch die Tür zu ihren Erinnerungen. Sie klatschte erneut in die Hände, um endgültig in die Gegenwart zurückzukehren.

»Ich bin sicher, dass du dich bei dem Marathon sehr gut schlagen wirst.«

Zwei Wendungen zum »Du« an einem Morgen. Das würde selbst Nietzsche nicht glauben. Unvermittelt verspürte ich einen Anflug von Stolz: Ich war drauf und dran, ein echter Bewohner von Arnac-la-Poste zu werden.

Angelica versetzte nun Laly einen Klaps auf die Schulter, die aber im Gegensatz zu mir nicht ins Wanken geriet, und eröffnete mir:

»Du hast hier gleich zwei große Champions des Weihnachtsmarathons vor dir.«

»Jetzt fühle ich mich unter Druck gesetzt.«

»Hoffentlich! Du trittst schließlich für mein Gästehaus an!«

»Na ja, dann verspüre ich natürlich nicht den geringsten Druck.«

Angelica trat zu mir. Ich rechnete schon mit einem weiteren kräftigen Schlag, aber sie strich mir nur sanft über die Wange.

»Der erste Weihnachtsmarathon hat immer etwas Magisches.«

21

Ich hoffe, dass ihr ein Team bildet, hatte mir Angelica vor meinem Aufbruch zugeflüstert.

Beim Weihnachtsmarathon trat man immer paarweise an. Mehrere Duos maßen sich bei einer Reihe von jahreszeittypischen Aufgaben.

Als ich erfahren hatte, dass es an meiner Teilnahme nichts mehr zu rütteln gab, war ich selbstredend davon ausgegangen, dass Laly und ich gemeinsam teilnehmen würden. Daher war ich sehr überrascht und auch etwas enttäuscht, als man mir sagte, dass die Paare einander zugelost werden.

Ich war zu Fuß gekommen. Trotz meines Daseins als Stadtmensch gewöhnte ich mich langsam an das Dorfleben. Die Bewohner grüßten mich im Vorübergehen, die gelbe Daunenjacke war mein Erkennungszeichen. Ich liebte das Geräusch des unter meinen Sohlen knirschenden Schnees ebenso wie das Zwitschern der Vögel, und ich ertappte mich gar bei dem stillen Wunsch, aus dem Wald einen Hirsch auftauchen zu sehen. Wie ein echter Landbursche eben. Eine Winterversion von Tarzan in der Haute-Vienne.

Wir trafen uns alle im Gemeindesaal, der geschmückt war, wie man es nur in Arnac-la-Poste verstand: Lampions, Lichterketten vom Fußboden bis zur Decke, dazu etwa zehn Tannenbäume in unterschiedlichen Größen und Arten, die von einer Fichte über eine Nordmann- und eine kanadische Balsam-Tanne bis zu einer Waldkiefer reichten.

Ich lauschte den Unterhaltungen. Man sprach über die

Aufgaben des letztjährigen Marathons und schloss Wetten auf die heutigen Herausforderungen ab. Im Hintergrund wurden Weihnachtslieder gespielt. Gerade stimmte George Michael *Last Christmas* an.

Prüfend ließ ich meinen Blick über die Menge schweifen, die ungeduldig der Auslosung entgegenfieberte, um zu erfahren, wer wohl mit wem eine Mannschaft bildete. Manche trugen einen Anstecker, auf dem das Jahr ihres Sieges vermerkt war.

»Diese gelbe Jacke ist wirklich praktisch. Man findet dich sofort in der Menge.«

»Es freut mich zu hören, dass du mich gesucht hast.«

Lalys Wangen röteten sich zart, was ihre Augen noch strahlender wirken ließ. Ich war überrascht und glücklich, dass ich so schlagfertig geantwortet hatte, denn ich hatte mich noch nie aufs Scherzen verstanden und aufs Flirten schon gar nicht. Umso größer war mein Stolz, ihr eine Emotion entlockt zu haben. Aber sie fing sich rasch wieder.

»Bist du in Form?«

Ich dachte an meine große heiße Schokolade – ohne Banane – vom heutigen Frühstück. Außerdem hatte ich reichlich Vitamine und Mineralstoffe zu mir genommen – jedenfalls hatte das auf den Verpackungen gestanden.

Ich deutete einen militärischen Gruß an.

»Jawohl.«

Sie inspizierte meine Schuhe.

»Ich hoffe, die sind bequem.«

Ich erwiderte mit leichtem Spott:

»Zweimal falle ich nicht darauf herein. Ich weiß jetzt, dass es sich nicht um einen echten Marathon handelt.«

»Mach dir nichts vor. Es handelt sich durchaus um einen Wettlauf. Man muss möglichst viele Aufgaben in einer bestimmten Zeitspanne ausführen. Und einige von ihnen verlangen sehr viel Körpereinsatz ...«

Ich schielte zu der alten Dame neben mir.

»Wenn sie das schafft, komme ich auch zurecht.«

»Madame Capuchon ist eine echte Sportskanone. Täusch dich nicht, sie ist eine ernsthafte Konkurrentin.«

Die achtzigjährige Athletin drehte sich zu mir um.

»Möge der Bessere gewinnen, Bürschchen!«

Mit diesen Worten lachte sie lauthals los. Ich drehte mich zu Laly um und raunte ihr zu:

»Die scheint die Lust am Kräftemessen ja mit der Muttermilch aufgesogen zu haben.«

Laly lächelte, aber ihre Augen verdunkelten sich.

»Früher war ich auch so.«

»Was heißt denn früher?«

Sie knetete ihre Hände.

»Vor meinem Ehemann. Meinem Ex-Ehemann, meine ich.«

»Mochte er den Weihnachtsmarathon nicht?«

»Er verabscheute das Ganze. Ich musste ihn jedes Mal anflehen, dass wir die Feiertage hier verbringen. Er fand die Dorfbewohner lächerlich und ihre Freude an Weihnachten kindisch. Lange Zeit kam ich mir deswegen sehr dumm vor.«

Laly wirkte mit einem Mal viel kleiner, und ich begann diesen Mann zu hassen. Mich überkam eine unbändige Lust, sie in die Arme zu schließen, aber meine Scheu hielt mich davon ab. Wie konnte eine so schöne und intelligente Frau unter die Knute eines solchen Mannes geraten? Warum hatten diese Grobiane, die andere unter ihren Füßen zermalmten, Erfolg, während Männer wie ich, die nicht so trittfest waren, stets im Schatten blieben? War denn Freundlichkeit eine Schwäche?

Ich dachte wieder an diesen Schönling vom Weihnachtsmarkt.

»Und was ist mit Antoine?«, fragte ich.

»Meine erste Liebe. Wir kennen uns schon ewig. Die ganze Stadt sah uns schon als Ehepaar.«

»Und was ist passiert?«

»Wir sind älter geworden.«

Sie biss sich auf die Lippe, bevor sie fortfuhr:

»Wir haben an unterschiedlichen Universitäten studiert. Und Fernbeziehungen funktionieren nie.«

»Ich hatte den Eindruck, dass er gern dort anknüpfen würde, wo ihr aufgehört habt.«

»Keine Ahnung. Alle finden, dass wir das perfekte Paar abgeben würden.«

»So ein Unsinn!«

Von meinen Gefühlen fortgerissen, hatte ich diese Worte regelrecht hervorgestoßen, ohne es zu merken, und nun drehten sich die Umstehenden zu mir um. Sogar die schwindelnden Höhen von Mariah Carey und ihres *All I Want for Christmas Is You* hatte ich übertönt. Ich verzog entschuldigend das Gesicht.

Laly lächelte.

»Taktvoll zu sein, zählt nicht zu deinen hervorstechenden Eigenschaften. Aber ich mag deine Aufrichtigkeit.«

Ich fuhr mit einer Hand durch meine Haare.

»Hast du schon einmal ein Pfauen-Weibchen gesehen?«

Sie sah mich verblüfft an und fragte sich offenbar, worauf ich hinauswollte.

»Ich glaube nicht, nein.«

»Das Gefieder des Weibchens ist graubraun, trist und unscheinbar. Es bringt das farbige Federkleid des Männchens erst richtig zur Geltung.«

»Ich verstehe nicht ganz, was das mit mir zu tun hat …«

»Dieser Antoine ist ein Pfau, der herumstolziert und sein Rad schlägt.«

»…«

»Er gehört zu den Männern, die eine Kontrastfigur an ihrer Seite brauchen, um sich stark zu fühlen, und die ein Publikum benötigen, um ihre Show abzuziehen.«

»Und ich wäre dann das triste, unscheinbare Weibchen?«

»Genau. So lange, bis du die Wahrheit erkennst.«

»Welche Wahrheit?«

»Du bist nicht unscheinbar, du könntest jedem die Show stehlen.«

22

Der gellende Pfeifton eines zu nah an einem Lautsprecher plat-
zierten Mikrofons zwang uns dazu, uns die Ohren zuzuhalten.
Dann ertönte *Here Comes Santa Claus*, und der Bürgermeister
hielt unter Beifallsstürmen seinen triumphalen Einzug.

»Herzlich willkommen zur diesjährigen Auflage des Weihnachtsmarathons!«

Erneut brandete Beifall auf. Arnac-la-Poste verfügte ganz
unbestritten über ein außerordentlich dankbares Publikum.

»Lasst uns meinen Ehrengast begrüßen.«

Er wies mit der Hand zur Tür des Gemeindesaals, wo Nicolas in seinem schönen roten Kostüm auftauchte. Er saß auf
einem mit Rollen versehenen Mini-Schlitten, der von einem
Esel in den Saal gezogen wurde. Die Rentiere ruhten sich vermutlich gerade aus ...

»Ho! Ho! Ho!«

Die Menge tobte.

Der Weihnachtsmann stieg von seinem Gespann und begab
sich zu dem Bürgermeister auf die kleine Bühne. Dann sangen
sie gemeinsam:

»*Here comes Santa Claus, here comes Santa Claus right down
Santa Claus lane* ...«

Die Teilnehmer stimmten als gewaltiger Weihnachtschor ein.
Nachdem die letzten Töne verklungen und die obligatorischen
Beifallsbekundungen vorüber waren, begann der Bürgermeis-
ter seine Rede.

»Die diesjährige Auflage unseres Weihnachtsmarathons ist

eine ganz besondere, denn wir feiern ein Jubiläum: Es ist das fünfzigste Mal, dass wir ihn austragen. Anlass genug, ein wenig auf die Geschichte des Weihnachtsmarathons in unserem Dorf zu blicken. Alles begann im Jahr 1961, als ...«

Plötzlich spürte ich einen kräftigen Stoß in die Seite, mit dem man mich offenbar abdrängen wollte. Es war dieser abscheuliche Antoine, der sich zwischen mich und Laly schob.

»Na, wie sieht es aus, meine liebe Lalou? Hast du bald Zeit für unser Mittagessen?«

Ich glaube nicht, dass ich jemals eifersüchtig war. Nein, dieses Gefühl hatte mich noch nie ergriffen. Wenn man in verschiedenen Pflegefamilien und Heimen aufwächst, lernt man schnell, sich von der Vorstellung zu verabschieden, man habe ein Recht auf jemanden. Aber ich schwöre, dass mich jetzt, in diesem Augenblick, während der Bürgermeister in Erinnerungen an zurückliegende Ausgaben des Marathons schwelgte, die Eifersucht packte.

Ich bedauerte, nicht einer dieser kleinen Jungen gewesen zu sein, die mit fünf Jahren zum Judo gehen und mit zehn bereits den braunen Gürtel haben. Ganz kurz zog ich eine Kopfnuss in Betracht, sah aber gleich wieder davon ab, da die Wahrscheinlichkeit doch relativ hoch war, anschließend im Krankenhaus zu landen und mit zwölf Stichen genäht werden zu müssen.

Ich entschied mich für eine anspruchsvollere Lösung und beschloss, nicht von der Stelle zu weichen.

»Guten Tag, Antoine.«

Ich streckte ihm die Hand hin und zwang ihn damit, sich zu mir umzudrehen.

»Ach, sieh mal an, der Tourist. Immer noch hier?«

»Ich habe nicht vor, so schnell wieder abzureisen.«

»Sagen Sie bloß nicht, dass Sie am Marathon teilnehmen.«

Ich warf mich in die Brust.

»Selbstverständlich nehme ich teil.«

Mein Gegenüber maß mich mit einem bitterbösen Blick, und ich fragte mich, ob in Antoine womöglich ein Psychopath schlummerte. Was, wenn er gar nicht auf Geschäftsreise gewesen war, wie er vorgab, sondern vielmehr von einem längeren Aufenthalt in einem Hochsicherheitsgefängnis zurückkehrte? Aber selbst die Drohung eines Serienmörders hätte mich nicht zurückweichen lassen. Ich machte einen Schritt auf ihn zu: »Und ich habe sogar vor zu gewinnen.«

»Träum weiter, du Bohnenstange!«, mischte sich Madame Capuchon herausfordernd ein.

Antoine, den das Gefängnis offenbar gestählt hatte, ließ sich vom Einwurf der alten Dame nicht beirren.

Er machte ebenfalls einen Schritt auf mich zu, sodass ich die ausgeprägte Vetivernote seines Aftershave riechen konnte. Typisch für einen frisch entlassenen Häftling. Seine stahlgrauen Augen blitzten mich scharf an, und für einen Augenblick dachte ich, er würde mich schlagen. Ich war unschlüssig, ob ich ihm in dem Fall eine vielleicht wenig männliche, dafür aber wirksame Ohrfeige verpassen oder − noch unmännlicher − mich hinter Madame Capuchon verstecken sollte.

Jetzt schaltete sich Laly ein und trat zwischen uns, um der Sache ein Ende zu machen. Der Pate von Arnac-la-Poste murmelte etwas, das ich nicht ganz verstand. Der Kontext legte aber nahe, dass es sich um eine Beleidigung oder eine Todesdrohung handelte. Ich zog es vor, ihn nicht darum zu bitten, seine Worte noch einmal zu wiederholen.

»Und nun ist es Zeit für die Zusammenstellung der Mannschaften!«, verkündete der Bürgermeister.

Schlagartig kam Leben in die Teilnehmer, die durch die Ausführungen zur Geschichte des Marathons ein wenig schläfrig geworden waren, die Spannung stieg.

»Wir brauchen eine unparteiische Losfee. Lieber Weihnachtsmann, bitte walten Sie Ihres Amtes.«

Nicolas griff feierlich nach einem Weidenkorb, der mit dicken roten Seidenschleifen verziert war und kleine gefaltete Zettel enthielt, auf denen die Namen der Marathonteilnehmer standen.

»Ich hoffe, dass wir zusammenkommen, Lalou, wie in den guten alten Zeiten …«, säuselte Antoine und fasste nach Lalys Hand.

Der Weihnachtsmann öffnete die ersten Zettel und verlas die Namen. Die Paare bildeten sich, und die Spannung unter den Verbleibenden stieg.

»Antoine«, verkündete Nicolas, »bildet ein Team mit …«

Der Knastbruder sah mich finster an und legte seinen Arm um Laly.

»… Madame Capuchon!«

Entschlossen griff die alte Dame nach Antoines Ärmel, zog ihn an ihre Seite und drohte kampfeslustig:

»Du solltest zusehen, dass du mit mir Schritt hältst, mein Lieber.«

»Aber …«

Nicolas zog erneut ein gefaltetes Papier aus dem Korb und nannte den Namen:

»Laly bildet ein Team mit …«

Ich flehte innerlich zum Gott des Weihnachtsmarathons.

»Ben.«

Mit äußerster Mühe hielt ich einen Freudenschrei zurück und quittierte die Auslosung lediglich mit einem nüchternen, männlichen Kopfnicken. Diesmal war das Glück mir hold. Hinzu kam das Hochgefühl, dass dem widerlichen Antoine ein Strich durch die Rechnung gemacht worden war. Die Vorstellung, Zeit mit Laly verbringen zu können, freute mich unbändig. Im Hinblick auf meinen Auftrag, versteht sich.

»Ich bin froh, dass wir zusammen eine Mannschaft bilden«, ließ mich Laly wissen.

Eine Woge des Glücks durchströmte mich. Sie fuhr fort:

»Deine Größe wird uns bei der Aufgabe mit der Tanne sehr nützlich sein.«

»Welche Aufgabe?«

»Das wirst du schon sehen.«

Sie machte sich auf, um die Anweisungen zu holen. Nicolas nutzte die Gelegenheit und kam zu mir.

»Ein glücklicher Zufall, könnte man meinen.«

Ich sah ihn argwöhnisch an.

»Sie haben gemogelt.«

Er zwinkerte mir zu.

»Es könnte sein, dass der Weihnachtsmann seine Brille vergessen hat und improvisieren musste.«

»Von wegen ›unparteiische Losfee‹!«

Dieser Weihnachtsmann hatte eindeutig mehr als ein Ass im Ärmel.

23

Als Laly wieder auftauchte, hatte sie einen überraschend schweren Rucksack dabei, den sie an mich weiterreichte.
»Ich dachte, wir machen eine Schatzsuche und keine Wanderung. Wofür brauchen wir so viel Ausrüstung?«
»Da ist einiges drin, was uns behilflich sein kann.«
Ich zog den Reißverschluss auf. Müsliriegel und belegte Brote, zwei Thermoskannen, ein Schweizer Taschenmesser, eine Mini-Säge, Feueranzünder, eine Rettungsdecke ...
Plötzlich überfielen mich Zweifel, und ich fragte:
»Wie lange dauert denn der Marathon?«
»Zwei Tage! Wir haben bis morgen Abend Zeit, um möglichst viele der gestellten Aufgaben erfolgreich abzuschließen.«
Ich wies auf die silbern und golden schimmernde Rettungsdecke.
»Ich wollte mich zu ein paar netten kleinen Weihnachtsaufträgen verpflichten, nicht zu einem Abenteuerparcours mit Mike Horn.«
»Man kann nie wissen, was passiert.«
Ich wühlte weiter und stieß auf eine altertümliche Polaroidkamera.
»Und wofür ist die hier?«
»Wir müssen bei jeder abgeschlossenen Aufgabe ein Foto von uns machen. Die Bilder spielen dann eine wichtige Rolle bei der Auswertung.«
»Stammt dieses Gerät auch aus dem Jahr 1961? Warum können wir nicht einfach ein Selfie mit unserem Handy machen?«

Laly griff nach dem Apparat, der ungefähr zwei Kilo wiegen musste, drückte auf einen Knopf, und schon blendete mich ein greller Lichtblitz.

»Jetzt verstehe ich! Wir können unsere Konkurrenten damit blind machen.«

Die Amateurfotografin lachte und griff nach der Aufnahme, die aus dem Apparat herausglitt. Sie wedelte sie noch eine Weile in der Luft hin und her, dann sahen wir zu, wie das Bild langsam Konturen annahm. Mein Kopf erschien, die Augen kugelrund vor Staunen, der Mund durch den überraschenden Blitz verzerrt.

Laly konnte sich kaum halten vor Lachen und stopfte das Bild in ihre Manteltasche.

»Das behalte ich!«

Ich biss mir auf die Lippe, um ein glückliches Lächeln zu unterdrücken. Laly behielt also ein Foto von mir ganz nah an ihrem Herzen. Fand sie mich sympathisch, oder begann sie sogar langsam, eine Bindung zu mir aufzubauen? Oder wollte sie einfach nur ein albernes Foto zur Hand haben, das sie in kritischen Augenblicken zum Lachen brachte? Ich war mit beiden Möglichkeiten zufrieden. Für mich zählte vor allem, dass ich Laly zum Lächeln brachte. Natürlich nur im Rahmen meiner Mission.

Meine Mitspielerin zog ein Heft hervor, dessen Deckblatt den pompösen Titel »Marathon-Manual« trug. Sie schlug die erste Seite auf und las unsere erste Aufgabe vor.

»Meine erste Silbe bezeichnet eine Codenummer beim Online-Banking.
Mein zweiter Teil bedeutet eine saloppe Verneinung.
Als Ganzes heiße ich im Lateinischen Abies.«

Ich bekenne frank und frei, dass mir diese Art Aufgabe gefiel. Rätsel mochte ich schon immer. Als Kind habe ich Stunden um Stunden über Holzgeduldspielen gebrütet. Während dieser gesegneten Zeit fühlte ich mich nicht mehr wie ein Waisenkind, sondern wie ein Detektiv, ein Entdecker, Sherlock Holmes beim Lösen eines Falls. Auch als ich größer wurde, erlosch mein Interesse an Rätselspielen nicht, und ich liebte es, mich in ein kniffliges Sudoku oder ein Kreuzworträtsel zu vertiefen. Fehlte nur noch ein entspannender Kräutertee »Ruhige Nacht«, und mein Lebenswandel wäre von dem eines Neunzigjährigen nicht mehr zu unterscheiden gewesen.

»Eine Tanne!«, entfuhr es uns gleichzeitig.

Wir lächelten einander zu. Das ließ sich gut an.

»Die Aufgabe ist leicht.«

»Freut mich, dass du es so positiv aufnimmst.«

»Das ist doch wirklich einfach.«

»Du bist sportlicher, als ich dachte.«

»Sportlich? Man braucht doch nicht sonderlich sportlich zu sein, um einen Tannenbaum zu besorgen.«

Laly wirkte beeindruckt, und ich wusste nicht genau, wie ich das deuten sollte. Irgendwie schien sie keine sonderlich schmeichelhafte Meinung von mir zu haben.

»Na ja, ich werde es schon schaffen, in einen Supermarkt zu gehen.«

»In einen Supermarkt? Was willst du denn da?«

»Einen Tannenbaum kaufen, was denn sonst?«

Laly prustete los.

»Das dachte ich mir schon … Meine Güte, du bist wirklich ein Städter! Wir müssen hier im Wald eine Tanne finden. Und dann sägst du ihren Stamm ab, und wir bringen sie in den Gemeindesaal.«

Das musste ich erst einmal sacken lassen. Eine Tanne mitten in der Wildnis fällen! Das hatte ich noch nie gemacht. War das überhaupt legal? Ich sah mich schon im Gefängnis, neben einem ehemaligen Zellennachbarn von Antoine, dem Mörder von Arnac-la-Poste.

»Bist du ganz sicher? Man könnte das Rätsel doch auch anders interpretieren …«

Sie versetzte mir einen Schlag auf die Schulter, der es mit denen von Angelica aufnehmen konnte. Von diesen fortwährenden Gewalteinwirkungen würde ich noch ein Hämatom davontragen. Zum Glück hatte ich meine Arnika-Creme eingesteckt.

»Ich bin überzeugt, dass es dir Spaß machen wird.«

Nichts war weniger wahrscheinlich. Ich versuchte es mit einem letzten Einwand:

»Und wie sollen wir einen Tannenbaum zurück ins Dorf transportieren?«

Sichtlich stolz auf sich, wies Laly auf einen großen blauen Pick-up.

»Angelica hat mir ihr Geschäftsauto geliehen.«

Ich schnitt ein Gesicht.

»Ihr habt ja an alles gedacht.«

»Na los, komm!«

Da Laly die Gegend wie ihre Westentasche kannte, begab sie sich ganz selbstverständlich auf den Fahrersitz. Ich gehöre nicht zu den Männern, die ihre Männlichkeit um jeden Preis beweisen wollen, indem sie hinter dem Steuer sitzen. Laly wusste sehr viel mehr als ich über das Dorf und seine Umgebung, da schien es mir normal, ihr die Führung zu überlassen. Allerdings stellte mich ihre, gelinde gesagt, sportliche Fahrweise auf eine harte Probe.

In jeder verschneiten Kurve, in die sie sich legte, umklammerte ich den Türgriff.

Sie fuhr zügig in ein Waldstück, wo ihrer Meinung nach viele prächtige Tannenbäume zu finden waren. In einer leichten Senke brachte sie den Pick-up zum Stehen.

»So können unsere Konkurrenten uns nicht sehen. Wir müssen nämlich die gleichen Aufgaben ausführen, nur in unterschiedlicher Reihenfolge.«

Ich kniff die Augen zusammen.

»Wir müssen uns besonders vor Madame Capuchon in Acht nehmen.«

Wir machten uns auf den Weg in den Wald hinein. Bei jedem unserer Schritte knirschte der Schnee unter unseren Füßen. So direkt war ich noch nie mit der Natur in Berührung gekommen, und ich verspürte eine Art Verzückung, wie man sie bei einem ersten Mal so oft verspürt. Ich fand gewissermaßen zu dem Urmenschen zurück, der in mir schlummerte. Zu dem Urmenschen, der in einer Höhle lebte und sich von Beeren ernährte. Ja, ich war wieder dieser der Natur so nahe Mensch.

»Autsch!«

Ein tückischer Zweig peitschte mir ins Gesicht. Die Natur empfing nicht jeden mit offenen Armen.

»Wir dürfen keine Zeit verlieren«, wies mich Laly zurecht.

Ich rieb mein schmerzendes Gesicht und warf einen vorwurfsvollen Blick zu dem schuldigen Zweig hinüber, der wieder zur Ruhe kam, als sei nichts gewesen.

Ich versuchte, mich dem gnadenlosen Tempo von Laly anzupassen, die eine erfahrene Wandersfrau war und sich vom Schnee kaum ausbremsen ließ. Mir kam es vor, als marschierten wir eine Ewigkeit durchs Unterholz, bis wir schließlich eine Lichtung erreichten, die rundum von Koniferen gesäumt war. Die Sonnenstrahlen glitzerten auf dem makellosen Schnee. Unzählige winzige Kristalle funkelten auf seiner Oberfläche. Wenn es ein Winterparadies gab, dann war es hier.

Laly breitete die Arme aus, als wollte sie die Landschaft umarmen.

»Ich liebe diesen Ort. Hierher komme ich oft, wenn ich traurig bin. Es ist eine Art Zufluchtsort für mich.«

»Es ist wunderschön.«

Ich schloss die Augen, um mir diese magische Stimmung ganz tief einzuprägen. Die Luft war frisch, und es wehte ein leichter, kalter Wind, der meine Wangen belebte. Meine Füße sanken im Schnee ein, während ich diese reine Luft gierig einatmete. Ich fühlte mich im Einklang mit der Natur.

Da traf mich ein Schlag mitten auf die Brust. Ich dachte zunächst an den heimtückischen Zweig von vorhin, aber natürlich konnte er das nicht gewesen sein. Als ich die Augen aufschlug, erblickte ich Laly, auf deren Gesicht ein schelmisches Lächeln lag.

Bis ich begriffen hatte, was geschehen war, trafen mich bereits zwei weitere Schneebälle. Einer am Bein und der andere am Hals. Eisstücke glitten unter meinem Pullover nach unten. Ich wand mich in alle Richtungen, um ihnen zu entkommen, aber ich spürte, wie mir eiskaltes Wasser den Rücken hinunterlief. Mein seltsamer Tanz ließ meine Angreiferin nun in ein haltloses Lachen ausbrechen.

Ich beschloss zurückzuschlagen und griff nach einem Schneeklumpen, den ich auf Laly warf. In ihrer Überraschung vergaß sie auszuweichen, und mein Geschoss traf sie in den Haaren. Ein Angriff auf die Haare einer Frau ist stets eine gefährliche Sache. Schon sah ich die Lust zur Revanche in ihren Augen aufblitzen. Auch sie bückte sich, um eine riesengroße Schneemenge in meine Richtung zu schaufeln. Mir gelang es gerade noch, mit einem Sprung zur Seite auszuweichen.

Ich versteckte mich hinter einer Tanne, um mir eine neue Strategie auszudenken. Mir kam Sunzis *Die Kunst des Krieges* in den Sinn. Was bereits im alten China Erfolg gebracht hatte, musste bei mir doch auch klappen.

Zunächst musste Munition herangeschafft werden. Ich kauerte mich hin und formte einen Vorrat an Schneebällen in verschiedenen Größen, um ausreichend gewappnet zu sein.

Nach einer Weile riskierte ich einen vorsichtigen Blick aus meinem Versteck hinter den Zweigen. Laly kehrte mir den Rücken zu, sodass ich keine Chance hatte zu sehen, was sie trieb. Egal, dann musste ich meine Geschosse eben einfach so abfeuern.

Ich entschied mich für eine offene Attacke. Also tauchte ich aus meinem Versteck auf und ging sofort zum Angriff über. Mehrere Geschosse erreichten ihr Ziel, und schon war Laly über und über mit Schnee bedeckt. Aber mein Sieg währte nur kurz, denn meine Gegnerin hatte ebenfalls vorgesorgt. Sie hob ächzend eine riesige Schneekugel hoch, und im nächsten Moment traf mich diese in der Bauchgegend. Schwer getroffen ging ich zu Boden und fiel auf den weißen Schneeteppich, doch in einem letzten Aufbäumen gelang es mir, nach Lalys Beinen zu fassen und sie ebenfalls zu Fall zu bringen.

Schnaufend lagen wir alle beide der Länge nach im Pulverschnee – durchnässt, aber glücklich.

24

Aber dann besannen wir uns wieder auf unsere Aufgabe und hielten nach einer Tanne Ausschau, die wir fällen konnten. Die Mini-Säge im Rucksack schien mir allerdings kein vielversprechendes Instrument dafür zu sein. Ich sah nicht so recht, wie ich mich damit an einem zwei Meter hohen Giganten zu schaffen machen sollte. Das würde Stunden dauern, und unter meinen Achseln würden sich schreckliche Schweißringe bilden …

Ich wies auf ein hübsches, klein gewachsenes Exemplar.

»Die scheint mir sehr gut geeignet.«

»Soll das ein Witz sein? Die ist ja winzig!«

»Sie reicht mir immerhin bis zum Unterschenkel.«

Sie schüttelte den Kopf.

»Mit einer Zwergtanne gewinnen wir den Wettbewerb auf gar keinen Fall.«

»Hast du schon mal etwas von Originalität gehört? Es ist gut, wenn man mal seine Komfortzone verlässt und sich nicht scheut, aufzufallen.«

Ich musste an ihr »schwieriges Jahr« denken, an den Verlust ihres Sinns für Weihnachten, an die Gründe, die sie dazu gebracht hatten, alles hinzuschmeißen, sich scheiden zu lassen und wieder in das Dorf zurückzukehren, in dem sie aufgewachsen war.

»Manchmal denkt man, dass alles vorbei ist, und sieht nur noch schwarz, aber das kann doch auch der Beginn eines neuen Abenteuers sein. Veränderung tut gut.«

»Was weißt denn du von Veränderung? Ich finde, du siehst aus wie ein …«

Sie musterte mich noch einmal von Kopf bis Fuß, bevor sie fortfuhr:

»Wie ein Stubenhocker.«

»Stubenhocker? Ich? Von wegen! Ich bin ein echter Abenteurer.«

Angeberisch warf ich mich in die Brust und marschierte entschlossen los, um meine Behauptung zu bekräftigen.

»Vorsicht!«, rief sie mir noch zu.

Zu spät. Schon war ich bis zur Taille im Schnee eingesunken. Laly lachte herzhaft.

»Du siehst aus wie ein gefrorener Grönländer.«

»Sehr witzig. Hilf mir lieber hier heraus, anstatt dich über mich lustig zu machen.«

Ich streckte ihr die Arme entgegen wie ein dickes Baby, damit sie mich aus meinem Loch herausziehen konnte. Aber stattdessen zückte sie den Fotoapparat und machte eine Aufnahme. Der Blitz blendete mich.

»Na toll! Abgesehen davon, dass ich tiefgekühlt bin, kann ich jetzt auch nichts mehr sehen.«

»Man sollte ein Outtakes-Special des diesjährigen Weihnachtsmarathons einrichten, und zwar nur für dich.«

»Da würde ich mich sehr geehrt fühlen … Was ist jetzt? Hilfst du mir?«

Endlich griff sie nach meinen Händen und zog mit aller Kraft.

»Meine Güte, bist du schwer!«

»Ich bin aber nicht dick. Das sieht nur so aus wegen der Daunenjacke.«

Sie lehnte sich mit ihrem ganzen Körpergewicht nach hinten und zog unter Ächzen und Stöhnen noch einmal mit vollem Einsatz, bis ich ruckartig aus meinem Loch nach oben schoss. Laly verlor das Gleichgewicht und ich mit ihr, sodass wir übereinander im Schnee landeten. Ich lag auf ihr, und unser heißer Atem floss in ein und derselben Wolke zusammen. Ich glaube, dass war der intimste Augenblick meines ganzen Lebens. Vielleicht war genau das echte Intimität: Wenn man eine Wolke mit einem anderen Menschen teilte.

Einen schwebenden Augenblick lang überließen wir uns der Stille um uns herum. Einen Augenblick, den nur die Bäume schweigend mit uns teilten. Ich glaubte, in Lalys Blick etwas erkennen zu können. Etwas Weiches, das sie rasch wieder hinter dem Panzer verbarg, den sie sich zugelegt hatte.

»Ich kann es nur wiederholen: Du bist schwer.« Mit dieser trockenen Feststellung bereitete sie der Magie des Moments ein abruptes Ende.

Sie schob mich weg, und ich glitt neben sie. Laly rappelte sich hoch und stemmte die Hände in die Seiten.

»So, schreiten wir jetzt endlich zur Tat?«

Ich entfernte einen Eiszapfen, der in meinen Haaren Form annahm, und kam mehr schlecht als recht wieder auf die Beine.

»Los geht's!«

Sie marschierte durch die Reihen der dicht an dicht stehenden Tannenbäume, und ich folgte ihr. Einige schienen mir durchaus infrage zu kommen, aber sie schüttelte jedes Mal den Kopf. Ich war kurz vorm Verzweifeln, als sie plötzlich stehen blieb.

»Der hier!«

»Soll das ein Witz sein?«

»Er ist perfekt.«

»Er ist mindestens zehn Meter hoch.«

»Höchstens zwei.«

Ich versuchte abzulenken.

»Ich habe eine andere gesehen, ein Stück weiter ...«

»Noch eine von deinen Zwergtannen?«

»Zunächst mal nennt man sie ›kleinwüchsige Tannenbäume‹.«
Laly beachtete mich gar nicht und zog eine kleine Schaufel
und die Säge aus der Tasche. Sie räumte den Schnee um den
wuchtigen Stamm herum beiseite, der meiner Meinung nach
mindestens zwanzig Zentimeter Durchmesser maß. Dann ging
sie in die Knie und begann zu sägen.

Es gibt Augenblicke im Leben eines Mannes, in denen er
handeln muss. Ich nahm ihr die Säge aus den Händen und
sagte mit einer Stimme, von der ich hoffte, sie würde männlich
klingen:

»Lass, ich mach das schon.«

»Bist du heiser? Willst du ein Halsbonbon?«

So viel zu der männlich klingenden Stimme. Ich begann
also, zum ersten Mal in meinem Leben, zu sägen. Anfangs lief
es ganz gut, auch wenn der Stamm meine ersten Schnittbewe-
gungen vermutlich gar nicht bemerkte. Dann legte ich mich
richtig ins Zeug. Und es war hart! Bald tropften mir dicke
Schweißperlen von der Stirn.

»Das ist ziemlich anstrengend. Du solltest deine Jacke aus-
ziehen, damit du nicht so schwitzt«, riet mir Laly.

Niemals! Ich spürte bereits schreckliche Schweißflecke auf
meinem Thermo-Shirt.

»So warm ist mir jetzt auch wieder nicht«, ließ ich verlauten
und wischte mir über die Stirn.

Eine Zeit lang sägte ich weiter, musste aber letztlich den
Tatsachen ins Auge sehen: Ich war kaum einen Millimeter vor-
gedrungen.

»Ich glaube, die Säge ist kaputt.«

Sie verdrehte die Augen.

»Aber klar doch …«

»Schau nur. Da fehlt doch ein Zacken.«

Ich holte zu einer melodramatischen Geste aus und fand
sogar die passenden Worte dazu:

»Wie soll ich deiner Meinung nach gute Arbeit leisten, wenn man mir kein gutes Werkzeug gibt?«

Sie schüttelte den Kopf.

»Ich helfe dir.«

»Nein!«

Ich hatte meinen Stolz, also richtete ich mich auf in der Hoffnung, dies möge mir mehr Schwung und damit mehr Kraft verleihen. Ich gab alles. Ich sägte von vorn nach hinten, und wieder von hinten nach vorn. Ich wechselte die Haltung, den Winkel und umkreiste die Tanne am Ende sogar mit einem verzweifelten Schrei. Man hätte mich glatt für einen depressiven Sioux halten können.

Aber der Stamm hatte sein letztes Wort noch nicht gesprochen. Die Säge rutschte auf einem Jahresring des Baumes ab und glitt mir aus den Händen. In meinem Schreck machte ich einen Satz nach hinten und fiel jämmerlich zu Boden.

»Alles in Ordnung?«

»Ich glaube, ich habe mir eine Pobacke geprellt.«

Laly lachte und half mir wieder hoch. Dann hob sie die Säge auf, die noch im Schnee lag.

»Wie wäre es, wenn wir es gemeinsam versuchen?«

Ich nickte ergeben.

Es gibt Augenblicke im Leben eines Mannes, da muss er Hilfe annehmen können.

25

Als wir mit unserem Beutestück den Gemeindesaal erreichten, trug ich meine Trophäe stolz hinein, während aus den Lautsprechern *Silver Bells* von Elvis Presley ertönte. Wir hatten die erste Aufgabe erfolgreich absolviert. Nach einigen Anlaufschwierigkeiten, die meiner Unerfahrenheit zuzuschreiben waren, hatten wir unsere Sache schließlich, wie ich sagen darf, recht gut gemacht.

Laly hatte mir erklärt, dass die von den Teilnehmern gefällten Tannen an bedürftige Familien oder gemeinnützige Organisationen gespendet würden. Umso mehr freute es mich, an dieser schönen Aktion teilgenommen zu haben.

Es war warm im Saal, und ich setzte meine Mütze ab. In einer Ecke entledigte ich mich vorsichtig meiner gelben Jacke und überprüfte möglichst unauffällig meine Achseln. Es waren keine Spuren zu sehen. Ich war dabei, ein echter Waldmensch zu werden, selbst meine Achseln gehorchten mir.

Der Bürgermeister war mit der Zubereitung eines Glühweins beschäftigt. Er kostete gerade einen Löffel und entschied, noch ein paar Gewürznelken hinzuzufügen.

Als er uns erblickte, legte er seine Zutaten auf dem mit Ilex und Weihnachtssternen geschmückten Tisch ab, um uns in Empfang zu nehmen.

»Bravo! Ihr habt die erste Aufgabe geschafft.«

Mit einer zackigen Geste präsentierte ich ihm unseren Tannenbaum.

»Es war nicht einfach, aber wir waren erfolgreich.«

Ich zwinkerte Laly komplizenhaft zu, bevor ich vervollständigte:

»Gemeinsam.«

Sie lächelte zaghaft. Der Bürgermeister sah uns einen Augenblick gerührt an, dann fuhr er fort:

»Einige Mannschaften liegen vor euch … Ach, hier haben wir ja auch schon eine von ihnen.«

Ich drehte mich um und entdeckte Antoine und Madame Capuchon, die eine riesige Tanne hinter sich herzogen. Wo hatten sie die bloß ausfindig gemacht? Sofort hatte ich Knastbruder Antoine im Verdacht, sie in einem Einkaufszentrum gestohlen zu haben. Nur dort konnte man ein derartiges Monster finden. Dort oder in Lappland.

Besserwisserisch schlenderte er zu uns herüber und wies abschätzig auf unseren Baum.

»Was soll das denn sein? Ein Tännchen?«

»Das ist unsere Tanne«, antwortete ich ihm und versuchte, ruhig zu bleiben.

»Wohl eher eine Zwergtanne.«

»Man spricht von einer ›kleinwüchsigen Tanne‹«, schaltete Laly sich ein.

Tatsächlich hatten Laly und ich nicht gerade die größte aller Koniferen vorzuweisen. Nachdem wir uns hinlänglich an dem ursprünglich gewählten Exemplar versucht hatten, mit der defekten Säge aber nichts auszurichten vermochten, hatten wir eine andere Tanne auserkoren, die nun freilich geringere Ausmaße hatte, aber schöne Zweige besaß. Na ja, eigentlich waren es eher mittelmäßige Zweige, fast schon etwas mager.

Antoine strich an unserer Tanne entlang, und mehrere braunrote Nadeln fielen zu Boden.

»Das Ding ist ja tot!«

Ich krempelte mir die Ärmel hoch und war bereit, mich zu prügeln.

»Wir haben beschlossen, einem von der Natur weniger begünstigten Baum eine Chance zu geben. Es stimmt doch! Was soll dieses Diktat, immer die schönsten Tannen zu küren? Warum sollte nicht auch ein weniger schönes Exemplar an den Weihnachtsvergnügungen teilhaben? Es ist schlichtweg ein Skandal, dass diese Gesellschaft einzig und allein auf äußere Schönheit schaut.«

»Sprechen wir hier tatsächlich noch über die Tanne?«

»Ich bin sicher, dass der Baum mit hübschen Lichterketten und Girlanden sehr schön aussehen wird«, sprang Laly mir bei.

Ich nickte bekräftigend.

»Zwei oder drei Weihnachtskugeln – und schon ist er perfekt.«

»Man könnte meinen, ihr habt ihn auf dem Friedhof geklaut«, spottete Antoine.

»Damit werdet ihr den Wettbewerb sicher nicht gewinnen«, urteilte Madame Capuchon.

Sie bedachte uns mit einem spöttischen Grinsen, bevor sie Antoine am Ärmel mit sich zog.

»Los, komm schon, mein Süßer. Es liegt noch einiges vor uns. Ciao, ihr Loser!«

Sie stimmten ein regelrechtes Kampfgeheul an und zogen ab. Ich empfand ihren Auftritt als gleichermaßen lächerlich und erschreckend.

»Ich weiß nicht, wer mir mehr Angst macht, Antoine oder Madame Capuchon«, sinnierte ich.

Der Bürgermeister besserte ein letztes Mal die Gewürznoten seines Glühweins nach.

»Stellt euer Bäumchen, ich meine natürlich euren Baum, hier ab. Wir kümmern uns später darum.«

Ich fürchtete, dass Laly nach diesem Intermezzo ihre Begeisterung verloren haben könnte, aber das Gegenteil war der Fall. Wie elektrisiert von den Widrigkeiten war sie voller Tatendrang.

»Wir müssen wieder los!«

»Auf geht's, ihr jungen Leute«, ermunterte uns auch der Bürgermeister. »Ich muss mich jedenfalls jetzt um die Organisation des Balls kümmern.«

Erstaunt fragte ich:

»Ein Ball?«

»Der Weihnachtsmarathon endet immer mit einem Ball.« Er lächelte zufrieden.

»Ich bin Leiter der hiesigen Tanzschule. In Arnac-la-Poste tanzen wir Walzer, Swing, Rap ... Und Rock 'n' Roll, Salsa und Tango gehören selbstverständlich auch zu unserem Repertoire. Olé!«

Laly fasste meinen Arm und zog mich nach draußen, um die zweite Aufgabe in Angriff zu nehmen. Sie nahm das Heft und las vor:

»Mein erster Buchstabe ist ein Vokal.
Mein zweiter ist der siebte des Alphabets.
In meinen letzten beiden klingen Verlierer an.
Als Ganzes bin ich eine Winterbehausung.«

Ich zählte laut die Vokale auf, als Laly auch schon rief:

»Wir müssen ein Iglu bauen!«

»Ist es nicht schon ein bisschen spät, um noch in die Antarktis aufzubrechen?«

Wieder verspürte ich einen Schlag auf die Schulter. Aber mittlerweile war ich abgehärtet, und es gelang mir, die Schmerzbekundungen für mich zu behalten.

»Ich kenne den perfekten Ort.«

»Meinst du vielleicht Alaska?«

Sie war bereits auf dem Weg zum Pick-up. Ich lief hinter ihr her und konnte gerade noch ins Auto springen, bevor sie den Motor anließ.

Wir fuhren am Ufer eines Baches entlang. Es war eine wunderschöne Landschaft. Das Wasser war an der Oberfläche teilweise gefroren, und hier und da waren bizarre Eisgebilde von flüchtiger Schönheit entstanden. Wir stiegen aus dem Wagen, und ich sah mich um.

»Das ist ja irre!«, entfuhr es mir unvermittelt.

»Was ist denn los?«

»Schau doch nur! Ein Bambi.«

Da ich meiner Freude jedoch etwas zu laut Ausdruck verliehen hatte, war das Tier leider auf schnellstem Weg geflüchtet. Laly konnte es nicht mehr sehen.

»Ich schwöre es dir. Es war da. Total süß, mit kleinen weißen Flecken.«

Sie lachte los.

»Das hat schon was, einen so großen Kerl wie dich ins Schwärmen geraten zu sehen wie ein kleines Mädchen.«

Sie deutete ein paar Anführungszeichen an.

»›Ein Bambi‹. Wie alt bist du noch mal?«

»Meine Güte, wie soll ich es denn deiner Meinung nach nennen?«

»Ein Reh?«

Ich hoffte, meine Überraschung einigermaßen verbergen zu können. War ein Bambi tatsächlich ein Reh? Man lernte nie aus. Meine zoologischen Kenntnisse beschränkten sich auf den jährlichen Besuch der Landwirtschaftsmesse.

Ich zog meine Mütze tief in die Stirn.

»Ja klar, das wusste ich natürlich.«

»Davon bin ich überzeugt.«

Jetzt konnte man nicht einmal mehr angesichts der Schönheiten der Natur ins Schwärmen geraten, ohne verhöhnt zu werden.

Laly suchte sich ein Plätzchen am Flussufer. Sie stellte den Rucksack ab und dachte nach.

»Das ist eine brandneue Aufgabe, ich habe noch nie ein Iglu gebaut.«

Ihr spöttischer Blick durchbohrte mich förmlich:

»Ich nehme an, du auch nicht.«

Nach dem Ausrutscher mit dem Bambi lag mir viel daran, mein Image wieder aufzupolieren. Ich wollte unbedingt vermeiden, dass Laly mich für einen Versager hielt. Ich wollte, dass sie mich bewunderte. Auch auf die Gefahr hin, dass die Realität dafür etwas geschönt werden musste.

»Natürlich habe ich das!«

»Du hast tatsächlich schon ein Iglu gebaut? Du?«

»Ich bin außerordentlich vielseitig.«

»Du?«

»Das klingt allmählich beleidigend. Sehe ich etwa aus wie jemand, der noch nie ein Iglu gebaut hat?«

»Ja.«

»Ich sage aber die Wahrheit, und nichts als die Wahrheit.«

»Ehrlich?«

Ich richtete mich kerzengerade auf, und meine gelbe Jacke strahlte mit der Sonne um die Wette. Ich hätte schwören können, einen Vogel gesehen zu haben, der mir zuzwinkerte.

»Und um dir das zu beweisen, werde ich es sogar ganz allein bauen.«

Sie verschränkte die Arme vor der Brust und blieb ungerührt vor mir stehen. Ich beschloss, meine Führungsrolle nun ganz auszufüllen.

»Wenn du mir helfen willst, dann kannst du vielleicht ein paar Stöcke herbeischaffen.«

»Stöcke? In einem Iglu?«

»Das ist mein persönliches Beiwerk … für die Dekoration.«

Meine Mitspielerin schien sich mit der Rollenverteilung abzufinden, auch wenn ein Funken Argwohn in ihrem Blick lag, als sie sich umdrehte und ins Unterholz davonstapfte.

Ich wischte ein paar Tropfen Schweiß fort, die sich an meinem Hals gesammelt hatten. Ich war ziemlich stolz auf mich, denn ich hatte es geschafft, mich durchzusetzen. Laly war keine Frau, die sich so leicht etwas sagen ließ. Anscheinend hatte ich bei ihr gepunktet.

Jetzt blieb nur noch ein einziges Problem: Wie baute man ein Iglu?

26

Jetzt steckte ich ganz schön in der Klemme. Was hatte mich bloß geritten, dass ich behauptet hatte, ein Iglu bauen zu können? Wer konnte das schon, wenn er nicht gerade in den nördlichen Polargebieten heimisch war? Ich zog das Simulieren einer Ohnmacht in Erwägung, um mich aus dieser Bredouille zu befreien. Das wäre allerdings wenig rühmlich. Oder ein Herzinfarkt? Nicht schlecht, aber dann würde ich im Krankenhaus landen und könnte nicht weiter an dem Marathon teilnehmen. Und es würde das Aus für meine Mission bedeuten.

Es blieben ohnehin nur noch zwei Tage bis Heiligabend, dann war Nicolas' Ultimatum verstrichen. Es musste mir gelingen, Laly wieder für Weihnachten zu erwärmen. Natürlich wollte ich meine Verpflichtung gegenüber ihrem Vater erfüllen und auf diese Weise meinen Traumjob ergattern, aber ich wünschte mir auch von ganzem Herzen, dass Laly glücklich wurde. Sie hatte es verdient.

Ich verbrachte gern Zeit in ihrer Gesellschaft. Ihr Glück lag mir am Herzen. Auch wenn ich mich schlecht dabei fühlte, ihr den eigentlichen Grund für meinen Aufenthalt nicht zu gestehen. Ich hatte Angst, dass es mit unserer gerade erst entstandenen Verbundenheit dann zu Ende wäre. Ich würde den richtigen Augenblick dafür abwarten. Womöglich kam dieser ja, wenn sie sehen würde, wie ich mit meinen eigenen Händen ein großartiges Iglu baute – für fünf Personen, mitsamt Bad und eingerichteter Küche. Dann wäre sie vielleicht bereit, meine Beichte zu hören.

Ich grub mit bloßen Händen ein kleines Loch in den Pulverschnee. So kompliziert konnte das doch nicht sein. Letztlich war ein Iglu nichts weiter als eine Anhäufung von Eiskristallen. Ich schob einen Haufen Schnee zusammen und versuchte, daraus etwas Backsteinartiges zu formen. Das Ergebnis war zugegebenermaßen etwas enttäuschend. Aber von diesem ersten Misserfolg ließ ich mich nicht entmutigen und unternahm einen zweiten Versuch. Dann einen dritten, vierten ... zehnten.

Erschöpft ließ ich mich in den Schnee fallen. Was jetzt? Laly würde bald wieder auftauchen, und auf keinen Fall sollte sie anstatt des großartigen Iglus, das ich versprochen hatte, diesen jämmerlichen Haufen Schnee sehen, den ich aufgetürmt hatte.

Plötzlich kam mir die Erleuchtung. Ich griff nach meinem Handy. Leider war die Verbindung nicht gut. Das hatte man davon, wenn man sich mitten im Winter tief in den Wald hineinwagte. Aber ein Balken auf dem Display verriet, dass immerhin ein schwaches Netz bestand, und das nutzte ich, um die einzige Person anzurufen, die mir unter Umständen helfen konnte. Vorausgesetzt, er nahm ab!

»*Shoot!*«

»Phineas!«

»Rufst du an, um zu fragen, wie es mir geht? Das ist aber nett von dir. Es stimmt also, dass ich es geschafft habe, eine Beziehung aufzubauen. Meine Psychologin wird so zufrieden mit mir sein, dass ich vielleicht sogar einen kleinen Abstecher auf die Seite der Banque de France machen darf ...«

»Ich bin in Not!«

»Dann brauchst du einen Arzt. Da kann ich nichts für dich tun.«

»Nein, nicht diese Art von ›Not‹. Ich habe Laly weisgemacht, dass ich ein Iglu bauen kann.«

»Okay. Halt. Da habe ich gleich mehrere Fragen. Erstens,

warum hast du sie angelogen? Zweitens, warum müsst ihr ein Iglu bauen? Sind alle Hotels bei euch belegt?«

»Ich nehme an dem Weihnachtsmarathon von Arnac-la-Poste teil. Dafür müssen wir verschiedene Aufgaben ausführen, und jetzt stehe ich hier mitten in der Landschaft und wir sollen ein Iglu bauen. Ich muss unbedingt gewinnen, das ist wichtig.«

»Weil du vor der hübschen Laly angeben willst ...«

»Nein! Weil ich meine Mission erfolgreich beenden will.«

»Aber natürlich, klar! Dabei bin ich doch derjenige, der eine Therapie macht, um ›Störungen im Sozialverhalten‹ zu beheben. Was bist du bloß für ein Kevin?«

»Wie? Welcher Kevin?«

»Das ist eine Redewendung, die man online benutzt, wenn man von einem Idioten spricht.«

»Na, besten Dank!«

»Also, ich fasse zusammen: Du musst ein Iglu bauen, bist aber ein *noob* und riskierst außerdem, dass Laly dich rauskickt, wenn der *fail* auffliegt.«

»Ich verstehe gar nichts. Könntest du diese nerdige Sprache lassen und ganz normal mit mir sprechen?«

»*Poke!*«

»Phineas!«

»Gut, meinetwegen. Aber du bist echt so was von hinter dem Mond! Ich habe gesagt, dass du ein Iglu bauen musst, aber keine Ahnung hast und Laly dich möglicherweise in die Wüste schickt, wenn alles auffliegt. Das meintest du doch, oder?«

»Ja.«

»Ich finde das großartig!«

»Freut mich, dass du das gut findest ... Ich habe sie losgeschickt, um Holz zu suchen, aber sie wird bald wieder zurückkommen. Du musst mir unbedingt helfen!«

»Holz? Wozu das denn?«

»Keine Ahnung! Etwas anderes ist mir nicht eingefallen.«

Ich hörte Tastaturgeräusche. Phineas' flinke Finger huschten mit beeindruckender Geschwindigkeit über die Tasten.

»Meine Psychologin ist der Meinung, dass man sich mit Lügen nur Ärger und Umstände einhandelt. Du solltest ihr die Wahrheit sagen.«

»Phineas!«

»Schon gut.«

Wieder waren Tastaturgeräusche zu hören, gefolgt von einem erfreuten Ausruf:

»Ich hab's! Beim kanadischen Geheimdienst bin ich fündig geworden. Da gibt's nichts zu meckern. Diese Typen wissen, wie man mit Schnee umgeht ...«

»Was?!«

Ich sah mich bereits hinter Gittern.

»Das war ein Scherz«, beschwichtigte er mich. »Ich bin auf einer sehr interessanten Seite im Netz, die sich damit befasst, wie man in einer feindlichen Natur überlebt.«

»Bitte, Phineas, mach keine Witze auf meine Kosten. Ich bekomme gleich einen Herzinfarkt.«

»Meine Therapeutin sagt, dass Humor sehr hilfreich ist, um Freunde zu gewinnen. Aber gut ...«

Einen Augenblick herrschte Stille, und ich dachte schon, er hätte aufgelegt. Dann fuhr er aber fort:

»Als Erstes brauchst du genug Schnee.«

Im Tone eines Fachmanns für den Bau von Iglus setzte er hinzu:

»Die meisten Menschen unterschätzen, welche Menge an Schnee man benötigt ...«

Ich sah mich um. Der Boden war vollständig bedeckt. Schnee war reichlich vorhanden.

»Daran wird es nicht fehlen. Hier ist weit und breit nur Schnee.«

»Perfekt. Nimm nicht den Schnee von der Oberfläche. Er ist zu brüchig. Du musst in die tieferen Schichten vorstoßen.«

»Tiefer hinein? Wie soll ich das denn machen? Glaubst du etwa, ich habe einen Schlagbohrer zur Hand?«

»Ich lese lediglich die Anweisungen vor! Mal sehen, wie es weitergeht: Zeichne einen großen Kreis auf dem Boden.«

Das schien mir machbar.

»Okay, wird gemacht.«

»Warte! Nicht irgendwie. Es ist genau beschrieben, welche Technik du dabei anwenden sollst.«

»Welche Technik?«

»Steck einen Stock dorthin, wo die Mitte deines Iglus sein soll.«

»Hier ist kein Stock!«, schrie ich hysterisch.

»Dann such etwas anderes. Was weiß ich, einen Stein zum Beispiel.«

Ich atmete tief ein, um mich zu konzentrieren. Hektisch begann ich zu suchen und fand am Ufer des Baches einen großen, kantigen Stein, den ich an die Stelle schleppte, die das Zentrum meines Iglus werden sollte.

»Ist erledigt.«

»Sehr gut. Als Nächstes musst du ein Seil nehmen.«

»Ein Seil? Aber ich habe kein Seil!«

Meine Stimme klang erneut zunehmend schrill. Ich musste mich unbedingt zusammenreißen und die Ruhe bewahren.

»Lass dir etwas einfallen!«, rief Phineas am anderen Ende der Leitung.

Ich sah um mich und hielt verzweifelt Ausschau nach etwas, das mir als Seil dienen konnte. Dann kam mir die Erleuchtung.

»Okay, ich nehme meinen Schal.«

»Gute Idee! Siehst du, es geht doch, wenn du willst.«

Ich beschloss, über diese Bemerkung hinwegzuhören.

»Und dann?«

»Du spannst ihn und ziehst einen Kreis rings um den Stein. Dank dieser Technik müsstest du eine vollkommen gleichförmige Kreislinie erhalten, die dir als Basis für dein Iglu dient.«

»So vollkommen muss es doch gar nicht sein …«

»Wenn man ein Iglu baut, dann baut man es auch richtig!«

Ich klemmte meinen Schal unter dem Stein fest und zog einen Kreis rundherum.

»Es klappt!«

»Super! Jetzt musst du deine Blöcke formen.«

Wir hatten gerade einmal die ersten Vorbereitungen für unser Iglu hinter uns gebracht, aber ich war bereits ziemlich erschöpft. Ich schnaufte einen Augenblick durch.

»Auf geht's! Reiß dich zusammen!«, ermutigte mich Phineas auf seine unnachahmliche Art.

»Ich bin schon total erledigt!«

»Glaubst du, ich war nicht erledigt, als ich mich nächtelang in die Server der CIA gehackt habe? Und habe ich gejammert?«

»Ich nehme an, nein.«

»Also, weiter geht's. Achte darauf, dass du deine Blöcke spiralförmig anordnest. Sie müssen fest aneinandergepresst werden.«

Ich schob Schnee zusammen und türmte ihn dann auf, um etwas zu formen, das allerdings eher einem Haufen als einem Block ähnelte. Aber ich machte weiter. Ich setzte die »Blöcke« dicht nebeneinander und folgte dabei der kreisförmigen Linie, die ich um den Stein herum auf den Boden gezeichnet hatte. Als ich bei der zweiten Reihe ankam, fand ich, dass mein Iglu langsam Gestalt annahm. Ich beachtete weiter Phineas' Ratschläge und ging so vor, dass eine leichte Neigung nach innen entstand, um später eine Kuppel bilden zu können.

Phineas folgte meinen Fortschritten.

»Um deine Blöcke zwischen den einzelnen Etagen zu stabilisieren, kannst du Stöcke benutzen.«

»Ich wusste doch, dass Stöcke nützlich sein könnten!«
Ich dachte an Lalys Gesicht, wenn sie zurückkommen und mein Meisterwerk entdecken würde. Bei der Vorstellung, ihre Augen vor Bewunderung leuchten zu sehen, durchströmte eine wohltuende Wärme meinen Körper. Nichts ist so sexy wie ein Mann, der ein Iglu bauen kann.

»Denk daran, oben an der Spitze ein Lüftungsloch zu lassen«, empfahl mir Phineas. »Sonst könntest du ersticken.«

Nichts ist so sexy wie ein Mann, der ein Iglu bauen kann, in dem seine Partnerin nicht erstickt.

Nach dem Geklapper zu urteilen, mussten seine Finger geradezu über die Tasten fliegen.

»Was den Eingang betrifft: Hättest du lieber einen tiefergelegten Tunnel oder eine Konstruktion mit einem Vordach? Ich persönlich finde ja einen Tunnel stilvoller, auch wenn er ein wenig komplizierter zu bauen ist …«

Ich war schweißgebadet. Iglubauer schienen wahre Übermenschen zu sein. Es kam mir vor, als hätte ich mindestens drei Liter Schweiß abgesondert. Ich hoffte, dass mir noch genug Zeit blieb, um einigermaßen zu trocknen, bevor Laly wieder auftauchte.

Als Eingang schnitt ich lediglich ein Loch in mein Iglu und baute es dann zu einem kleinen Verbindungstunnel von innen nach außen aus. Das Ergebnis konnte sich durchaus sehen lassen.

»Ich habe es geschafft, Phineas!«

»Ich wusste, dass du es kannst. Von Anfang an.«

»Im Ernst?«

»Nein, nicht im Ernst, ich habe nur versucht, dir Mut zu machen.«

»Danke für deine Hilfe. Ohne dich hätte ich das nie geschafft. Ich schicke dir ein Foto, damit du es sehen kannst.«

»Nicht nötig. Ich sehe dich schon eine ganze Weile. Ich habe die Kamera deines Handys eingeschaltet. Du schwitzt übrigens

ganz schön, oder? Auf jeden Fall bravo! Dein Iglu ist großartig.
Ich glaube, beim nächsten Mal sollten wir eine Wasserschicht
an den Innenwänden unseres Iglus zu Eis gefrieren lassen, dann
hält es länger.«

»Es wird kein nächstes Mal geben!«

»Bist du sicher? Schade ...«

Ich hörte ein Schlürfgeräusch, dann wurde anscheinend
eine Tasse abgestellt. Nachdem er in aller Ruhe einen Schluck
zu sich genommen hatte, sagte Phineas:

»Gut, da wir noch ein wenig Zeit haben, muss ich dir jetzt
etwas über den ominösen Liam sagen, der sehr häufig in Lalys
SMS auftaucht.«

»Ich hatte dich doch gebeten, nicht in ihren Nachrichten
herumzuschnüffeln!«

»Willst du nun wissen, wer das ist, oder nicht?«

Ich biss mir auf die Lippe und verzog mein steif gefrorenes
Gesicht zu einer lächerlichen schiefen Grimasse. Da das Übel
schon einmal in der Welt war, konnte ich mir auch anhören,
wer dieser Mann war, der in Lalys Textnachrichten so viel Platz
einnahm. Ich kannte bereits Antoine, den Psychopathen, und
sollte mehr über diesen geheimnisvollen zweiten Anwärter
wissen. Für meine Mission, versteht sich.

»Sag schon.«

Phineas ließ seine Fingergelenke knacken und tippte wieder etwas auf der Tastatur.

»Du wirst überrascht sein, Liam ist echt speziell. Er hat ...«

Plötzlich hörte ich Schritte auf dem Schnee. Ich drehte
mich rasch um und sah Laly, die mit geröteten Wangen und
fragendem Blick zurückkehrte.

»Hörst du mir zu, Ben?«, wollte Phineas ungeduldig wissen.

Ich legte abrupt auf und rief viel zu aufgekratzt für einen
alten Polarfuchs:

»Laly! Du warst aber lange weg!«

Sie wies mit ihrem Handschuh auf mein eisiges Werk.

»Das hast du gebaut?«

Ich versuchte, gleichermaßen überlegen und entspannt auszusehen.

»Natürlich. Ich bin übrigens schon eine ganze Weile fertig.« Ich stützte mein Bein auf einen Steinbrocken und hoffte, lässig zu wirken, hielt es aber nicht für ausgeschlossen, dass ich einem Reiher unter Amphetaminen ähnelte.

Laly inspizierte den Bau.

»Ich bin beeindruckt.«

»Das war nun wirklich keine Herausforderung für einen Naturburschen wie mich. Ich wollte gerade noch einen Kamin und einen Briefkasten einbauen, als du aufgetaucht bist.«

Laly sah auf ihre Armbanduhr.

»Nur zu, wir haben noch etwas Zeit.«

»Auf keinen Fall!«

Rasch schlüpfte ich wieder in meine Daunenjacke.

»Ich meine … Wir sollten keine Zeit verlieren und die nächsten Aufgaben in Angriff nehmen.«

Laly nickte. Dann wies sie mit dem Kinn auf ihre schwer mit Holz bepackten Arme.

»Was soll ich jetzt damit machen?«

Mist! Die Stöcke hatten mir lediglich als Vorwand gedient, um Laly eine Zeit lang loszuwerden. Jetzt musste ich mir rasch eine Erklärung einfallen lassen.

»Das ist für die Dekoration.«

Ich schnappte mir einen Stock und steckte ihn zwischen zwei Blöcke des Iglus. Sah beinahe aus wie eine Antenne. Vollkommen unpassend auf einem Iglu, aber ich steckte gleich noch zwei weitere Stöcke hinein.

»Das ist eine alte Inuit-Tradition.«

Laly betätigte sich nun ebenfalls, und bald sah unser Iglu aus wie ein zu Eis erstarrter Igel.

»Jetzt fehlt nur noch das Foto!«, rief sie froh und kramte die Polaroidkamera aus dem Rucksack. Dicht nebeneinander stellten wir uns vor das Iglu, und Laly drückte auf den Knopf. Obwohl helllichter Tag war, wurde wieder der gleißende Blitz ausgelöst.

Ich verlor zwar einen Teil meiner Sehkraft, konnte mich aber über einen großen Zuwachs an Anerkennung freuen.

27

»Jetzt kommt der sportliche Teil der Aufgaben«, teilte mir Laly mit, während wir Richtung Dorfzentrum fuhren.

»Waren das Schlagen eines Baums und der Bau eines Iglus etwa keine sportlichen Anstrengungen?«

»Nicht im Vergleich zu dem, was uns jetzt erwartet.«

»Was soll das denn sein? Eine Bergbesteigung?«

Laly blickte verschmitzt zu mir herüber.

»Eher das Gegenteil.«

Sie ließ mir jedoch keine Zeit für weitere Fragen, denn sie war bereits aufs Einparken konzentriert.

»Wir sind da!«

Die Dorfmitte von Arnac-la-Poste war kaum wieder-zuerkennen. Der sonst so ruhige Platz mit seinem hübschen Brunnen in der Mitte hatte sich in eine Mischung aus Spiel-show-Arena und *Ninja-Warrior*-Schauplatz verwandelt. Überall türmten sich aufblasbare Barrieren auf, Hürden und Schaum-stoffbarrikaden versperrten den Weg und sogar ein Schwimm-becken war aufgebaut, das ebenfalls mit verschiedenen Hinder-nissen gespickt war.

Ein armer Kerl, den ich schon am Morgen bei der Zusam-menstellung der Teams gesehen hatte, rutschte gerade bei dem Versuch, einen am Ende aufgehängten Schlüssel zu angeln, auf einer eingeseiften Matte aus. Mit einem spitzen Schrei stürzte er in den Pool.

»Willkommen zu Etappe Nummer drei«, empfing uns der Bürgermeister.

Er versetzte mir einen ordentlichen Schlag auf den Rücken. Diese Geste musste eine lokale Angewohnheit sein. Mit weit ausholender Armbewegung deutete er auf den Hindernisparcours.

»Wie sieht es aus, Ben? Freust du dich schon?«

Mein Kopf legte mir eindringlich nah, das Weite zu suchen, aber mein Körper reagierte nicht mehr. Panik schien ihn zu lähmen.

»Äh …«

Er zwinkerte mir zu.

»Das ist Lalys Lieblingsaufgabe. Hier hat sie dreimal in Folge gewonnen. Ein echter Champion.«

Der Champion hatte bereits damit begonnen, sich aufzuwärmen. Laly hüpfte von einem Fuß auf den anderen und dehnte sich in alle möglichen Schräglagen, die mich das Schlimmste ahnen ließen.

»Wir haben gerade noch unterwegs unsere Sandwiches gegessen. Ich frage mich, ob es nicht besser wäre, erst mal zu warten, bis wir sie verdaut haben. Wenigstens zwei oder drei Stunden. Vielleicht sogar zwei oder drei Tage …«

Der Bürgermeister und Laly konnten sich über meinen Witz nicht mehr halten vor Lachen.

Wieder verpasste mir der Bürgermeister einen Schlag auf den Rücken.

»Sie sind ja ein echter Spaßvogel!«

Dann war Laly dran mit dem Schlag auf den Rücken. Ich zog eine Anzeige wegen schwerer Körperverletzung in Erwägung.

»Legen wir los?«

»Wie sieht denn die erste dieser Aufgaben aus?«, fragte ich vorsichtig.

»Du wirst sie lieben!«

Ich war sicher, dass das Gegenteil der Fall sein würde. Laly zog mich mit sich, bis wir vor einer Art Holzturm standen. Das beruhigte mich fürs Erste. Wenn es nur darum ging, hinaufzuklettern, sollte das für mich zu schaffen sein. Dann fiel mein Blick auf die riesige, prall gefüllte Sprungmatratze, die auf dem Boden lag – so ein Ding, wie es die Feuerwehr benutzt, um von Flammen eingeschlossene Opfer zu retten, die aus brennenden Gebäuden in die Tiefe springen.

»Findet hier eine Vorführung der Feuerwehr statt?«

»Das ist für uns!«

»Die Vorführung?«

»Wir machen einen *free jump*«, erklärte Laly mir ganz aufgeregt und klatschte in die Hände wie ein kleines Mädchen beim Anblick eines neuen Fahrrads.

»Da bist du aber an den Falschen geraten. Ich bin doch kein Stuntman.«

Laly gluckste. Offensichtlich war ich urkomisch.

Sie zog mich zum Sockel des Turms. Meine Körpertemperatur musste schon jetzt bei mindestens einhundertfünfunddreißig Grad liegen. Ich schwitzte aus allen Poren, selbst an den Ohren! Ich stand kurz vorm Kreislaufkollaps, als sie zu mir sagte:

»Dank deiner Topleistung beim Iglu haben wir ordentlich Zeit gutgemacht. Ich nehme an, dass wir unter den Ersten sind.«

Sie drückte meinen Arm.

»Ich bin sehr froh, dass wir beide ein Team sind.«

Ihre großen blauen Augen sahen mich eindringlich an. Ich schluckte schwer.

»Ich auch.«

»Du hast doch sicher schon mal einen *free jump* gemacht, oder?«

»Ich kann mich nicht erinnern …«

Als ich auf die dicke Sprungmatratze zuging, hatte ich das

Gefühl, nur noch aus Flüssigkeit zu bestehen. Es war kein Mann mehr, der hinter Laly hertrottete, sondern eine Wasserlache in gelber Daunenjacke.

»Ein Trainer wird dich einweisen und dir die Regeln erklären.«

Das hieß zumindest, dass unser Tun unter Aufsicht geschah und von einem Profi in Sachen Jumps und Stunts überwacht wurde. Es wurden also maximale Sicherheitsvorkehrungen eingehalten.

Ich war in Arnac-la-Poste, um einen Vertrag zur Unterschrift zu bringen, und nicht, um mir hier den Hals zu brechen. Es gab Grenzen, sogar für das, was ein angehender Lektor zu tun bereit ist.

Laly stieg bereits die Treppe hoch. Ich rief ihr fragend hinterher:

»Setzen wir denn keinen Helm auf?«

Sie hielt meine Frage für einen weiteren Scherz und kletterte zügig nach oben. Mir blieb nichts anderes übrig, als ihr zu folgen.

Jede Stufe kam mir höher vor als die vorige. Anfangs versuchte ich, sie zu zählen, um mich abzulenken, aber als ich siebzig erreicht hatte, hörte ich auf, da ich das Gefühl hatte, das Zählen würde alles noch schlimmer machen.

Ich hätte es nicht für möglich gehalten, aber ich wurde immer kleiner, je höher ich diese verfluchten Stufen hinaufstieg. Ich fühlte mich wie Ludwig XVI. auf seinem Weg zum Schafott. Nur ohne Perücke.

Ich hegte die abwegige Hoffnung, dass der Trainer mir bei dem jämmerlichen Anblick, den ich bot, verbieten würde zu springen. Dann wäre es nicht meine Schuld: aus medizinischen Gründen vom Wettbewerb ausgeschlossen. Schon entwarf ich im Geiste eine kleine Rede, in der ich zerknirscht Enttäuschung vorgeben würde.

Völlig außer Atem kam ich endlich oben an. Ein Mann kehrte uns den Rücken zu. Ich bemühte mich, das Gesicht eines Schwerkranken aufzusetzen, was mich nicht sonderlich viel Mühe kostete, da ich natürlich immer noch unsäglich schwitzte und meine Gesichtsfarbe inzwischen bestimmt einen grünlichen Ton angenommen hatte, der ziemlich schlecht zu meiner Jacke passte.

»Da seid ihr ja!«, rief der Bürgermeister erfreut, der aus gegebenem Anlass Trainingskleidung trug.

Jetzt blieb mir die Luft endgültig weg. Ich japste:

»Sie? Was machen Sie denn hier?«

»Ich bin der Trainer. Ich bin für die Sicherheit meiner Bürger verantwortlich.«

Mit gönnerhafter Geste wies er dann auf mich:

»Und für die der Touristen.«

Tausend Fragen schossen mir durch den Kopf. Besaß er überhaupt eine Qualifikation? Würde ich sterben? Wurden alle Sicherheitsvorschriften eingehalten? Was tat ich hier überhaupt? Konnte man eigentlich vor Angst sterben? Die einzige Frage, die mir jedoch über die Lippen kam, war:

»Wie haben Sie es so schnell hier hochgeschafft?«

»Das bleibt mein Geheimnis.«

Er rieb sich die Hände.

»Also, Sportsfreunde! Wer zuerst?«

28

In zwölf Metern Höhe eröffnet sich eine ganz andere Perspektive auf das Leben. Der Wind bläst kräftiger, die Menschen unten sind fast so klein wie Ameisen. Ich würde gern sagen, das hat mir geholfen, Abstand zu gewinnen, aber ich gewann überhaupt gar keinen Abstand. Oder nur insofern, als ich eilig ein paar Schritte rückwärts machte.

Ich war absolut unfähig, mich ins Leere zu stürzen! Dazu musste man doch verrückt sein. Es widersprach allen elementaren Sicherheitsregeln.

Ich befand mich an einem Scheidepunkt. Ganz konkret – denn der Turm stand am Kreuzungspunkt zweier Straßen –, vor allem aber metaphorisch: Entweder rettete ich mein Leben, verlor dabei aber jegliche Wertschätzung bei Laly, oder ich starb womöglich – mit dem einzigen Trost, dass dies vermutlich auf der Stelle geschähe und Laly an meinem Grab weinen würde.

Als echter Gentleman ließ ich meiner Partnerin den Vortritt. Forschen Schrittes bewegte sie sich auf die Kante zu. Ihre Leichtfertigkeit, sich geradewegs in den sicheren Tod zu stürzen, verblüffte mich. Obendrein lächelte sie auch noch!

Ihre Füße ragten bereits über die Kante ins Leere hinaus, da winkte sie mir noch einmal zu. Ich wollte ihr mit einem komplizenhaften Lachen antworten, das sich allerdings eher in einen Schrei des Entsetzens verwandelte, als sie sich in die Tiefe stürzte.

Ihr Flug war großartig. Mit der Geschicklichkeit und Anmut eines Adlers landete sie weich auf der Sprungmatratze, die sie nachgiebig aufnahm.

Jetzt, wo ich ihr zugesehen hatte, schien mir das Ganze gar nicht mehr so kompliziert zu sein. Man musste es nur schaffen, sich fallen zu lassen. Die Augen schließen und springen. Ja, das konnte ich doch auch tun. Man musste nur einen kurzen unguten Augenblick überstehen.

Ich machte zwei Schritte nach vorn. Der Bürgermeister-Trainer hielt mich streng zurück.

»Ich muss Sie noch auf die einzuhaltenden Grundregeln aufmerksam machen. Ich möchte nicht, dass in meiner Gemeinde ein Unfall passiert. Sie können sich gar nicht vorstellen, wie viel Papierkram das bedeuten würde ...«

»Sehr beruhigend.«

»Springen Sie vor allem nicht mit geschlossenen Augen.«

Genau das hatte ich vorgehabt. Na toll!

»Warum?«

Der Trainer sah mich an, als hätte er einen Vollidioten vor sich.

»Sie müssen doch zielen können.«

Ich blickte auf die riesige Sprungmatratze unten.

»Zielen muss man auch noch?«

»Natürlich. Am besten landet man genau in der Mitte. Sonst werden Sie unter Umständen an die Ränder geschleudert oder landen gar neben der Matratze.«

»Nur um zu klären, ob ich Sie richtig verstanden habe: Wenn ich schlecht ziele, zerschelle ich womöglich auf dem Boden?«

»Das ist höchst unwahrscheinlich.«

Ich wurde weiß wie ein Leintuch, was ihm aber nicht auffiel. Dafür ergänzte er noch:

»Und schreien Sie nicht während des Sprungs.«

Jetzt musste ich mich aber wirklich wehren:

»Weil ein Mann jetzt nicht mehr das Recht hat zu schreien, oder wie soll ich das verstehen? Ist das die neue Norm für maskuline Stärke? Ich sage Ihnen was, ich werde so viel schreien, wie ich will.«

Kämpferisch reckte ich eine Faust in die Höhe.

»Männer haben auch ein Recht auf Gefühle. Männlichkeit definiert sich ganz und gar nicht über emotionale Kontrolle.«

»Wie Sie wollen, aber Sie gehen das Risiko ein, Ihre Zunge zu verlieren.«

Ich runzelte die Stirn.

»Ich verstehe nicht ganz …«

»Nun, wenn Sie während des Sprungs Ihren Mund geöffnet halten, könnten Sie sich durch den Aufprall bei der Landung mit den Zähnen Ihre eigene Zunge abbeißen.«

Ich schluckte mühsam.

»Dann werde ich den Mund wohl doch lieber geschlossen halten.«

Ich war einer Ohnmacht nahe, spürte bereits den Hauch des Todes in meinem Nacken. Trotzdem versuchte ich, mich zu beruhigen. Bloß nicht nach unten sehen … Zu spät! Ich holte tief Luft und erinnerte mich an mein Mantra: *Du musst nur einen kurzen unguten Augenblick überstehen.* Ich musste so tun, als spränge ich im Schwimmbad vom Sprungbrett, ganz einfach! Ein kleiner, unbedeutender Sprung.

»Ach, und bevor ich es vergesse: Springen Sie nicht mit den Füßen voran.«

»Was heißt das genau?«

»Nun, also nicht so wie im Schwimmbad.«

Meine Stimme wurde unnatürlich schrill und hoch. Sollte ich überleben, könnte ich vielleicht eine Karriere als Countertenor anstreben.

»Warum?«

»Ich weiß, dass ein solcher Sprung für einen Mann wie Sie, also einen Städter, der an Extremsport gewöhnt ist, nichts Besonderes ist, aber wir befinden uns hier doch in einer ansehnlichen Höhe. Wenn Sie mit den Beinen voran landen, könnten Sie am Ende eine Lähmung davontragen.«

Ein hysterisches Lachen meinerseits ließ sich jetzt nicht mehr unterdrücken. Es fehlte nicht mehr viel, und ich wäre um meinen Verstand gebracht.

»Und achten Sie auch darauf, Ihren Hals nicht zu sehr zu verkrampfen.«

Unwillkürlich fasste ich mir in den Nacken. Der Hobbytrainer vollführte eine kurze, energische Handbewegung, als würde er etwas verdrehen und begleitete dies mit einem düsteren:

»Krrk, sofortiges Schleudertrauma.«

Wieder holte ich tief Luft.

»Ich fasse zusammen: Wenn ich daneben springe, droht eine Lähmung. Wenn ich unglücklicherweise mit den Beinen voraus aufkomme, droht eine Lähmung. Wenn ich meinen Hals zu sehr verkrampfe, droht ebenfalls eine Lähmung.«

Der Bürgermeister bedachte mich mit einem breiten Grinsen und einem lobenden Schlag auf den Rücken.

»Sie haben alles verstanden.«

Unvermittelt zog er ein Blatt Papier hervor und reichte es mir.

»Hier. Die schriftliche Einwilligung.«

»Wofür ist die denn?«

»Sie unterschreiben, dass Sie über die Risiken unterrichtet wurden und dass Sie auf eine Klage verzichten, wenn Sie verletzt werden oder Schlimmeres passiert.«

»Oder Schlimmeres?«

»Man muss sich absichern.«

Ich sah auf die Liste. Vorder- und Rückseite, ehrlich! Es war Zeit, einen Rückzieher zu machen. Schluss mit solchen Dummheiten! Ich schüttelte bereits ablehnend den Kopf, als plötzlich Musik aus den auf maximale Lautstärke aufgedrehten leistungsstarken Lautsprechern ertönte. In Arnac-la-Poste ließ man sich bei Verstärkern nicht lumpen. Schon an den ersten Klängen aus dem Synthesizer erkannte ich den Titel *Jump* von Van Halen. Laly sah von unten zu mir hoch, reckte ihre Arme in die Höhe und formte mit beiden Händen das »Daumen hoch«-Zeichen. Eine ganze Traube von Zuschauern, die sich jetzt eingefunden hatte, tat es ihr gleich. Die Musik schwoll noch weiter an und versetzte die Menge regelrecht in Trance. Alle klatschten rhythmisch, während der Sänger mich beschwor: *And I know, baby, just how you feel.*

Sympathisch, vielleicht ein wenig zu vertraulich mit dieser Anrede, aber immerhin sympathisch. Ob der Sänger mit der blonden 8oer-Jahre-Mähne jemals versucht hatte, von einem zwölf Meter hohen Turm mitten auf dem Land zu springen? Das war höchst zweifelhaft. Aber vermutlich wollte er damit sagen, dass auch er sich schon einmal in einer schwierigen Situation befunden hatte, als es darum ging, eine Frau beeindrucken zu wollen. Eine weihnachtliche Mission wie die meine wäre mit Sicherheit auch für ihn etwas Besonderes gewesen.

Ich machte einen Schritt auf den Abgrund zu.

Go ahead, jump!

Was sein muss, muss sein. Ich schloss die Augen und warf mich ins Leere.

Meine Augen! Schnell, schnell – den Ratschlag des Bürgermeisters befolgend riss ich sie wieder auf.

Mein Herz! Wie sollte ich wissen, ob es nicht stehengeblieben war? Aber es klopfte heftig in meiner Brust, das war Antwort genug.

Meine Beine! Nicht mit den Beinen voraus landen. Newton hatte den *free jump* nicht bedacht, als er das Gesetz der universalen Schwerkraft formuliert hatte.

Mehr schlecht als recht versuchte ich, mich zu einer Kugel zusammenzurollen. Die Menge nahm offenbar an, dass ich akrobatische Figuren darbieten wollte und quittierte meine Verrenkungen mit begeisterten Rufen.

Jump!

Mein Hals! Verkrampfungen im Nackenbereich vermeiden. Gab es nicht Übungen, die die Muskulatur geschmeidiger machten? Ich vollführte energische Schüttelbewegungen mit meinem Hals. Das aufgepeitschte Publikum glaubte offenbar, dass ich es zu noch lauterem Singen anspornen wollte. Alle stimmten in den Text des Songs ein:

»Jump!«

Die Mitte! Auf die Mitte zielen! Steuerte ich am Ende auf die Ränder zu? Hätte ich vor dem Sprung vielleicht die Windstärke berechnen sollen? Jedenfalls fuchtelte ich wild mit den Armen herum und gab mein Bestes, um in der Mitte der Rettungsmatratze zu landen. Die Schaulustigen glaubten eine weitere Pirouette zu sehen und honorierten diese mit tosendem Applaus.

Jump!

Es heißt, dass man kurz vor dem Sterben sein Leben an sich vorüberziehen sieht. Da ich nun mit dem Leben davongekommen bin, kann ich sagen, dass es zumindest teilweise wohl stimmt. Auch wenn mein Leben zugegebenermaßen nicht für einen Scorsese-Film taugt. Ein paar Erinnerungen an meine Eltern, dann an die Pflegefamilien und die Heime, schließlich an die Arbeit bei Delamare. Nicht gerade der Stoff für einen Blockbuster.

Vor allem tauchte in meinem Kopf jedoch das Bild von Laly auf. Ihr Lachen, ihre Art, eine Haarsträhne hinter das Ohr zu schieben, wenn sie gerührt oder aufgewühlt war, ihre Intelligenz, ihre …

Platt wie ein Pfannkuchen landete ich auf der aufblasbaren Matratze. Meine Wange wurde in das synthetische Gewebe gepresst, mein Herz setzte einen Augenblick aus, bevor es sich darauf besann, dass ich nicht gestorben war. Die Menge jubelte mir zu, während ich verzweifelt versuchte, die Tränen zu verbergen, die mir in den Augen brannten.

Als ich endlich wieder festen Boden unter den Füßen hatte, empfand ich eine unglaubliche Erleichterung. Der Bürgermeister war auf geheimnisvolle Weise schon wieder von der oberen Plattform nach unten gelangt. Erst jetzt entdeckte ich an einer Seite des Turms einen Lastenaufzug, den er wohl benutzt haben musste. Er hatte die Zuschauer bereits dazu animiert, eine La-Ola-Welle zu formen und schrie jetzt in sein Mikrofon:

»Noch ein Sprung! Noch ein Sprung!«

Der Bericht über den weiteren Verlauf las sich in dem Lokalblatt von Arnac-la-Poste ausgesprochen nüchtern:

Nachdem der Springer die Zuschauer mit fantasievollen akrobatischen Figuren ergötzt, sich selbst dabei aber restlos verausgabt hatte, verlor er unter den Beifallsstürmen des Publikums kurz das Bewusstsein. Grund dafür scheint eine Unterzuckerung gewesen zu sein, denn unser Athlet hatte vor seiner unglaublichen Darbietung lediglich ein Sandwich zu sich genommen.

Aufgrund seiner guten körperlichen Verfassung hat er sich jedoch rasch erholt. Eine von seiner Teamkollegin herbeigeschaffte heiße Schokolade brachte ihn schnell wieder zu Kräften.

Die Aufgaben des Wettkampfes gehen weiter, und wir warten gespannt auf unseren auswärtigen Wettkämpfer, der nun zu einem der Favoriten zählt, in der Hoffnung auf weitere Heldentaten bei den nächsten Etappen des Weihnachtsmarathons.

29

Dem Tod von der Schippe gesprungen zu sein, kann eine seltsame Wirkung haben. Von der drückenden Last der unmittelbaren Todesgefahr befreit, fühlte ich mich leicht und beinahe unbesiegbar. Ich hatte einen Sturz aus zwölf Metern Höhe unbeschadet überstanden. Ich war ein Superheld!

Einziges Stigma war der Abdruck der Matratze, der sich hartnäckig auf meiner Wange hielt. Aber mir waren eine Lähmung und der Verlust meiner Zunge erspart geblieben, das wertete ich als glücklichen Ausgang. Außerdem verlieh mir dieser Schmiss eine gewisse Ähnlichkeit mit Captain Harlock aus der gleichnamigen Manga-Serie.

Deshalb sah ich der nächsten Aufgabe optimistisch entgegen. Munter fragte ich Laly:

»Was wartet jetzt auf uns? Eine Schlammschlacht? Ein Kampf gegen einen Bären?«

»Keineswegs. Diesmal geht es um den rechten Gebrauch eines Gegenstands«, erwiderte sie mit einem vielsagenden Lächeln.

»Eines Fallschirms?«

»Eines Sacks.«

Ich war zwar noch berauscht von meiner Erfahrung des freien Falls, bekam es nun aber doch mit der Angst zu tun, was den weiteren Fortgang des Marathons betraf.

»Oh! Sich einzig und allein mit einem Sack ins Leere stürzen, das ist noch heftiger als ich dachte.«

Selbst Captain Harlock hatte Anspruch auf mehr als einen Sack …

Sie schüttelte nur den Kopf und zog mich zu einem Gelände, von dem trotz einiger Entfernung bereits lautes Johlen zu uns herüber klang. Es hatten sich schon Zuschauer dort eingefunden, um die Teilnehmer anzufeuern.

»Ein Sackhüpfen!«

»Das hat Tradition in Arnac-la-Poste. Und wir haben Champions in unseren Reihen, die auch auf regionaler Ebene Wetthüpfen gewinnen.«

Nach meinen vollbrachten Meisterleistungen schien mir diese Aufgabe zu den leichteren Herausforderungen zu zählen. Ich war zwar zugegebenermaßen etwas erschöpft, aber ein kleines, harmloses Rennen würde meine Siegesserie wohl nicht gefährden können.

»Lalou! Wie schön, dich zu sehen …«

Antoine tauchte auf und drängte sich zwischen uns. Er war in Begleitung seiner Partnerin, Madame Capuchon, die mich eingehend musterte.

»Nicht schlecht, dein Sprung, Bürschchen. Aber gleich wird sich zeigen, wie du dich bei einer echten Herausforderung schlägst.«

Mit ihrem kleinen, spitzen Ellbogen versetzte sie mir einen Stoß in die Seite. Antoine lachte. Die zwei passten wirklich gut zusammen!

Mein Rivale maß mich mit einem herablassenden Blick:

»Ich spüre, dass der Sieg in diesem Jahr an mich geht.«

Dann wendete er sich an Laly:

»Ich hoffe, dass du den Sieger dann gebührend beglückwünschst.«

In jedem männlichen Wesen schlummert ein heimlicher Ehrenmann. Etwas, das uns von Generation zu Generation weitergegeben wird. Vom Ritter in seiner ehernen Rüstung bis zum Hipster mit Haarknoten – wir können es nicht hinnehmen, vor den Augen einer Frau von einem Konkurrenten herabgesetzt zu werden. Das ist und bleibt eine Frage der Ehre.

Bilder von Laly als Guinevere und von mir als Lancelot liefen vor meinem inneren Auge ab. Also nahm ich den Fehdehandschuh auf und stellte mich dem Duell. Ja, es würde wie beim Stierkampf ein echtes *Mano-a-Mano* mit Antoine geben. Ich würde mich zur Wehr setzen und diese Schmähung rächen. Ich …

»Ben?«

Von meinen Überlegungen mitgerissen, hatte ich nicht bemerkt, dass Laly mit mir redete. Antoine und Madame Capuchon waren gar nicht mehr in unserer Nähe.

»Das Rennen beginnt gleich. Es kann nur ein Teammitglied teilnehmen. Bist du bereit?«

Mit dem hoch erhobenen Haupt eines in den Krieg ziehenden Kämpfers warf ich mich in die Brust und verkündete:

»Ich wärme mich nur noch ein wenig auf.«

Ich dehnte meine Gliedmaßen und hüpfte ein wenig auf der Stelle. Ich rief mir die großen Klassiker der siebten Kunst wach und die Ratschläge von Mister Miyagi, dem Karatemeister aus *Karate Kid*. Also holte ich zu großen Kreisbewegungen mit meinen Armen aus, zuerst nach rechts, dann nach links. Als ich spürte, dass eine Zerrung drohte, besann ich mich auf eine andere Aufwärmtechnik. Der Boxer Rocky hielt sich dadurch in Form, dass er Hühnern hinterherjagte. Gab es hier vielleicht Hühner? Oder Rebhühner?

Ein schriller Pfiff informierte uns über den unmittelbar bevorstehenden Start. Mir blieb also keine Zeit, irgendeinem Federvieh hinterherzurennen. Ich begab mich an die Startlinie und nahm den riesigen Kartoffelsack entgegen, den man mir reichte. Mit dem wohltuenden Gefühl der Pflichterfüllung stieg ich hinein.

Antoine war bereits zur Stelle und versuchte, an der Startlinie ein paar Millimeter herauszuschinden. Madame Capuchon ermutigte ihn auf ihre Art:

»Feg sie alle weg!«

Laly stand hinter der Absperrung und beobachtete uns. Ich wollte ihr mit der Hand zuwinken, und schon rutschte mein Sack jämmerlich zu Boden. Das höhnische Lachen von Antoine hallte mir in den Ohren, der Laly dann zu allem Überfluss auch noch eine Kusshand zuwarf.

Der Startschuss ertönte, und die Teilnehmer hüpften los. Trotz aller Bemühungen war ich sofort mit Abstand der Letzte. Immer wieder verhedderte ich mich mit den Füßen im Sack und stürzte sogar einmal zu Boden. Antoine war bereits weit voraus. Trotzdem behielt ich ihn im Blick, rappelte mich hoch und setzte ihm nach, so gut ich konnte.

Meine Anstrengungen zahlten sich aus: Ich holte auf und kämpfte mich ein paar Plätze weiter nach vorn, denn einige Konkurrenten gerieten so außer Atem, dass sie eine Pause einlegen mussten, um nach Luft zu schnappen.

Antoine lag immer noch in Führung. Meine Lunge brannte. Meine Oberschenkel brannten. Mein ganzer Körper loderte. Ich würde es nicht schaffen.

Geschrei drang zu mir herüber. Von der Ziellinie bekam ich Unterstützung von Laly, Angelica mit Cristal an der Leine, dem Bürgermeister und einigen anderen Personen, die jetzt offenbar zu meinem Fanklub zählten.

»Los, Ben!«

Ich hob den Kopf und riss mir meine gelbe Daunenjacke vom Leib, um sie in einer grandios theatralischen Geste auf den Boden zu schleudern – eine Mischung aus Lancelot und Rocky.

Mit aller Kraft krallte ich mich dann erneut an meinem Sack fest und nahm mit Wut im Bauch das letzte Stück der Rennstrecke in Angriff. Mit großen Sätzen machte ich Boden gut. Das Ziel kam näher, Antoine war jetzt nur noch wenige Schritte vor mir. Er drehte sich um, und ich konnte sehen, dass sein Gesicht hochrot war – entweder vor Anstrengung oder vor Wut. Nur noch ein paar Zentimeter trennten uns voneinander. Ich konnte beinahe nach ihm greifen. »Gib Gas, du Würstchen!«, meldete sich Madame Capuchon wieder einmal mit unverhohlener Offenheit zu Wort.

Ich hörte Antoine schimpfen, dann setzte er zu einem spektakulären Sprung an und baute seinen minimalen Vorsprung etwas aus. Ich blieb aber im Rhythmus und bündelte meine letzten Kräfte.

Gerade wollte ich ihn überholen, als eine hinterhältige Eisplatte auf meiner Spur mich ins Straucheln brachte. Ein Sturz war nicht mehr zu vermeiden. Ich fiel zu Boden, war besiegt.

Meine Knie waren genauso angeschlagen wie mein Stolz. Zusammengekauert verharrte ich auf allen vieren. Mehrere Konkurrenten zogen mit gewaltigen Sätzen an mir vorbei. Plötzlich spürte ich, wie jemand mich aufrichten wollte. Ich hob den Kopf und sah Laly vor mir, die ebenfalls in einem Kartoffelsack steckte. Sie war in das Rennen eingestiegen, legte jetzt meinen Arm um ihre Schultern, damit ich mich auf sie stützen konnte, und schaute mich mit ihren azurblauen Augen fest an.

»Na, Partner, brauchst du Hilfe?«

Wir begannen gemeinsam im gleichen Rhythmus zu hüpfen, blieben ganz dicht Seite an Seite, um unsere Sprünge in Einklang zu halten. Ihr Selbstvertrauen flößte mir wieder Hoffnung ein. Ihre Wärme weckte neue Kräfte bei mir.

Wir erreichten die Ziellinie auf einem sehr ehrenwerten vorletzten Platz, wobei allerdings der letzte Teilnehmer bereits frühzeitig aufgegeben hatte.

Laly schloss mich in die Arme und beglückwünschte mich. Niemals hat eine Niederlage mehr Glücksgefühle ausgelöst.

30

Der Tag ging zur Neige, die tief stehende Wintersonne war längst nicht mehr zu sehen, aber für Laly und mich war dieser Tag noch nicht zu Ende. Gemeinsam nahmen wir uns die Beschreibung der nächsten Aufgabe vor:

Meine erste Silbe ist das Gegenteil von »Stirb«.
Meine zweite klingt wie ein Tier, das »Muh« macht.
Meine dritte kennzeichnet eine Verkleinerungsform.
Meine vierte und fünfte ist das Gegenteil von Frauen.
Als Ganzes werdet ihr mich köstlich finden.

Angestrengt nachdenkend, massierte ich mir die Schläfen. Ich fuhr unauffällig über meine Wange. Der Abdruck der Matratze war immer noch zu spüren. Außerdem war meine gelbe Jacke bei meinem ersten Sturz sehr schmutzig geworden. Ich gab wirklich kein besonders vorteilhaftes Bild ab.

»Wir müssen ins Gästehaus zurück!«, rief Laly plötzlich aufgeregt.

Ich nickte.

»Ja, ich muss unbedingt andere Klamotten anziehen.«

Schon wieder spürte ich einen Schlag auf die Schulter.

»Nicht doch, für diese Aufgabe natürlich! Wir müssen Lebkuchenmänner backen.«

Schon machte sich mein Magen lautstark bemerkbar.

»Stimmt, ich bekomme langsam Hunger.«

Wir gingen zum Pick-up zurück, und Laly trat während der Fahrt zu Angelicas Gästehaus kräftig aufs Gaspedal. In der Abenddämmerung verströmte das erleuchtete Haus eine freundliche Wärme. Der vielfarbige Lichterschmuck schien uns den Weg zu weisen. Ich sehnte mich danach, in einem Ohrensessel am Kamin zu entspannen. Vielleicht würde das ruhig brennende Feuer auch mich etwas zur Ruhe kommen lassen.

Ich war an Aufregungen, wie ich sie heute am laufenden Band hatte erleben müssen, nicht gewohnt und lechzte nach Stille. Ich war ein Einzelgänger. Seit Jahren hatte ich daran gearbeitet, eine Wand zwischen mir und den anderen zu errichten. Zu früh hatte ich gelernt, dass es gefährlich war zu lieben. Ich hatte meine Eltern geliebt, und sie waren gestorben. Ich hatte zu einigen Pflegefamilien eine emotionale Bindung aufgebaut und kam doch immer wieder in ein anderes Umfeld. Um nicht daran zugrunde zu gehen, war mir nichts anderes übrig geblieben, als mein Herz zu verschließen.

Es überraschte mich, eine solche Vertrautheit mit diesem Haus zu verspüren. Es gibt Orte wie diese, wo man sich auf der Stelle wohlfühlt. Und trotz ihres Mystizismus und ihres Riesenmeerschweinchens war Angelica der Grund dafür. Sie hatte es verstanden, dem Ort eine heitere und beruhigende Atmosphäre zu verleihen.

Ich seufzte wohlig und öffnete die Haustür, voller Vorfreude auf das Knistern des Feuers im Salon. Was mich aber tatsächlich empfing, waren ganz andere Geräusche. Das Stimmengewirr verschiedener Unterhaltungen, ein unruhiges Kommen und Gehen, Koffergeräusche an der Treppe.

Überall waren Menschen zu sehen. Im Salon, in der Küche, im Eingangsbereich und sogar in meinem Ohrensessel. Ein ganzer Bus von Touristen war in das Haus eingefallen.

Angelica kam uns entgegen. Sie hatte sich umgezogen und

trug nun ein langes Kleid, dessen Stoffmuster gut zu ihrem Turban und den hübschen Pantoletten passte.

»Aha! Ihr seid zurück.«

Ich wies auf die Horde von Touristen.

»Was ist denn hier los?«

»Oh, das ist völlig normal. Die Weihnachtsfeierlichkeiten von Arnac-la-Poste sind recht bekannt, wir haben um diese Jahreszeit immer sehr viele Besucher hier bei uns. Alle Zimmer sind jetzt belegt.«

Angelica wirkte überglücklich. Sie zählte zu jenen Gastgeberinnen, denen es eine Freude ist, einen Tisch voller Gäste zu bedienen, und sie fand für jeden Einzelnen ein paar aufmerksame Worte.

Ein kleiner Junge tauchte auf und zog an ihrem Kleid. Er wollte Cristal streicheln, die wie ein Traktor schnurrte.

»Deine Katze sieht lustig aus«, sagte der Junge.

»Es ist keine Katze, sondern ein Cuy. Ein sehr großes Meerschweinchen.«

Der Kleine musterte Cristal eingehend.

»Komisch, dass dein Katzen-Schweinchen so groß ist.«

»Bei den Mayas ...«

Laly zog mich am Arm weiter, und wir überließen Angelica ihren weiteren Ausführungen, um uns in die Küche zu begeben. Zum Glück war dort niemand, und wir hatten den Raum für uns. Laly übernahm sofort das Regiment.

»Hol die Zutaten, die wir brauchen«, befahl sie.

Ich öffnete die Wandschränke, obwohl ich keine Ahnung hatte, was ich eigentlich suchte. Meine Kocherfahrungen beschränkten sich im Wesentlichen darauf, ein Fertiggericht in die Mikrowelle zu schieben. Ich sah mich also um, kramte hier und da, holte alles heraus, was ich mit einem Backvorgang in Verbindung brachte, und stellte es auf den Tisch, während Laly die notwendigen Gerätschaften zusammentrug.

Als sie den von meinen »Zutaten« bevölkerten Tisch sah, riss sie staunend die Augen auf:

»Was ist das denn für ein Sammelsurium?«

»Die Zutaten.«

Ungläubig inspizierte sie die auf dem Tisch stehenden Packungen.

»Tapioka?«

Ich hatte keine Ahnung, was das überhaupt war, und entschloss mich, so zu tun, als hätte ich nichts gehört.

Sie inspizierte weiter.

»Semmelmehl?«

Ich zuckte lediglich mit den Schultern. Sie stemmte ihre Hände in die Seiten.

»Okay, ich bin ganz Ohr. Womit müssen wir anfangen?«

Ich schluckte mühsam.

»Ich habe keinen Schimmer! Ich dachte, dass du das Backen draufhättest.«

Jetzt verschlug es ihr beinahe die Sprache.

»Ich?«

»Ja, du.«

»Und warum ich? Jetzt sag bloß nicht, weil ich eine Frau bin!«

Sie tat so, als wolle sie mir applaudieren, und wirbelte ein wenig Mehl auf.

»Na, ein Hoch auf solche Klischeevorstellungen. Frauen gehören an den Herd, ist doch klar! Dass man im 21. Jahrhundert noch auf ein so überkommenes Rollenverständnis stößt ...«

»Du bist schließlich die Tochter des Weihnachtsmanns!«

Sie biss sich auf die Lippe, und diesen Augenblick nutzte ich zu weiteren Rechtfertigungen:

»Ich dachte, du hättest deine ganze Kindheit über mit solchen Sachen zu tun gehabt.«

Laly fuhr sich mit einer Hand durchs Haar.

»Für das Weihnachtsgebäck war meine Mutter zuständig. Mein Vater und ich haben immer an dem Schlitten gebastelt.«

»Du sprichst nie von deiner Mutter.«

Ein Schatten huschte über ihr Gesicht, und es tat mir leid, dass ich dafür verantwortlich war.

»Sie ist vor sechs Jahren gestorben.«

»Das tut mir leid.«

»Mein Vater hat sich noch immer nicht davon erholt. Er versteckt seinen Kummer hinter seiner Rolle, aber in Wahrheit ist Weihnachten danach nie wieder das Gleiche gewesen wie zuvor.«

Da musste ich erneut an das Manuskript von *Die Versöhnung* denken, und auf einmal wurde mir alles ganz klar. In diesem Text lagen Wut, Verzweiflung und das Gefühl, dass eine ganze Welt zusammenbricht ... Und Laly wusste nicht einmal, dass ihr Vater ein begnadeter Schriftsteller war. Er hatte mir geschworen, dass niemand im Dorf von seinem Buch wusste.

»Ich wünschte, er würde noch mal von vorn beginnen und eine neue Liebe finden«, vertraute sie mir an.

Ich verscheuchte meine Gedanken an mein zukünftiges Dasein als Lektor, um mit meiner Konzentration bei Laly zu bleiben, die verstohlen eine Träne fortwischte.

Noch nie hatte ich eine Frau kennengelernt, die zugleich so verletzlich und so stark war.

Da tauchte Angelica in der Küche auf.

»Ich wusste doch, dass hier etwas Interessantes im Gang ist. Wir haben Vollmond, und dieser Vollmond steht im Quadrat zu Venus.«

»Was bedeutet das?«, fragte ich nach.

»Es liegt eine große Kreativität in der Luft.«

Laly blickte jetzt wieder ernst und konzentriert, aber es rührte mich, dass sie mir ihre Verletzlichkeit – wenn auch nur für einen Augenblick – gezeigt hatte.

»Wir müssen Lebkuchenmänner für den Marathon backen«, erklärte sie.

Angelica klatschte in die Hände und zog drei Schürzen aus einer Schublade. Natürlich hatten auch diese ein weihnachtliches Aussehen. Auf meiner sah man einen Weihnachtsmann, der mit der Weihnachtsbäckerei beschäftigt war.

»Sehr passend.«

Angelica zwinkerte mir zu, während sie sich ihr Exemplar umband, das mit hübschen Ilexzweigen geschmückt war. Als Chefin unserer Truppe übernahm sie das Kommando.

»Erste Lektion: Weder Semmelmehl noch Tapioka gehören in Lebkuchen.«

31

Wir hatten unseren Rhythmus gefunden. Jeder war auf seinem Posten, jeder hatte seine Aufgabe. Angelica bereitete den Teig zu, Laly knetete ihn und ich rollte aus. Ich kam mir vor wie einer der emsigen sieben Zwerge, dabei waren wir nur zu dritt. Aber wir kamen gut voran. Unsere Handgriffe waren effizient und aufeinander abgestimmt wie bei der perfekt durchorganisierten Choreografie in einer Backstube.

Als die Lebkuchenmänner unter meinen Ausstechformen Gestalt annahmen, atmete ich Gerüche ein, die mir bis zu diesem Tag vollkommen unbekannt gewesen waren. Zimt, Nelke, Anis … Gerüche einer normalen Kindheit.

Und auch die ganz konkreten Empfindungen waren neu. Den schönen, goldbraunen Teig in die Hand zu nehmen, ihn mit einem Nudelholz auszurollen, mit den Fingern in den Teig hineinzugreifen – ich entdeckte, dass mir diese Tätigkeiten Spaß machten. Angelica ermunterte mich augenzwinkernd, die Reste des Lebkuchenteigs von einem Löffel zu naschen.

Als die Lebkuchenmänner im Backofen lagen, beobachtete ich sie durch die Scheibe. Sie durften auf keinen Fall verbrennen. Als ich sah, wie sie sich langsam aufblähten, empfand ich einen ungeheuren Stolz.

Von meinem Posten schaute ich zu den beiden Frauen hinüber, die gut gelaunt ihrer Arbeit nachgingen. Angelica goss Honig auf die Teigmasse, und Laly vermengte das Ganze. Das milde Licht der bunten Lampions, die Wärme des Backofens, der köstliche Duft, die samtene Stimme von Nat King Cole, der *Joy to The World* sang – das Ganze fügte sich zu einem vollkommenen Augenblick, der sich mir unvergesslich einprägte.

In dieser Küche, mit Laly und Angelica an meiner Seite, glaubte ich zu entdecken, was Familie war. Und wie jede wichtige Entdeckung war das zugleich schön und schmerzhaft. Schmerzhaft, weil einem klar wird, was man alles an Liebe und Freude entbehrt hat, und schön, weil man endlich weiß, wie es sein kann, in einem solchen Umfeld zu leben.

Mein Panzer schmolz dahin wie die Butterstücke, die Angelica auf dem Herd zerließ. Zum ersten Mal zog ich in Betracht, dass ich mich vielleicht getäuscht hatte. Die Einsamkeit war nicht unbedingt die richtige Lösung für mich. Blieb man den anderen gegenüber auf Abstand, dann blieb man auch sich selbst gegenüber auf Abstand. Ich spürte, wie sich das Schloss, mit dem ich mein Herz versehen hatte, langsam auftat. Ein klein wenig zumindest. War das womöglich die Magie von Weihnachten, von der Nicolas gesprochen hatte?

»Weinst du?«, fragte Laly.

Ich rieb mir die Augenlider.

»Ich habe etwas Mehl in die Augen bekommen.«

Sie kam näher, und ich bemerkte einen kleinen Teigkrümel, der in ihrem Haar klebte. Ohne weiter nachzudenken erlaubte ich mir in einem Anflug von Kühnheit, die wohl der Intimität dieses Augenblicks geschuldet war, den Krümel zu entfernen. Nur wenige Zentimeter trennten unsere Gesichter. Ich roch ihren nach Zimt duftenden Atem. Ihre Augen glitzerten gleichermaßen einladend und zurückhaltend – die Augen einer Frau, die gelitten hat und nicht mehr leiden will.

Das Signal der Backofenuhr ließ uns aufschrecken. Die erste Ladung war fertig. Wir führen rasch wieder auseinander. Ich wischte meine feuchten Hände an der Schürze ab, und Laly schob eine Haarsträhne, die eigentlich an Ort und Stelle lag, trotzdem noch einmal hinters Ohr.

Angelica öffnete die Backofentür. Ein köstlicher Duft drang in den Raum und hüllte uns in eine Wolke aus Zucker, Muskat und Ingwer. Sie stellte das heiße Blech auf die Arbeitsfläche, damit wir unsere Lebkuchenkerle gebührend bewundern konnten. In aller Bescheidenheit – es waren Meisterwerke! Zugegeben, sie hatten durch meine Unerfahrenheit beim Ausstechen etwas gelitten, und hier und da war eine Gliedmaße abhandengekommen, aber welcher Lebkuchenmann brauchte schon tatsächlich zwei Beine oder zwei Arme?

»Großartig!«

So lautete Angelicas Urteil, und ich fühlte mich, als hätte ich den Nobelpreis für das Bäckerhandwerk erhalten.

Dann erinnerte ich mich allerdings an den, sagen wir kreidigen Geschmack des Backwerks, das Angelica zum Frühstück anbot, und zog in Betracht, dass sie womöglich nicht die allerbeste Jurorin in dieser Sache war. Aber das Funkeln in ihren Augen wog einbeinige, einäugige oder kreidig schmeckende Lebkuchenmänner bei Weitem auf.

Nun tauchte auch noch Cristal auf und hoppelte durch die Küche. Ihr Fell war mit einer dicken roten Farbschicht überzogen und mit Pailletten besetzt. Man hätte sie beinahe für eine Weihnachtskugel auf vier Pfoten halten können.

»Die Kreativität hier vor Ort schießt langsam, aber sicher übers Ziel hinaus«, stellte Angelica fest und nahm das Tier auf den Arm. »Ich gehe jetzt besser und bringe die ganze Bande zu Bett.«

Vorher wies sie aber noch auf den Tisch, auf dem unsere Kerle lagen.

»Sie müssen jetzt nur noch glasiert und anschließend dekoriert werden. Dann seid ihr fertig.«

Sie drückte jedem von uns ein Küsschen auf die Wange und verließ die Küche. Als ich allein mit Laly war, wurde mir plötzlich sehr warm. Zweifellos wegen des Backofens. Unsere Handgriffe folgten wie selbstverständlich aufeinander und ergaben ein harmonisches Ganzes. Wir verstanden uns wortlos. Während unsere Glasur die richtige Konsistenz annahm, dachte ich an die Überraschungen, die das Leben manchmal bereithielt. Bisher waren mir meist weniger schöne Überraschungen zuteilgeworden, aber dieses Weihnachten war zweifellos anders.

Wäre ich nicht im Stapel der abgelehnten Einsendungen auf das Manuskript von *Die Versöhnung* gestoßen, wäre sein Autor nicht der Weihnachtsmann von Arnac-la-Poste, hätte er mir nicht diesen Auftrag seine Tochter betreffend gegeben ... dann hätte ich diese Augenblicke niemals erlebt. Ich wäre um diese Zeit wie in allen Jahren zuvor damit beschäftigt, Weihnachten zu leugnen.

Je mehr ich darüber nachdachte, desto mehr fühlte ich mich Laly gegenüber unwohl. Ich musste ihr die Wahrheit sagen. Ich hatte das Gefühl, unsere gemeinsamen Momente, ja das Band, das zwischen uns entstanden war, durch mein Schweigen zu beschädigen.

Ich beobachtete sie verstohlen, während sie die rote Glasur in einen Spritzbeutel füllte: die Stirn vor Konzentration in Falten gelegt, im Blick jedoch eine kindliche Freude. Unvermutet sah sie zu mir herüber, und ich hatte das Gefühl, auf frischer Tat ertappt worden zu sein.

»Was gibt's? Habe ich Glasur auf der Nase?«, wollte sie lachend wissen.

Warum sind hübsche Mädchen noch anziehender, wenn sie Mehl in den Haaren oder Glasur an den Fingern kleben haben?

»Laly, ich muss dir etwas sagen.«

Schnell wurde ihr Blick wieder ernst, und sie biss sich auf die Lippe.

»Spar dir den Atem. Ich weiß alles.«

»Wirklich?«

»Ja.«

»Woher denn?«

Wütend legte sie den Spritzbeutel beiseite.

»Hältst du mich für bescheuert? Es war doch offensichtlich.«

»Ach ja?«

»Du tauchst wie zufällig aus der großen Stadt hier auf und nimmst an unseren Aktivitäten teil. Dachtest du, dass mir da nicht alles klar ist?«

Ich wollte mich ihr nähern, aber sie wich zurück. Ich musste ihr alles erklären.

»Du musst verstehen …«

»Oh, ich habe alles sehr gut verstanden.«

»Ich wusste nicht, dass alles so verlaufen würde. Dein Vater ist daran schuld …«

»Bring jetzt nicht meinen Vater ins Spiel! Er hat nicht das Geringste damit zu tun!«

»Sehr wohl hat er das, und zwar zu einem nicht geringen Teil.«

Sie massierte sich die Schläfen und holte tief Luft. Offenbar musste sie sich zusammenreißen.

»Lassen wir das jetzt.«

Sie griff nach einem zweiten Spritzbeutel und füllte die grüne Glasur hinein, ohne mir auch nur noch die geringste Beachtung zu schenken.

Lassen wir das jetzt? Wie konnte sie die ganze Sache so leicht beiseiteschieben?

»Laly, du musst wissen, dass ich immer aufrichtig dir gegenüber war …«

Ich begann zu schwitzen und konnte förmlich spüren, wie

sich unter meinen Achseln die gefürchteten, gewiss riesengroßen Schweißringe bildeten. Noch einmal setzte ich an:

»Also, ich meine, dass ich absolut ehrlich an dem Weihnachtsmarathon teilnehme.«

Sie sah mich eindringlich an. Wäre ich ein Held aus einer dieser romantischen Komödien, dann wäre das der perfekte Augenblick gewesen, um sie zu küssen. Jeder selbstbewusste Mann hätte das getan. Er wäre entschlossenen Schrittes auf sie zugegangen, hätte ihr über die Wange gestreichelt und seine Lippen auf ihre gepresst. Aber ich war nur ich selbst und kein Gentleman und Herzensbrecher.

Die Zeit schien stillzustehen, und ich fragte mich, ob Laly das Gleiche dachte wie ich. Hoffte sie, dass ich den ersten Schritt tat? Oder fragte sie sich lediglich, was mit mir los war, dass ich sie mit so abwesender Miene anstarrte?

Es gibt Augenblicke im Leben eines Mannes, in denen er Haltung zeigen muss. Ich mobilisierte alles, was ich an Männlichkeit in mir trug, und ging auf sie zu. Die romantische Komödie war greifbar nahe.

»Ich mag keine Schwindler.«

Anscheinend waren Laly und ich nicht im gleichen Film unterwegs.

»Ich schwindle nicht, was dich betrifft.«

»Wie ist es denn gewesen?«

»Die Wahrheit ist, dass ich in ...«

»Du hast beim Bau des Iglus geschwindelt.«

»Was?«

»Du hältst mich wohl für eine Idiotin. Du hast das Iglu nicht allein gebaut. Das ist gar nicht möglich.«

Das war es also! Sie sprach die ganze Zeit über von dem Iglu! Ich war so erleichtert, dass ich nicht eine Sekunde länger daran dachte, ihr meinen Auftrag zu gestehen. Es kam nicht infrage, dass ich sie noch einmal verstimmte.

Ich nickte.

»Du hast es erraten.«

»Aha! Wusste ich es doch!«, rief sie und zeigte mit anklagendem Finger auf mich wie Hercule Poirot, wenn er einem Schuldigen sein Geständnis abringt.

»Ich habe einen Freund angerufen, der mir eine Anleitung für den Bau eines Iglus vorgelesen hat.«

»Das ist alles? Eine andere Hilfe hast du nicht in Anspruch genommen? Es ist niemand da gewesen, der dir beim Bauen geholfen hat?«

»Nein, ich schwöre es dir.«

Jetzt sah ich Bewunderung in ihrem Blick aufleuchten. Vielleicht war die Annahme einer telefonischen Hilfe letztlich gar nicht so schlimm.

»Glaubst du, dass wir dafür disqualifiziert werden können?«, fragte ich sie besorgt.

Sie zuckte mit den Schultern und trat ganz nahe zu mir.

»Braucht ja niemand zu wissen. Das ist unser kleines Geheimnis.«

Jetzt gab es also schon Geheimnisse zwischen Laly und mir.

32

»Nimmst du den roten oder den grünen?«

Laly streckte mir beide Spritzbeutel entgegen. Ich wusste, dass Rot ihre Lieblingsfarbe war, also griff ich nach dem grünen. Unsere ersten Versuche, die Lebkuchenmänner zu verzieren, erwiesen sich allerdings als ziemliche Katastrophe. Die Glasur lief viel zu schnell an der Seite hinunter, sodass unsere Kerle eher Zombies glichen als freundlichen Herren. Aber wir gaben nicht auf, und unsere Hartnäckigkeit zahlte sich schließlich aus. Meine Bewegungen wurden langsam sicherer. Es gelang mir sogar, einem meiner schrägen Kandidaten ein hübsches Lächeln samt Brille ins Gesicht zu zaubern.

Ich bemerkte, dass die Arbeit mit den Händen den Kopf befreite. Gewöhnlich schweiften meine Gedanken unaufhörlich umher. Ich konnte das Denken einfach nicht abstellen. Ich zerpflückte jede Bewegung und jedes Wort, war immer auf der Suche nach Fehlern, die ich begangen hatte. Das kostete viel Kraft, denn ich machte viele Fehler. Man sagt, dass Optimisten länger leben. Damit war die lange Liste meiner Befürchtungen um eine Angst reicher: die Angst, früh zu sterben.

Die Ereignisse des hinter uns liegenden Tages zogen vor meinen Augen vorüber. Die Tanne von heute Morgen, die Schneeballschlacht, das Iglu, der Sprung, der mich beinahe das Leben gekostet hätte, und natürlich das Sackhüpfen gegen den schrecklichen Antoine.

Ich hatte wirklich das Gefühl, dass Laly und ich uns durch all das nähergekommen waren. Es war eine Verbindung zwischen uns entstanden. Spürte sie das auch? Hatte sie noch Gefühle für ihre einstige Jugendliebe? Wie hatte sie sich überhaupt in einen Mann wie ihn verlieben können? Und was hatte es mit diesem Liam auf sich, von dem Phineas mir erzählt hatte? Viel zu viele Fragen für einen so kleinen Kopf. Mit einem Mal kam mir Shanti in den Sinn, der Darth Vader der E-Zigarette. Mein Auftrag hier hatte mich so in Anspruch genommen, dass ich mich noch nicht im Geringsten um die Weihnachtsfeier im Verlag gekümmert hatte! Mittlerweile waren vermutlich sämtliche Feinkostlieferanten bis über beide Ohren ausgebucht, und es bestand durchaus die Gefahr, dass wir uns mit ein paar aufgetauten Bratwürstchen begnügen mussten. Das würde Shanti mir niemals verzeihen! Ich schwor mir, gleich nach Fertigstellung der Lebkuchenmänner in mein Zimmer zu huschen, um mich endlich dieser Aufgabe zu widmen und mich dabei, warum auch nicht, von der festlichen Atmosphäre unseres Weihnachtsmarathons inspirieren zu lassen.

Es war seltsam, aber hier in Arnac-la-Poste fühlte ich mich irgendwie geborgen. Der Druck auf meiner Brust, den ich in meinem Alltagsleben, und ganz besonders bei der Arbeit im Verlag, ständig verspürte, war verschwunden. Ich fühlte mich leichter und, ja, ich konnte es ruhig zugeben, glücklicher. Aber diese Auszeit hier in Arnac-la-Poste würde nicht von Dauer sein. Übermorgen Abend, am 24. Dezember, würde ich, wenn alles nach Plan verliefe, ins Verlagshaus Delamare zurückkehren – und zwar mit dem Vertrag für den nächsten Bestseller des Verlags in der Tasche. Ich würde ein angesehener Lektor werden. Es würde niemanden mehr im Büro geben, der meinen Vornamen nicht wusste und lediglich von demjenigen sprach, »der für die Ablehnungsbescheide zuständig ist«.

Laly war konzentriert über einen der Lebkuchenmänner gebeugt. Ich fragte mich, was in ihrem Leben wohl vorgefallen war. Was konnte jemanden dazu veranlassen, sich scheiden zu lassen und alles aufzugeben, um an einem anderen Ort noch einmal neu anzufangen?

Sie sah auf und fragte mich:

»Was hältst du davon, wenn wir uns selbst porträtieren?«

»In einem Lebkuchenmann?«

Sie lächelte.

»Hast du Angst zu verlieren?«

Mit dem Kampfgeist eines Mannes treibt man keine Scherze. Das galt sogar für mich! Ich nahm die Herausforderung an und begann, meinem Lebkuchenmann eine grüne Hose zu malen. Als das Kleidungsstück einigermaßen saß, trat ich einen Schritt zurück und begutachtete das Ergebnis. Gar nicht schlecht! Dann verfiel ich auf die Idee, elegante Hosenträger zu ergänzen. Ich trug zwar nie Hosenträger, aber das brauchte Laly ja nicht zu wissen.

Zwei Punkte für die Augen. Ein Bogen für einen lächelnden Mund.

»Fertig!«, rief Laly da bereits übermütig.

Zufrieden und auch ein wenig stolz blickte ich noch einmal auf meine Kreation, bevor ich zu ihr hinübersah. Laly hatte ein wahres Wunderwerk vollbracht! Sie hatte ihren Lebkuchenmann mit einem roten Volantrock versehen, unter dem ein Unterrock hervorschaute. Die Haare waren oben auf dem Kopf zu einem Knoten hochgesteckt, aus dem ein paar widerspenstige Strähnen hervorlugten. Neben ihrem Kunstwerk wirkte mein Erzeugnis wie das eines Vorschulkindes.

Sie musterte den Mini-Ben eingehend, dann prustete sie los.

»Das sollst du sein?«

Mit gewollt überzeugter Miene beteuerte ich:

»Unbedingt.«

»Man könnte diesen Lebkuchenkerl glatt für einen Stripper halten.«

Entsetzt blickte ich noch einmal auf mein Werk. Die Hose

ähnelte Hotpants aus Lackleder, und dazu noch diese Hosenträger! Was hatte mich da geritten? Noch ein wenig glitzerndes Körperöl, und dieser Kerl könnte glatt bei *Hot Stuff* mitmachen. Nichts war mir so fremd wie die Vorstellung eines sexy Bodybuilders, der sich gerade seine Hose vom Leib reißt. Mein Lebkuchenmann hätte eine lange, dürre Bohnenstange in grellgelber Daunenjacke sein müssen. Dann hätte man mich wiedererkannt. Aber gelbe Glasur hatten wir nicht. Es gab eben immer diejenigen, die über die richtigen Werkzeuge zur richtigen Zeit verfügten – und die anderen. Und ich zählte natürlich zu den anderen.

Laly versetzte mir einen Stoß mit dem Ellbogen und spottete:

»Schiebst du am Wochenende Extraschichten im Pink Lady?«

»Sehr witzig.«

Wenn sie wüsste, dass ich meine Wochenenden meistens damit verbringe, Manuskripte abgelehnter Autoren zu lesen! Da war das Bild des Strippers am Ende wohl gar nicht so schlecht.

»Gibst du mir eine kleine Vorführung?«

Bockig verschränkte ich die Arme vor der Brust. Mir schwante, dass diese Geschichte mich noch eine ganze Weile verfolgen würde. Am Ende tauchte sie gar in der nächsten Ausgabe des Lokalblättchens auf …

Mittlerweile waren all unsere Erzeugnisse dekoriert. Laly verfrachtete sie in eine Metalldose, um sie am nächsten Morgen als Beweis der erfolgreich absolvierten Aufgabe abzuliefern. Anschließend würden sie im Altenheim verteilt werden. Einen Augenblick lang stellte ich mir die alten Menschen vor, die sich womöglich einen Zahn an unseren Lebkuchenmännern ausbeißen würden.

Laly kramte in ihrem Rucksack und holte die alte Polaroid hervor. Dann schnappte sie sich unsere beiden Porträts aus

Lebkuchenteig, presste ihre Wange gegen meine und drückte auf den Auslöser. Der übliche Blitz würde mich langsam aber sicher erblinden lassen.

Die Prinzessin und der Stripper bildeten ein verteufelt schönes Duo.

33

Ich war erschöpft. Natürlich war der Weihnachtsmarathon kein echter Marathon, aber die zu bewältigenden Herausforderungen hatten es in sich. Die Ereignisse des Tages hatten mich Kraft gekostet, und ich sehnte mich nur noch nach einem: Ich wollte auf mein Bett sinken. Unvorstellbar, dass ich jetzt noch die Weihnachtsfeier fürs Büro organisieren sollte!

Zudem hatte ich keine Lust, dafür Laly von der Seite zu weichen. In jedem mit ihr verbrachten Augenblick entdeckte ich eine neue Facette ihrer Persönlichkeit. Und bisher hatte mir alles an ihr gefallen.

Sie versetzte mir einen ordentlichen Schlag auf die Schulter. Ich korrigiere mich: Es gab tatsächlich eine Facette, die mir nicht ganz so gut gefiel ...

»Ich habe noch überhaupt keine Lust, schlafen zu gehen. Und du?«

Obwohl ich hundemüde war, erwiderte ich:

»Ich bin putzmunter!«

»Super. Wie wäre es, wenn wir einen Film ansehen?«

Ich unterdrückte ein Gähnen. Das war es dann wohl mit den Vorbereitungen für die Weihnachtsfeier im Büro.

»Gute Idee!«

Von meiner Begeisterung angetan, schlug sie vor:

»Magst du Weihnachtsfilme?«

Ich verabscheute Weihnachtsfilme. All diese Schmonzetten, in denen eine einsame Frau die Liebe in den Armen eines Holzfällers im karierten Hemd aus Kentucky findet.

»Ich liebe sie!«

»Hast du einen Lieblingsfilm?«

Jetzt wurde es langsam schwierig.

»Ich erinnere mich nicht mehr genau an den Titel. Er spielt auf jeden Fall an Weihnachten …«

Wieder ging ein Schlag auf meine Schulter nieder. Vielleicht sollte ich lieber die Seite wechseln, um nicht aus dem Gleichgewicht zu geraten.

»Du bist so witzig!«

Ich dachte, sie würde sich über mich lustig machen, aber nein. Sie fand mich wirklich witzig. Das war eine Premiere in meinem Leben. Ich war es eher gewohnt, dass man auf meine Kosten lachte, während ich selbst nichts zu lachen hatte.

»*Ist das Leben nicht schön?*«

Ich ließ mich von ihrem Bekenntnis anstecken und antwortete:

»Oh ja, sehr schön!«

»Wunderbar! Such schon mal nach dem Film, ich kümmere mich ums Popcorn. Wir können auch ein paar Popcorn-Girlanden auffädeln.«

»Okay, aber welchen Film denn?«

»*Ist das Leben nicht schön?*«

»Ja, wunderschön, aber welchen Film denn?«

Jetzt sah sie mich ernsthaft verblüfft an.

»*Ist das Leben nicht schön?*«

Ich begann, mir Sorgen zu machen. Hatte Laly einen Schlaganfall gehabt, der sich so äußerte, dass sie in einer Tour »Ist das Leben nicht schön?« wiederholte? Noch schwerer wog meine Befürchtung, dass in dem Fall ihre plötzlich wieder erwachte Lust an ihrem Dasein womöglich nichts mit mir zu tun hatte.

Laly stand bereits in der Küchentür, kam jetzt aber noch einmal zu mir zurück.

»Sag nicht, dass du *Ist das Leben nicht schön?* von Frank Capra nie gesehen hast?! Das ist einer der berühmtesten Weihnachtsfilme aller Zeiten!«

Ich beschloss, mich geheimnisvoll zu geben.

»Das sage ich dir nicht.«

Sie lachte, machte wieder kehrt und zog los, um das Popcorn zuzubereiten.

Ich ging in den Salon, der inzwischen vollkommen leer war. Angelica hatte Wort gehalten, und alle waren zu Bett gegangen. Das Feuer knisterte im Kamin und verbreitete neben einer wohligen Wärme einen beruhigenden Holzgeruch. Einen Augenblick lang beobachtete ich das Spiel der tanzenden Flammen. Jede bewegte sich in ihrem eigenen Rhythmus, und doch ergab das Ganze ein absolut harmonisches Gesamtbild.

Ich suchte die Fernbedienung. Es gab hier keinen Flachbildschirm, sondern nur einen guten alten Röhrenfernseher, der mit einem Videorecorder gekoppelt war. Überrascht fuhr ich mit meinen Fingern an der langen Reihe der VHS-Kassetten entlang. Es war Jahre her, dass ich einen Film über eine Videokassette angesehen hatte, aber ich mochte ihren Vintage-Charakter sehr gern.

Ich fand die gesuchte Kassette, zog sie aus ihrer Hülle und schob sie in den Videorecorder, der sie mit dem gleichen geheimnisvollen Sog wie ein DVD-Player schluckte. Es ist doch erstaunlich, dass ältere Geräte immer sofort vertrauenswürdig wirken. Der Videorecorder stammte sicher aus den 1980er Jahren, als die begrenzte Haltbarkeit von solchen Geräten noch nicht programmiert wurde.

Ich machte es mir auf dem purpurfarbenen Samtsofa gemütlich und versuchte, mich mit der Fernbedienung vertraut zu machen. Da erschien auch schon Laly, die eine riesige Schüssel Popcorn vor sich hertrug.

»Ich habe einen Mordshunger«, verkündete sie, richtete sich neben mir ein und verschlang eine Handvoll Popcorn.

»Das sehe ich.«

Ich drückte auf Play, und schon setzte der Vorspann des Schwarz-Weiß-Films ein. Ein Buch, dessen Seiten gewendet werden, dazu eine gleichermaßen fröhliche wie wehmütige Musik.

Ich ließ mich von der Geschichte des von James Stewart gespielten George Bailey gefangen nehmen, der immer nur das Wohlergehen der anderen im Sinn hatte. Ein Schicksalsschlag nach dem anderen traf den Unglücklichen, bis er sich schließlich so in die Enge gedrängt fühlte, dass er sogar daran dachte, sich das Leben zu nehmen. Und das sollte ein Weihnachtsfilm sein?

Vor unseren Augen widerfuhr dem armen George Missgeschick um Missgeschick, eine unglaubliche Pechsträhne war das! Ich fragte mich, wie der Film zu einem so unzutreffenden Titel gekommen war. Schrecklich war das Leben!

Von den Abenteuern des Helden absorbiert, griffen Laly und ich regelmäßig mit der Hand in die Schüssel, um uns mit Nachschub an karamellisiertem Popcorn zu versorgen. Als Georges Verzweiflung mit dem Verlust der achttausend Dollar, die ihn eigentlich retten sollten, ihren Höhepunkt erreichte, berührte meine Hand leicht die von Laly – weich, warm und süß.

So wie in *Susi und Strolch*, dem Disney-Film, in dem Strolch die letzte Boulette der Hundedame Susi überlässt, ließ ich das letzte Popcorn für Laly übrig. Sie zierte sich ein wenig und nahm es dann an, als sei es ein achtzehnkarätiger Diamant. Ich hatte nicht gewusst, dass ein Popcorn so viel bedeuten kann.

George fragte Mary, die Liebe seines Lebens: »Was wünschst du dir? Soll ich dir den Mond holen? Du brauchst es nur zu sagen, dann nehme ich ein Lasso und hol ihn dir vom Himmel runter.«

Seine Worte brachten meine augenblickliche Gemütslage

auf den Punkt. Ich wollte unbedingt den Mond vom Himmel herunterholen oder etwas konkreter, den Pokal des Weihnachtsmarathons erringen – für Laly. Ich wollte ihr diesen Sieg schenken. Ich wollte ihr Held sein.

In einem verborgenen Winkel meines Kopfes schwirrten jedoch immer noch die Schatten von Antoine herum, diesem aus dem Gefängnis geflohenen, beim Sackhüpfen enttarnten Psychopathen – und von dem geheimnisvollen Liam. Wer war dieser Mann, der ständig in Lalys SMS auftauchte? Andererseits war es vollkommen normal, dass eine Frau wie Laly nicht lange Single blieb. Wie konnte ich annehmen, dass sie sich für mich interessierte? Eine seltene Perle wie sie bleibt nicht lange allein. Ich hingegen könnte mein ganzes Leben als Eremit leben, ohne dass es jemand bemerken würde.

Hätte ich doch nur zugelassen, dass Phineas mir die Ergebnisse seiner Recherchen mitteilte! Ein kleines, unbedeutendes Hacking konnte schließlich keinen allzu großen Schaden anrichten.

Das Sofa war nicht sehr groß, und ich spürte die Wärme von Lalys Oberschenkel ganz dicht neben meinem. Meine Hände waren feucht, und ich betete einmal mehr inständig, dass ich meine Drüsen unter Kontrolle behielt und ein übermäßiger Schweißausbruch ausblieb.

Der Film näherte sich seinem Ende und zog mich ganz in seinen Bann. Endlich hatte George ein wenig Glück und wurde für all seine guten Taten belohnt. Man musste also zwei Stunden Geduld aufbringen, um erleben zu können, dass endlich ein wenig Licht in das Leben dieses guten Samariters kam.

Während des Abspanns schaltete ich den Videorecorder aus und drehte mich zu Laly um. Sie war in Tränen aufgelöst. Bestürzt wurde mir klar, wie empfindsam sie offenbar war.

»Das ist so wunderbar«, brachte sie zwischen zwei Schluchzern hervor.

Sie sah mich mit ihren traumschönen, feucht schimmernden Augen an und fragte:

»Findest du nicht?«

Es war der traurigste Film, den ich je in meinem Leben gesehen hatte. Aber ich wollte nicht herzlos erscheinen, deshalb nickte ich einfach nur gerührt und männlich zugleich mit dem Kopf.

Wenn George den Mond vom Himmel herunterholen konnte, dann würde es mir auch gelingen, der hübschesten, in Tränen aufgelösten Frau von Arnac-la-Poste ein Lächeln zu entlocken.

34

Am nächsten Morgen stand ich früh auf. Schließlich lag der zweite und abschließende Tag des Weihnachtsmarathons vor mir. Ich hatte zwar wenig geschlafen, war aber nicht sonderlich müde. Nur mein zerknautschtes Gesicht und meine geschwollenen Augen verrieten mich. Ich ähnelte Quasimodo, fühlte mich aber gut in Form.

Ich war nicht der Einzige, der auf die Idee verfallen war, früh aufzustehen: Der Frühstücksraum platzte aus allen Nähten. Familien, Paare und Kinder standen am Buffet Schlange. Ich musste lachen, als ich ihre erstaunten Mienen sah, nachdem sie von dem süßen Backwerk der Hausherrin gekostet hatten.

Angelica strahlte. Sie liebte es, von einem Tisch zum nächsten zu huschen, mit ihren Pensionsgästen zu plaudern und ahnungslosen Unglücksraben ein Croissant von betonähnlicher Beschaffenheit anzubieten. Cristal war die große Attraktion bei den Kindern und schwebte ebenfalls auf Wolke sieben.

Ich schlängelte mich zwischen den Touristen hindurch und ergatterte zwei Scheiben Toast, die ich eilig mit Butter beschmierte. Dann ging ich in den Salon hinüber, um sie dort in Ruhe zu mir zu nehmen. Ich setzte mich im Schneidersitz neben den Kamin und genoss den Anblick der auf dem warmen Toast schmelzenden Butter.

Von den Unterhaltungen drang ein undeutliches, ununterbrochenes Gemurmel zu mir herüber, das eine beruhigende Wirkung auf mich ausübte. Es war ein Morgen nach meinem Geschmack. Wenn man im Heim aufwächst, gibt es keine Stille.

Es gibt auch kein Alleinsein. Die Individualität wird unablässig vom Kollektiv bedrängt. Die Mahlzeiten werden in großer Runde eingenommen, die Betten werden zugewiesen, der Schlaf findet in Gemeinschaft statt.

Da ich immer schon eher schüchtern war, ließ ich mich oft von der Gruppe aufsaugen, und zwar in einem solchen Ausmaß, dass ich schließlich transparent wurde. Ich war lediglich ein kleines Räderwerk in einer gut geölten Maschine. Es war wichtig, dass man nicht aus dem Rahmen fiel, da sonst das Große und Ganze ins Stocken geriet. Meine ganze Kindheit über war ich daher unauffällig geblieben.

Und bei der Arbeit hatte sich das fortgesetzt. Ohne Gegenwehr hatte ich alle mir von Shanti übertragenen Aufgaben übernommen und es sogar zugelassen, dass sie mir die Schuld zuschob, als das Verlagshaus Delamare das Manuskript des Bestsellers von Côme de Balzancourt abgelehnt hatte. Ich dachte an diesen Autor, der sich jetzt bereits millionenfach verkauft hatte. Ein Schönling mit leerer Seele und überdimensioniertem Ego. Trotz seiner Erfolgsbilanz hätte ich keine Lust gehabt, mit ihm zu arbeiten. Um keinen Preis der Welt.

Ich wusste, dass der berühmte Ablehnungsbescheid nicht meine Verantwortung war, aber ich hatte nichts dazu gesagt und Shanti mit heiler Haut davonkommen lassen. Mit anderen Worten – ob in der Schule oder im Büro, mein Leben war mehr oder weniger eine Abfolge von Niederlagen gewesen, und ich hatte mich geduckt in der Hoffnung, unsichtbar zu werden.

Aber hier war das anders. In Arnac-la-Poste war ich derjenige, der den Wettbewerb der besten heißen Schokolade gewonnen hatte, der ein Iglu gebaut hatte und von einem Turm heruntergesprungen war. Hier hatte ich das Gefühl, zu einem Team zu gehören.

Ich sah zu den Touristen hinüber, die unter den verschiedenen im Rahmen der Weihnachtsfeierlichkeiten angebotenen

Aktivitäten ihr Programm auswählten. Ich lächelte, als mir klar wurde, dass ich mich selbst nicht mehr als Tourist einstufte.

Ein unvermuteter Schlag auf den Rücken führte dazu, dass ich mich beinahe an meinem Brot verschluckte. Laly ließ sich neben mir nieder. Die Wärme des Kaminfeuers verlieh ihren Wangen einen rosigen Hauch, und als sie ihren Kopf schüttelte und ich den Duft ihres Apfelshampoos roch, glaubte ich beinahe, in Ohnmacht fallen zu müssen.

Knie an Knie, alle beide im Schneidersitz vor dem Kamin, mussten wir wie zwei Kinder aussehen, die verschworen die Köpfe zusammenstecken und etwas aushecken.

»Bereit für den zweiten Tag des Marathons?«, fragte sie mich.

Ihr heiterer Tonfall entzückte mich, und ich sagte mir, dass ich möglicherweise kurz davorstand, meinen Auftrag erfolgreich abzuschließen. Bei Laly kehrte die Weihnachtsstimmung langsam wieder zurück.

Ich nickte.

»Absolut!«

»Sehr gut, denn hier ist unsere nächste Aufgabe.«

Sie reichte mir das Heft und ich las:

»Mein erster Teil verlangt Stille.
Mein zweiter klingt wie die erste Silbe einer ganz besonderen Säule.
Meinen dritten trägt man an den Füßen.
Als Ganzes bringe ich euch ins Gleiten.«

Laly war natürlich schon alles klar, aber sie wartete darauf, dass auch ich das Rätsel lösen würde. Unter Druck fiel es mir schwer nachzudenken, und ich fühlte bereits wieder Panik in mir aufsteigen. Am Ende hielt sie mich gar für einen Idioten! Oder noch schlimmer: Ihr wurde klar, dass ich ein Idiot war!

Mit übermenschlicher Anstrengung zermarterte ich mir das Hirn. Aber in meinem Kopf herrschte nichts als Leere. Ich versuchte, die Scharade Punkt für Punkt aufzuschlüsseln, aber die einzige Antwort, auf die ich verfiel, war: »Nachtschlaf-Wasser-Latschen.« Das machte keinerlei Sinn, es sei denn, es gab eine neuartige Schuhkreation hier in Arnac-la-Poste.

»Also?«, drängte Laly ungeduldig. »Hast du die Lösung endlich?«

Ich bluffte:

»Klar! So schwer war das Rätsel nun auch wieder nicht.«

»Und? Hast du das schon mal gemacht?«

Ich hoffte, ihr würde der Schrecken in meinen Augen verborgen bleiben, und bewegte meinen Kopf so seltsam hin und her, dass die Bewegung gleichermaßen ein »Ja« oder ein »Nein« bedeuten konnte.

Worum handelte es sich denn bloß? Ging es um Schlittenhunde? Um Bungee-Jumping? Um Eisangeln an einem zugefrorenen See?

»Super! Auf geht's!«

Sie sprang auf, und ich vertilgte noch rasch den Rest meines Toasts in dem Bewusstsein, es könnte der letzte gewesen sein.

Im Auto versuchte ich, weitere Hinweise zu erlangen.

»Was ist mir dir? Hast du es schon mal gemacht?«

Laly hielt ihren Blick fest auf die verschneite Straße gerichtet.

»Als ich klein war, habe ich es ganz oft gemacht. Ich habe sogar ein paar Wettkämpfe gewonnen … Aber ich habe schon vor ziemlich langer Zeit damit aufgehört.«

Damit konnte ich Bungee-Jumping wohl ausschließen.

»Warum?«

»Aus den üblichen Gründen. Ich bin größer geworden, ich hatte keine Lust mehr, Stunden um Stunden zu trainieren.«

Ich strich auch die Schlittenhunde von der Liste.

»Außerdem«, fuhr sie fort, »fand mein Ex-Mann die Paillettenkostüme so lächerlich.«

»Die Paillettenkostüme?«

»Ja, bei den Wettkämpfen tragen die Mädchen doch diese kurzen Röckchen und die Jungen enge, mit Silber- oder Goldlamé besetzte Hosen.«

Jetzt kam auch das Eisangeln nicht mehr infrage.

Wohin brachte sie mich nur? Hatte es etwas mit meinem Lebkuchenmann zu tun, der eher wie ein Stripper aussah? Ich hatte das Wichtelkostüm ertragen und auch die grellgelbe Daunenjacke (die ich übrigens mittlerweile liebgewonnen hatte), aber ich war mir nicht sicher, ob ich auch eine Glitzerhose überstehen könnte. Die Aufgabe versprach, eine echte Herausforderung zu werden ...

Plötzlich wurde mir alles klar. Vermutlich gastierte im Nachbardorf ein Zirkus. Ich sah mich bereits als Jongleur, der all seine Bälle zu Boden fallen ließ, während Laly als Feuerschluckerin glänzte. Nach Benzin riechender Atem – das war nun wirklich gar nichts für mich.

Vielleicht sollte ich ein Unwohlsein vortäuschen? Oder einen allergischen Schock? Ich könnte auf der Stelle, hier im Auto, zusammenbrechen.

Ich zog ein schiefes Gesicht. Mit derlei Aktionen würde ich zwar den Raubtierkäfig vermeiden, aber wir würden bei dieser Aufgabe nicht punkten.

Was würde der Ex-Sträfling Antoine an meiner Stelle tun? Er würde die armen Löwen kaltmachen. Was würde der schöne Liam an meiner Stelle tun? Er würde die Löwinnen bezirzen ...

Ich presste meinen Kopf gegen die Fensterscheibe. Die Kälte half mir, mich wieder zu fangen. Ich musste den Marathon fortsetzen. Es war nicht der richtige Augenblick, um zu kneifen. Außerdem schien es mir doch ziemlich kompliziert zu sein, einen allergischen Schock vorzutäuschen.

Wir waren kurz vor dem Ziel, und ich wollte Laly nicht enttäuschen, die offenbar einen Masterabschluss in Zirkuswissenschaften besaß. Vielleicht turnte sie bereits von Kindesbeinen an am Trapez. Und vielleicht würde ich in einem hautengen Glitzeranzug ja sogar richtig toll aussehen.

»Wir sind da!«, verkündete Laly und parkte den Pick-up. Viel zu sehr damit beschäftigt, meine Nummer an der Seite von Bozo, dem Clown, auszutüfteln, hatte ich nicht auf den Weg geachtet. Wir befanden uns vor einer ausgedehnten weißen Fläche. Ein zugefrorener See! Das Eisangeln musste wieder auf die Liste.

Ich hatte noch nie einen besonderen Hang zum Angeln gehabt – was übrigens für alle Aktivitäten galt, die darin bestanden, einem Tier das Leben zu nehmen. Ich verstand nicht, was für einen Reiz es haben konnte, einem armen Fisch den Garaus zu machen, der in aller Ruhe im Wasser schwamm. Das überstieg meinen Horizont.

Doch dann sah ich, wie einige Menschen mit Schlittschuhen an den Füßen zum Ufer unterwegs waren, und schlagartig war mir alles klar:

»Wir müssen Schlittschuh laufen!«

»Aber ja, natürlich! Was dachtest du denn, was wir hier treiben werden?«

Ich würde ihr gewiss nicht gestehen, dass ich bereits an einer Nummer mit dressierten Hunden gefeilt hatte. Ich rekapitulierte noch einmal das Rätsel:

Mein erster Teil verlangt Stille: Sch.

Mein zweiter klingt wie die erste Silbe einer ganz besonderen Säule: Lit.

Meinen dritten trägt man an den Füßen: Schuh.

Als Ganzes bringe ich euch ins Gleiten: Schlittschuhlaufen!

Noch nie in meinem Leben hatte ich einen Fuß aufs Eis gesetzt.

Ich riskierte eine Verstauchung des Handgelenks oder eine Prellung der Kniescheibe, vor allem aber drohte das Bild des Helden, der ich bisher hoffentlich für Laly war, wie ein Kartenhaus in sich zusammenzustürzen.

Sie fasste mich sanft am Arm und zog mich in Richtung der vereisten Fläche. Am Ende wären der Glitzeranzug und das Trapez vielleicht doch vorzuziehen gewesen …

35

Es war das zweite Mal innerhalb von zwei Tagen, dass ich ein leichtsinniges Spiel mit dem Sensenmann trieb. Ich bedauerte zerknirscht, nicht daran gedacht zu haben, vor meinem Aufbruch nach Arnac-la-Poste eine Lebensversicherung abzuschließen.

Während wir die Schlittschuhe schnürten, die Laly mitgebracht hatte, ging ich im Geiste alle Unfallarten durch, von denen regelmäßig in Zusammenhang mit Schlittschuhlaufen berichtet wurde. Am naheliegendsten war ein Sturz – die damit verbundenen Risiken waren Knochenbrüche, ein Schleudertrauma und sogar der Tod. Am häufigsten jedoch waren Schnittverletzungen, mit anderen Worten: klaffende Fleischwunden, Stiche und Nähte oder sogar eine Amputation.

Vor allem musste ich daran denken, die Finger einzuklappen, wenn ich platt wie eine Flunder auf dem Eis landen würde. Die Schmach würde mir das zwar nicht ersparen, aber zumindest würde ich meine Finger behalten. Ein Lektor braucht seine Hand, um Verträge unterzeichnen zu können.

Ich hatte mal eine Reportage gesehen, in der Stuntmen erklärten, dass man beim Fallen locker bleiben musste, um sich keine Verletzungen zuzuziehen. Also bloß nicht verkrampfen! Das konnte ich mir allerdings noch so fest vornehmen – ich war genauso angespannt wie Surya Bonaly bei den Olympischen Spielen, mit dem Unterschied, dass ich eben nicht Schlittschuhlaufen konnte.

Zum Glück war eine Paillettenhose für unser Vorhaben

nicht zwingend vorgeschrieben, sodass ich mir zumindest in dieser Hinsicht keine Sorgen machen musste.

Ich hätte gern entdeckt, dass ein bisher verkanntes Genie des Eiskunstlaufs in mir schlummerte, aber meine ersten Versuche verliefen alles in allem enttäuschend. Dafür lernte ich, dass das Steißbein nach ungefähr zehn Stürzen wie betäubt ist. Sofern nicht bereits eine Lähmung eingetreten war.

Nachdem Laly endlich genug über mich gelacht hatte, bekam sie Mitleid und nahm mich an die Hand. Zum Glück war mein Gesicht bereits hochrot, sodass sie nicht bemerkte, in welche Verwirrung ich geriet, als ihre Finger sich mit meinen verschränkten.

Trotz unserer dicken Fingerhandschuhe konnte ich die Wärme ihrer Haut spüren. Ich hätte sie am liebsten an mich gedrückt, und wäre ich der Mann gewesen, der ich gern sein würde, hätte ich es wahrscheinlich auch getan. Die Frage stellte sich allerdings nicht wirklich, denn ich geriet erneut ins Schlingern und lag gleich darauf auch schon wieder jämmerlich auf dem Eis. Dieser Sturz würde mir eine dicke Beule am Hinterkopf bescheren, so viel war sicher.

Die gerade erst freigegebene Eislauffläche war inzwischen gut gefüllt. Dorfbewohner, die diese kurzlebige Vergnügungsmöglichkeit nutzen wollten, hatten sich ebenso eingefunden wie begeisterte Touristen und die Teilnehmer des Marathons.

Es entlockte mir einen Seufzer der Erleichterung, dass ich weder Antoine noch seine Partnerin entdeckte. Ich war nicht in der Stimmung, weitere sarkastische Bemerkungen von Madame Capuchon zu ertragen. Ich hatte mich schon so oft als Schwächling und Ähnliches beschimpfen lassen, dass es für ein ganzes Leben reichte.

Hand in Hand glitten wir langsam vorwärts. Einen Augenblick gab ich mich der Illusion hin, dass wir dieses winterliche Vergnügen als echtes Paar genossen. Ich fand es schön, Laly an meiner Seite zu wissen, ihren warmen Atem an meinem Hals zu spüren, wenn sie mit mir sprach.

Nach drei erneuten Stürzen hatten wir unsere Runde über den See fast beendet. Ich fühlte mich inzwischen etwas weniger unbehaglich auf den Kufen, obwohl meine beiden Schlittschuhe ganz offensichtlich nicht davon abzubringen waren, sich in entgegengesetzte Richtungen zu bewegen.

»Ich bin nicht sonderlich begabt«, entschuldigte ich mich bei Laly.

»Das ist nicht schlimm. Wer ist schon begabt?«

Kaum hatte sie ihren Satz beendet, zog dicht neben uns ein Paar vorbei, das wunderbare Figuren aufs Eis zauberte. Dreifach-Lutz, Doppel-Axel, das volle Programm!

Ich zeigte auf die beiden:

»Die hier zum Beispiel.«

Sie lachte.

»Das ist eine Ausnahme. Es ist das Meisterpaar hier aus der Gegend.«

Ich hätte so etwas wie Erleichterung verspürt, wenn nicht in dem Moment zwei etwa zehnjährige Kinder aufgetaucht wären, die ebenfalls großartige Sprünge auf dem Eis vollbrachten. Der Junge fasste seine kleine Partnerin um die Taille und ließ sie durch die Luft schweben. Als sie wieder landete, vollführte die Kleine eine anmutige Handbewegung, bevor sie gemeinsam zu weiteren akrobatischen Höchstleistungen ansetzten.

»Und was ist mit denen?«

Laly blieb keine Zeit für eine Antwort, denn jetzt überholte uns ein älteres Paar. Leichtfüßig und schwebend tanzten sie Walzer auf dem Eis! Ihre Bewegungen waren in vollkommener Harmonie aufeinander abgestimmt.

Ich wäre vor Scham am liebsten im Erdboden versunken.

Arnac-la-Poste war das Trainingscamp früherer und zukünftiger Eiskunstlaufmeister! Und neben diesen hielt ich mich zitternd und wacklig mühsam auf den Beinen und benötigte die Hand meiner Partnerin, um nicht zu fallen.

Ich machte eine leichte Kopfbewegung zu dem alten Paar hinüber.

»Na gut, ich gebe es zu«, erwiderte Laly. »Alle sind begabt außer dir.«

Am liebsten hätte ich meine Seerunde auf allen vieren beendet, aber einen letzten Rest an Würde wollte ich wahren. Im Tempo einer Schildkröte unter dem Einfluss von Beruhigungsmitteln erreichte ich endlich das Ziel.

Rasch steuerte ich festen Boden an, aber Laly hielt mich auf.

»Was hast du vor?«

»Das ist doch offensichtlich, oder? Ich verschwinde.«

»Du hast gerade erst angefangen zu begreifen, wie du dich auf den Kufen bewegen musst. Willst du denn gar nicht wissen, ob du es vielleicht besser hinbekommst?«

»Mit diesem Geheimnis werden wir leben müssen.«

Ich ließ sie stehen und versuchte erneut, ans Ufer zu gelangen. Aber dieser See war wirklich alles andere als anwenderfreundlich, und ich kam nur Zentimeter für Zentimeter voran. Ich hoffte auf einen Windstoß von hinten, der mich ein wenig voranbringen würde, aber diese Hoffnung blieb ein frommer Wunsch. Nur ich selbst schnaufte wie ein Kapitän Haddock auf Schlittschuhen. Wo blieb der Wind nur, wenn man ihn einmal brauchte?

Vorsichtig setzte ich eine Kufe vor die andere. Nur noch wenige Zentimeter trennten mich vom Ufer, als eine plötzliche Böe mich ins Straucheln brachte und stolpern ließ. Auf dem Rücken liegend, mit gebrochenem Steißbein, durchnässter Hose und malträtiertem Kopf verfluchte ich das Universum.

In diesem Augenblick beschloss ich, auf ganzer Linie zu kapitulieren. Irgendwann würde man meinen Körper finden, schneebedeckt, erstarrt mit einem ewig währenden Ausdruck der Erschöpfung im Gesicht. Plötzlich kitzelten mich genau dort aber braune Locken und hielten meinen unmittelbar bevorstehenden Tod auf.

»Steh auf und geh …«

Jetzt war es so weit – ich war im Paradies.

»… du Trampeltier in gelber Jacke!«

Vielleicht war es letztlich doch nicht das Paradies. Laly richtete sich auf ihren Schlittschuhen auf, stemmte die Hände in die Seiten und sah mich streng an. Dann seufzte sie und beugte sich vor, um mir beim Aufstehen zu helfen.

»Für eine Bohnenstange bist du verteufelt schwer.«

»Das liegt daran, dass ich so athletisch bin.«

»Na dann: Steh auf, du Athlet!«

Tief getroffen rappelte ich mich hoch. Laly riss theatralisch die Arme nach oben.

»Er lebt!«

Ich schmollte.

»Sehr witzig!«

Sie versetzte mir einen erneuten Schlag, der sogar einen Eisbären auf seiner Scholle ins Rutschen versetzt hätte.

»Komm schon, wir laufen jetzt in die Mitte.«

»In die Mitte?«

Ich wies zaghaft auf die weite weiße Fläche, deren Anblick etwas Bedrohliches hatte.

»Aber das ist doch gefährlich, oder nicht? Das Eis könnte brechen …«

»Man muss auch mal etwas riskieren im Leben.«

Sie glitt hinter mich und schob mich in Richtung dieser unerforschten Region. Ich drehte mich um und sah sehnsüchtig wie ein Schiffbrüchiger zum sich entfernenden Festland hinüber.

Es gibt zwei Kategorien von Menschen. Die einen verschließen sich wie eine Auster, nachdem sie gelitten haben. Sie verkriechen sich hinter geschlossenen Fensterläden und lassen keine Farbe mehr in ihr Leben. Es ist dunkel, aber sie sind in Sicherheit. Die anderen erleben jeden Augenblick wie eine Chance. Sie öffnen das Fenster ihres Lebens ganz weit, und auch wenn sie wissen, dass Unwetter und Stürme hereinbrechen werden, wollen sie nicht auf die Freude eines sonnigen Sommers verzichten.

Laly und ich gehörten nicht der gleichen Kategorie an. Ich lebte im Dunkeln, sie in der Sonne.

Trotz allem fühlte ich mich inzwischen aber etwas wohler auf meinen Schlittschuhen. Dank Laly, deren Hände ich an meiner Taille spürte, entspannte ich mich ein wenig und kam besser voran.

Plötzlich ließ sie mich los, und ich wagte mich allein weiter hinaus auf das Eis, die Todesgefahr unmittelbar vor Augen. Zunächst packte mich Schwindel, aber dann fanden meine Füße ihren Rhythmus. Laly applaudierte lachend, und ich sagte mir, dass ich noch tausend weitere Stürze ertragen könnte, nur um den Klang ihres Lachens ein weiteres Mal zu vernehmen.

Sie stellte sich mir gegenüber und fasste nach meinen Händen, um sich mit mir im Kreis zu drehen. Von Runde zu Runde wurden wir schneller. Die Landschaft flog an uns vorbei, und schließlich sah ich nur noch Laly vor mir. Sie war mein einziger Fixpunkt in diesem weißen Wirbel.

Ich geriet in eine Art euphorischen Rauschzustand, spürte aber zugleich auch eine leichte Übelkeit aufsteigen. Ich konzentrierte mich auf Lalys lächelndes Gesicht, während wir uns in Höchstgeschwindigkeit weiterdrehten. Unsere Schlittschuhe blieben im Gleichschritt, wir hielten uns an den Händen.

Könnte auch ich zu der Kategorie gehören, die in der Sonne lebt? Vielleicht war es noch nicht zu spät, um die Seite zu wechseln. Es war Zeit, dass auch ich endlich mein Fenster öffnete.

Die Welt drehte sich weiter um uns herum, und es gab nichts mehr außer dem Gesicht mir gegenüber. Ich spürte, wie ganz tief aus meinem Innern ein Lachen aufstieg. Ein Kinderlachen, das herauszuplatzen niemals Gelegenheit gehabt hatte. Endlich gab ich ihm Raum, und das tat unglaublich gut. Auch Laly lachte. Ich wollte ihr danken, mir diese kindliche Freude geschenkt zu haben, die ich verloren geglaubt hatte. Aber alles drehte sich so schnell, ich konnte die Bewegung nicht zum Anhalten bringen. Und ich wollte auch nicht, dass sie anhielt. Am liebsten wollte ich mein ganzes Leben lang hier mit Laly über das Eis dieses Sees schweben.

Plötzlich verhakten sich unsere Kufen, und unser Rundlauf wurde jäh gestoppt. Wie zwei raufende Kinder stürzten wir gemeinsam aufs Eis. Hand in Hand lagen wir da, und ich wünschte mir, unser unbändiges Lachen könnte eine Ewigkeit dauern.

36

Zurück im Zentrum beeilten wir uns, das letzte Rätsel in Angriff zu nehmen. Es war zwar erst früher Nachmittag, aber tief stehende Wolken vermittelten jetzt den Eindruck, dass die Nacht gleich hereinbrechen könnte. Die Wettervorhersage war nicht günstig für diesen zweiten Tag unseres Marathons. Die Händler auf dem Weihnachtsmarkt trotzten jedoch der Kälte und dem aufkommenden Wind. An diesem 23. Dezember setzten sie auf all diejenigen, die ihre Weihnachtseinkäufe bis zum letztmöglichen Zeitpunkt hinausgeschoben hatten.

Da Laly es übernahm, unser Handbuch mit dem nächsten Auftrag zu holen, nutzte ich die Gelegenheit, um nach einem Geschenk für Phineas zu suchen. Ich kannte ihn zwar kaum, aber ich wollte ihm gern eine Freude machen. Nach den verschiedenen Hilfestellungen, die er mir gegeben hatte, betrachtete ich mich nicht nur als seinen Wichtel, sondern als seinen Freund. Gemeinsam ein Iglu bauen – das schafft eine solide Bindung!

Ich schlenderte zwischen den Auslagen hin und her, bis ich plötzlich das perfekte Geschenk vor mir liegen sah. Ein kleiner Laptop aus Porzellan samt Bildschirm und einer Tastatur mit winzigen Tasten, der sich an einen Weihnachtsbaum hängen ließ. Das war doch das ideale Geschenk für einen Computerfreak wie ihn!

Ich verstaute gerade das von der Verkäuferin hübsch eingepackte Präsent in meiner Tasche, als Laly auch schon wieder auftauchte. Aufgekratzt verkündete sie:

»Ich habe den Punktestand aller Teilnehmer gesehen. Wir liegen an der Spitze, gleichauf mit Antoine und Madame Capuchon. Weißt du, was das heißt? Wir können tatsächlich gewinnen!«

Sie umarmte mich stürmisch, und ich hatte das Gefühl, bereits jetzt den schönsten aller Siege errungen zu haben.

Dann hielt sie mir das Marathon-Handbuch unter die Nase. »Hier, lies mal vor.«

»Mein erster Teil klingt wie eine Dampflok.
Mein zweiter ist eine umgangssprachliche Ablehnung.
Mein dritter drückt Zustimmung zu einem Geschmacks-
erlebnis aus.
Mit meinem vierten kann man Erstaunen äußern.
Mein letzter kommt im Doppelpack.
Als Ganzes darf ich nicht schmelzen.«

Als Kind stellte ich mir gerne vor, ein großer Entdecker zu sein. So wie Indiana Jones, der die gefährlichen Fallen vor alten Höhlen witterte und mit seinem Hut auf dem Kopf vergrabenen Schätzen auf der Spur war. Dieser Marathon jedoch lehrte mich, dass ich niemals in der Lage gewesen wäre, geheime Botschaften alter verschwundener Völker und Stämme zu entziffern.

Mit gelber Daunenjacke statt breitrandigem Hut angetan, war ich nicht einmal in der Lage, ein einfaches Weihnachtsrätsel zu lösen, das vermutlich der Bürgermeister-Tausendsassa von Arnac-la-Poste verfasst hatte.

»Ein Schneemann! Ich kenne die perfekte Stelle dafür!«, rief sie erfreut.

Zum Glück konnte Laly es mit Sherlock Holmes aufnehmen. Damit wäre ich also der Watson an ihrer Seite.

Sie sah auf ihre Armbanduhr.

»Uns bleibt noch Zeit für ein schnelles Mittagessen. Dann fahre ich dich an einen magischen Ort. Du wirst begeistert sein.«

Wir setzten uns auf den Rand des Brunnens, um unsere vom Organisationsteam des Marathons freundlicherweise bereitgehaltenen Sandwiches zu vertilgen.

»Schmeckt es dir?«, wollte Laly wissen.

Ich leckte etwas Mayonnaise auf, die ich neben meinem Mundwinkel spürte.

»Sie sind köstlich.«

»Der Bürgermeister höchstpersönlich hat sie zubereitet.«

»Auch darum kümmert er sich?«

»Er führt die Bäckerei am Ort. Seine Sandwiches sind weit über Arnac-la-Poste hinaus bekannt und beliebt.«

Wir genossen unsere Mahlzeit und schauten den an den Ständen des Weihnachtsmarkts befestigten bunten Lampions bei ihrem munteren Tanz zu. Der Wind frischte auf, und die letzten Kunden trafen eilig ihre Wahl.

Wie aus dem Nichts tauchte plötzlich Nicolas auf und hielt vor uns inne. Er trug sein rot-weißes Kostüm.

»Nun, liebe Kinder, läuft es gut bei euch?«

Für einen Weihnachtsmann sind wir wohl alle Kinder.

»Wir haben gute Chancen, den Marathon zu gewinnen«, ließ Laly ihn wissen und klatschte fröhlich in die Hände, bevor sie erneut herzhaft in ihr Sandwich biss.

Nicolas ließ liebevoll seinen Blick auf ihr ruhen. Es gefiel ihm sichtlich, sie so ausgelassen zu sehen.

»Sieht aus, als hättet ihr viel Spaß bei der Sache.«

Während er das sagte, sah er zu mir hinüber, als sei ich einzig und allein für das Glück seiner Tochter verantwortlich. Laly bemerkte nichts und nickte lediglich zustimmend, während sie sich den letzten Bissen ihres Sandwichs in den Mund schob. Ich nutzte die Gelegenheit, um meinem zukünftigen Erfolgsautor eine heimliche Botschaft zu übermitteln:

»Der *Versöhnung* steht nichts mehr im Weg …«

Laly sah auf.

»Der Versöhnung? Habt ihr euch gestritten?«

Der Weihnachtsmann maß mich mit strengem Blick.

»Es gibt noch viel zu tun bis morgen Abend.«

Laly runzelte die Stirn.

»Was denn? Wovon sprecht ihr beide überhaupt?«

Ich deutete auf Laly, redete aber weiter mit Nicolas.

»Ich bin gut vorangekommen. Das sehen Sie ja selbst.«

»Was sieht er?«, hakte Laly zunehmend irritiert nach.

»Der Auftrag ist noch nicht abgeschlossen.«

»Sprecht ihr vom Marathon?«

Ich legte mein Sandwich beiseite und machte einen Schritt auf Nicolas zu. Wir waren ungefähr gleich groß.

»Ich habe fast alle Aktivitäten von der Liste erledigt.«

»Von welcher Liste?«

Nicolas trat jetzt ganz dicht zu mir. Nur noch wenige Zentimeter trennten uns voneinander. Er streckte mir seinen dicken Weihnachtsmannbauch entgegen.

»Wir werden ja sehen.«

Laly hatte endgültig genug davon, auf diese Weise ignoriert zu werden, und drängte sich zwischen uns.

»Was ist hier eigentlich los?«

Nicolas und ich antworteten wie aus einem Mund:

»Nichts.«

Der Weihnachtsmann drückte seiner Tochter einen Kuss auf die Wange.

»Wir sehen uns heute Abend beim Ball.«

Er fuhr sich mit der Hand durch die weiße Mähne und ging seines Weges. Ich fand seine Worte etwas hart, schließlich hatte ich meine Mission beinahe erfüllt. Auch wenn sich Lalys Stimmung hin und wieder trübte, hatte sie doch ihr Lächeln wiedergefunden. Der Vertrag für *Die Versöhnung* stand mir definitiv zu.

Die nächste Aufgabe fest vor Augen, hatte Laly bereits alles zusammengeräumt und war startklar.

»Wir müssen an die Stelle, von der ich dir schon erzählt habe, wenn wir unsere Siegeschance wahren wollen. Es ist zwar ein bisschen weiter weg, aber es lohnt sich. Dort werden wir einen großartigen Schneemann bauen können.«

Sie sah auf ihre Armbanduhr und riss mir das Sandwich aus der Hand.

»Los, wir dürfen keine Minute verlieren.«

»Ich bin aber noch nicht fertig mit Essen«, protestierte ich.

»Meine Güte, brauchst du lange.«

»Ich kaue eben gut. Das ist wichtig für die Verdauung.«

»Über deine Verdauung kannst du mich im Auto aufklären.«

Mit einem einzigen Happen schob sie sich auch mein restliches Brot in den Mund.

»Mein Sandwich!«

Sie kaute ausgiebig. Verblüfft starrte ich sie an.

»Ich kaue gut. Das soll wichtig sein für die Verdauung ...«, eröffnete sie mir augenzwinkernd.

»Du bist grausam.«

»Grausam, aber ortskundig. Ich weiß, wo man den schönsten Schneemann zustande bringt. Folge mir, wenn du den Weihnachtsmarathon gewinnen willst.«

37

Seit Stunden gingen wir jetzt schon durch den Wald. Na ja, tatsächlich waren es erst dreißig Minuten, aber es kam mir wie eine Ewigkeit vor. Laly blieb unerbittlich, da konnte ich noch so eindringlich anmerken, dass doch schon genug Schnee um uns herum vorhanden war, um einen Schneemann zu bauen. Sie wollte immer noch weitergehen. Sie hatte sich einen bestimmten Ort in den Kopf gesetzt und wich keinen Deut von ihrem Plan ab.

Meine Füße versanken in dem tiefen, unberührten Schnee. Ein wenig glichen wir den beiden ersten menschlichen Wesen auf einem unbekannten Planeten. Es war großartig, aber auch erschöpfend.

»Findest du es hier immer noch nicht gut genug?«, machte ich einen erneuten Vorstoß.

»Es ist nicht mehr weit …«

»Aber es wird bereits dunkel, wir sollten nicht mehr allzu lange herumtrödeln.«

»Sei nicht so ängstlich.«

»Ich, ängstlich? Von wegen. Ich bin immerhin von einem ziemlich hohen Turm heruntergesprungen, wie du dich vielleicht erinnerst.«

»Und du bist auf einer Sprungmatratze gelandet.«

»Bist du etwa neidisch, weil du keine akrobatischen Figuren in der Luft gemacht hast?«

»Meinst du die Verrenkungen, bei denen du kreischend um Hilfe gerufen hast?«

Ich schüttelte missbilligend den Kopf. Wir gingen weiter in den Wald hinein, während ich sorgenvoll zusah, wie der Himmel immer dunkler wurde. Aber ich wagte es nicht, meine Befürchtungen zu äußern, da ich mir keine weiteren spöttischen Bemerkungen einhandeln wollte. Es gibt schließlich Grenzen bei dem, was ein Gentleman ertragen kann.

Noch einmal schien mir eine Ewigkeit ins Land zu gehen, dann blieb Laly endlich stehen. Sie drehte sich zu mir um und verkündete mit der weit ausholenden Bewegung einer Zeremonienmeisterin:

»*Et voilà!* Ist das nicht umwerfend?«

Der Ort war in der Tat atemberaubend. Mächtige Bäume breiteten ihre anmutigen und verschneiten Zweige aus wie Arme, die uns willkommen heißen wollten. Die Sonne, die sich den ganzen Tag noch nicht gezeigt hatte, schien auf diesen Augenblick gewartet zu haben, um kurz vorbeizuschauen und die weiße Fläche vor uns in ein Glitzermeer zu verwandeln. Wir waren ganz allein. Eine völlig unberührte Welt schien vor uns zu liegen.

Lediglich eine kleine, verlassene Waldhütte – vermutlich ein Stall, der jetzt aber unter dem vielen Schnee begraben war – zeugte davon, dass in der warmen Jahreszeit hier Menschen anwesend waren. Ich stellte mir vor, wie Kühe im Frühjahr hier friedlich auf saftigen Wiesen weideten.

»Siehst du, ich hatte recht. Wie immer!«, kommentierte Laly bescheiden.

Schon ging erneut einer ihrer berühmt-berüchtigten Schläge auf meine Schulter nieder.

»Trödel nicht so, wir sollten noch vor dem Unwetter mit unserem Schneemann beginnen.«

»Welchem Unwetter?«

Sie wies zum Himmel hinauf.

»Dem, das gerade aufzieht.«

Ein Unwetter, wirklich? Ich hatte damit gerechnet, dass es noch ein wenig Schnee geben würde, aber ein richtiges Unwetter – das war etwas ganz anderes.

Nicht weiter beunruhigt zog Laly ihre Handschuhe zurecht und legte fest:

»Ich mache den Kopf, du übernimmst den Körper.«

»Warum muss ich den Großteil der Arbeit übernehmen?«

»Weil du groß und stark bist«, erwiderte sie kokett.

Ich wusste nicht recht, ob dies sarkastisch gemeint war oder nicht, zog es aber vor, ihre Äußerung als Kompliment zu nehmen. Ich begann also, Schnee zusammenzuschieben, um daraus eine Kugel zu formen. Ich bedauerte, dass ich nicht wieder Phineas anrufen konnte, um ihn darum zu bitten, mir die Anleitung zur besten Verfahrensweise beim Bau eines Schneemanns vorzulesen.

Der Himmel verfinsterte sich zunehmend, dräuend zogen immer dichtere Wolken heran. Der Wind frischte auf und peitschte immer wieder in Böen in mein Gesicht. Eilig vollendete ich mein Werk und präsentierte meiner Partnerin das Ergebnis meiner harten Arbeit.

»Ich bin so weit. Der Körper ist fertig.«

Ich war so von meiner Arbeit absorbiert gewesen, dass ich nicht gesehen hatte, was Laly neben mir bewerkstelligte. Sie hatte eine riesige, makellos gerundete und glatte Kugel zusammengerollt.

Ich wies auf ihr Werk und fragte entsetzt:

»Das soll der Kopf sein?«

Sie zog eine Schnute und zeigte auf meine eher klein geratene Kugel:

»Das soll der Körper sein?«

Wir sahen uns an und prusteten los.

»Sagen wir einfach, du hast den Kopf gemacht und ich den Körper«, schlug sie versöhnlich vor.

Konzentriert setzten wir jetzt alles daran, die beiden Kugeln stabil aufeinander zu platzieren. Und das Ergebnis konnte sich durchaus sehen lassen.

Laly holte zwei Zweige, die sie wie Arme in die Seiten der unteren Kugel steckte. Als routinierte Schneemannbauerin sammelte sie anschließend noch rasch ein paar Steinchen auf und drückte sie als Augen und Mund in den kugligen Kopf. Dann drehte sie sich zu mir um.

»Jetzt braucht er noch einen Schal.«

Ich sah mich um und suchte nach etwas, das uns als Schal dienen konnte, bevor ich begriff, worauf sie hinauswollte.

»Du willst, dass ich ihm meinen gebe? Das soll wohl ein Scherz sein. Es ist ganz schön kalt inzwischen …«

»Nur ganz kurz für das Foto. Und deine Mütze kannst du ihm gleich auch noch aufsetzen.«

Sich wegen eines Schneemanns seiner Kleidung berauben zu lassen! Aber mittlerweile trieben die Naturgewalten ein entfesseltes Spiel um uns herum, und ich wollte unsere Aufgabe so schnell wie möglich zu Ende bringen. Also riss ich mir Schal und Mütze vom Leib und verpasste sie dem weißen Dieb.

Laly war zufrieden.

»Los, mach das Foto.«

»Ich habe den Apparat nicht.«

»Aber du hattest doch den Rucksack …«

Ich besann mich, dass ich den Rucksack für die Arbeit am Schneemann auf dem Boden abgestellt hatte.

»Ich gehe ihn suchen.«

Der Schnee knirschte unter meinen Füßen, als ich eilig davonstapfte. Aber das Unwetter stand jetzt direkt über uns. Es stürmte regelrecht, und schlagartig setzte heftiger Schneefall ein. Durch die fallenden Temperaturen bildete sich zudem ein dichter Nebel. Man konnte kaum noch die eigene Hand vor Augen sehen. Eisige Windstöße schlugen uns ins Gesicht, und ich hatte Mühe, mich auf den Beinen zu halten. So gut es ging, stemmte ich mich dem Wind entgegen und hielt Ausschau nach Laly, die ich in dem dichten weißen Gestöber nicht mehr entdeckte. Also rief ich laut nach ihr, aber der tosende Wind übertönte alles um mich herum.

Mit tastenden Schritten versuchte ich, mich vorwärts zu bewegen, aber in dem Sturm kam ich nur sehr langsam voran. Panik erfasste mich. Was sollte ich tun? Weiter nach Laly suchen? Vielleicht hatte sie bereits irgendwo Zuflucht gefunden. Hier ausharren und warten, bis aus mir selbst ein riesiger Schneemann geworden war? Mich zu einer Kugel zusammenkauern und hoffen, dass ein Bernhardiner auftauchte, der ein kleines Holzfass mit Hochprozentigem um den Hals trug und mich wärmte?

Ich war wie gelähmt. Meine Ohren, ihrer Mütze beraubt, froren ein, und auch meine Zehen spürte ich kaum noch. Mit klammen Fingern zog ich den Reißverschluss meiner Daunenjacke bis zum Hals zu, aber an meiner Verzweiflung änderte das nichts. Ich stellte mir bereits vor, wie man nach der Schneeschmelze meine Leiche finden würde.

Mein Herz krampfte sich zusammen bei dem Gedanken, dass Laly – hilflos und allein – womöglich vor Angst umkam.

Da griff plötzlich jemand energisch nach meiner Hand und zog daran.

»Was stehst du denn da so reglos herum?«

Laly! Freudentränen flossen mir über die Wangen, gefroren aber sofort zu Eis.

»Schnell, wir müssen die kleine Hütte erreichen. Da sind wir geschützt.«

Hand in Hand tasteten wir uns im Nebel vorwärts. Ich fragte mich, wie Laly unter diesen Umständen die Orientierung behalten konnte. Landkinder werden vermutlich mit einem eingebauten GPS geboren.

Gleich darauf hatten wir unser Ziel erreicht. Die Tür war bereits ein gutes Stück weit eingeschneit. Als echter Kerl schaufelte ich uns den Weg frei, und schließlich gelang es mir, die Tür zu öffnen. Wir hatten unseren Zufluchtsort gefunden, während draußen der Sturm zu Höchstform auflief.

38

Die Hütte war klein, aber zumindest waren wir hier im Trockenen. Immer wieder ächzte das Gebälk unter dem draußen gegen das Holz anstürmenden Wind. Die Tür hob und senkte sich, als würde ein eisiges Monster versuchen, sie gewaltsam einzudrücken.

»Was machen wir denn jetzt?«, fragte ich mit bebender Stimme.

»Hast du den Rucksack gefunden?«

Sie sah mich erwartungsvoll an, als sei ich der Retter, der uns vor einem Tod durch Erfrieren bewahren könnte. Ich musste sie jedoch enttäuschen.

»Nein, mir blieb keine Zeit, um ihn zu holen.«

Sie ließ sich auf den Boden sinken und setzte sich in den Schneidersitz.

»Kein Rucksack, kein Handy, keine Rettungsdecke und kein Feuerzeug.«

Wie ein niederschmetterndes Mantra gingen mir unaufhörlich, beinahe zwanghaft, die immergleichen Worte durch den Kopf: *Wir werden hier sterben!* Aber angesichts von Lalys Verzweiflung durfte ich mich nicht gehen lassen. Sie hatte es geschafft, einen Unterschlupf für uns zu finden, jetzt musste ich aktiv werden.

Ich richtete mich auf und warf mich in die Brust. Schon fühlte ich mich wie ein würdiger Nachfahre von Bruce Willis, Tom Cruise und Daniel Craig. Sie retteten die Welt, ich würde Laly retten. Ich durchbohrte meine »Jungfrau in Not« mit finsterem, entschlossenem Blick und verkündete mit ebenso männlicher wie rauer Stimme:

»Ich werde ihn holen.«

»Aber …«

Ich ließ ihr keine Zeit, ihren Satz zu beenden.

»Versuch nicht, mich davon abzubringen.«

»Ich will ja nur sagen, dass …«

»Sorge dich nicht um mich. Mag sein, dass das meine letzte Mission ist, aber ich werde sie zu Ende bringen.«

»Also …«

»Das ist meine Pflicht.«

»Weil …«

Ich legte einen Finger auf ihre Lippen. Ihre Beharrlichkeit, mich nicht einem sicheren Tod überlassen zu wollen, rührte mich. Sie hegte Gefühle für mich, das war offensichtlich.

»Ich weiß, was du sagen willst. Mir geht es genauso.«

Ich machte einen Schritt auf sie zu, um ihr einen Abschiedskuss zu geben. Ich sah die Szene in Zeitlupe vor mir wie in einem Film. Sie war die untröstliche Geliebte, ich war der Held.

»Was machst du denn da?«, rief sie entsetzt und stieß mich zurück.

Jetzt wusste ich nicht so recht, wie ich reagieren sollte. War Bruce Willis wohl auch schon einmal mit einem solchen Problem konfrontiert worden?

»Äh … ich dachte, dass …«

»Dass was?«

»Dass du mir, bevor ich da rausgehe, sagen wolltest, dass du mich …«

»Dass du nicht vergessen sollst, deine Mütze und deinen Schal von dem Schneemann herunterzuholen, wenn du keine Erfrierungen bekommen willst«, unterbrach sie mich.

Ich fühlte mich gekränkt, aber meine Heldenrolle gebot mir, stoische Ruhe zu bewahren. Also bewegte ich mich zur Tür und warf ihr dabei einen tiefgründigen Blick zu. Den Blick desjenigen, dem womöglich keine Rückkehr beschieden ist. Ich rechnete damit, dass sie mich zurückhalten würde, aber das tat sie nicht. Vermutlich war sie so überwältigt von den Emotionen, dass ihre Kehle wie zugeschnürt war.

Kaum hatte ich die hölzerne Tür einen Spalt weit geöffnet, fegte ein eisiger Windstoß herein und schlug mir heftig ins Gesicht. Schnell schlüpfte ich hinaus, warf die Tür hinter mir wieder zu und wagte mich in die feindlichen Gefilde. Mühsam tastete ich mich Schritt für Schritt vorwärts, hatte aber nicht die geringste Ahnung, welche Richtung ich einschlagen sollte. Auf meinen Wimpern bildeten sich Eiskristalle, meine Lippen fühlten sich taub an, meine Finger spürte ich kaum noch. Der Nebel war so dicht, dass ich kaum etwas erkennen konnte. Alles um mich herum war weiß, und dazu kamen diese teuflischen Schneeflocken, die sich auf meinem Gesicht wie kleine Nadelstiche anfühlten.

Bald kam es mir vor, als irrte ich seit Stunden hier draußen herum. Ich hatte bestimmt schon einen Kilometer zurückgelegt, und mir wurde klar, dass ich keine Chance hatte, diese Mission erfolgreich zu beenden. Der Rucksack war mit Sicherheit längst unter einer Schneedecke begraben. Selbst wenn ich an ihm vorbeikäme, würde ich ihn nicht sehen können.

Auch auf meinen Kleidern lag eine dicke Schicht Schnee, und meine Hose war in der Kälte zu einem eisigen Brett erstarrt. Meine Zehen ließen sich nicht mehr bewegen, und meine Haare waren steif gefroren. Bei jedem Atemzug brannte die eiskalte Luft in meiner Lunge. Es wurde Zeit, zur Hütte zurückzukehren. Immerhin konnte ich Laly sagen, dass ich es versucht hatte.

Für einen Augenblick kam Panik in mir auf, denn ich glaubte, mich verlaufen zu haben. Aber dann gelang es mir, meine Fußspuren im Schnee auszumachen. Erstaunt stellte ich fest, dass es nur ein Dutzend Abdrücke waren, dabei hätte ich schwören können, weit mehr als hundert Schritte zurückgelegt zu haben.

Ich stieß die Tür auf und betrat wie ein eingefrorener Yeti den Innenraum. Ein Mann in Daunenjacke, halb Mensch, halb Eisklotz. Ich rechnete damit, dass sie mir um den Hals fallen und mich als den Helden bejubeln würde, der ich war, aber sie beließ es bei einem:

»Schon wieder da? Du warst ja gerade einmal fünf Minuten weg.«

Die Zeit vergeht für Helden offenbar in einer anderen Geschwindigkeit.

»Hast du den Rucksack?«, fragte sie drängend.

Ich öffnete kleinlaut meine leeren Hände und wartete auf einen wütenden Kommentar. Aber sie kam nur auf mich zu und wuschelte durch meine Haare, um den Schnee herauszuschütteln.

»Wir müssen dich aufwärmen.«

Sie schlug mir mehrfach kräftig auf die Schulter, um mich zu beleben. Doch meine Muskeln schmerzten bereits so sehr, dass ich es nicht einmal spürte.

»Zieh deine Daunenjacke aus!«, befahl sie.

»Widerspricht sich das nicht irgendwie?«, begehrte ich auf, am ganzen Körper zitternd.

»Und deine Hose auch.«

»Was?«

Erstens stellte ich es mir sehr ungemütlich vor, mich nur im Slip hier in dieser Hütte aufzuhalten. Und zweitens war ich ziemlich schüchtern und fand die Vorstellung, in Unterwäsche vor Laly zu stehen, höchst befremdlich.

»Deine Klamotten sind vollkommen durchnässt, du wirst noch krank werden. Ich weiß, was zu tun ist. Mach schon, zieh dich aus!«

Ich gehorchte, während Laly das auf dem Boden liegende Stroh zusammenschob. Sie baute eine Art Nest, auf dem sie sich ausstreckte.

»Komm zu mir.«

Trotz der Eiseskälte spürte ich, wie meine Wangen zu glühen begannen. Nur noch mit meinem Slip bekleidet, stand ich da wie festgewachsen und spürte in meinem Rücken den durch die Tür heulenden Wind.

»Du musst jetzt ganz schnell wieder warm werden. Du bist unterkühlt«, erklärte sie mir.

Da ich mich immer noch nicht rührte, fuhr sie fort: »Es gibt nichts Wirksameres dafür als menschliche Wärme. Komm.«

Sie bedeutete mir mit einer Armbewegung, mich neben sie zu legen. Zitternd gehorchte ich endlich. Vorsichtig zog sie mich an sich und legte ihre Hände auf meinen Rücken, die mir physische und psychische Wärme zugleich spendeten.

Ich erinnerte mich nicht daran, jemals gestreichelt worden zu sein. Genau das tat Laly nämlich jetzt. Sie strich mir sanft über den Rücken, wie man es bei einem Kind tut, das einen Albtraum hatte.

Klar, ich war schon verliebt gewesen, aber einen solchen Augenblick hatte ich noch nie erlebt. So musste das Glück aussehen, da war ich ganz sicher: Während eines Unwetters in einer behelfsmäßigen Hütte feststecken und sich nur mit einer Unterhose bekleidet von der Tochter des Weihnachtsmannes sanft wiegen lassen.

39

Unser warmer Atem floss in der kalten Luft der Hütte zu einem flüchtigen, rasch wieder vergehenden Nebel zusammen. Mir war etwas wärmer geworden, und Laly hatte mir meine Daunenjacke gereicht, die wir jetzt über uns beide breiteten. Sie hatte ihre Jacke ebenfalls ausgezogen, um sie über unsere Beine zu legen, sodass wir notdürftig zugedeckt waren. Jeder von uns hatte einen Arm in einem Ärmel meiner leuchtenden Daunenjacke, was uns wie eine komische gelbe Kreatur aussehen ließ.

Laly hatte recht: Es gab nichts Besseres als menschliche Wärme, und mir wurde klar, wie sehr ich diese in all den Jahren entbehrt hatte.

Wir stellten uns darauf ein, die Nacht in unserem Unterschlupf verbringen zu müssen. Ohne Handy und ohne GPS-Gerät würde uns niemand finden, bevor das Unwetter weitergezogen war. Wir würden nicht die strahlenden Sieger des Weihnachtsmarathons sein und auch den Ball verpassen – aber das schien Laly genauso wenig zu bekümmern wie mich.

Wie alte Freunde, die gern Zeit miteinander verbringen, redeten wir über Gott und die Welt und entdeckten dabei, dass wir zahlreiche Gemeinsamkeiten hatten. Laly erwies sich als lustige und sensible Gesprächspartnerin; sie war gebildet und einfühlsam, dabei jedoch nicht besonders selbstsicher – auch wenn sie sich einen schützenden Panzer zugelegt hatte.

Sie erzählte mir von Marc, ihrem Ex-Ehemann, und davon, wie sie im Lauf der Jahre ihr Selbstvertrauen verloren hatte. Ihre

Wertschätzung für sich selbst war in dem Maße geschrumpft, wie das Ego dieses Mannes wuchs.

»Ich schreibe gern«, vertraute sie mir an.

Sie flüsterte, als sei dieses Geständnis nichts, was man herumerzählt. Ihre schlanken, zarten Finger waren nur wenige Millimeter von meinen entfernt.

»Ich schreibe seit Jahren in kleine Kladden, die ich immer bei mir trage. Ich höre das Rauschen der Welt und versuche, es in Worte zu übersetzen.«

Für mich klang das wie die schönste Definition des Schriftstellerberufs, die ich je gehört hatte. Ich musste plötzlich wieder an Côme de Balzancourt denken, diesen millionenfach verkauften Autor, der durch sämtliche Literatursendungen stolzierte und dort theatralisch beteuerte, dass das Schreiben sein Lebenselixir sei. Alles an ihm war falsch, selbst seine Haltung als Schriftsteller. Seine schwülstigen Behauptungen waren nur Schall und Rauch im Vergleich zu Lalys Aufrichtigkeit.

Ich schüttelte den Kopf, um diese Gedanken zu vertreiben und mit meiner Aufmerksamkeit ganz bei Laly zu bleiben. Ihre blauen Augen wirkten jetzt, wo sie sich an ihr vergangenes Leben erinnerte, dunkler als sonst.

»Ich bin keine Romanschriftstellerin, sondern einfach eine Person, die gern Geschichten zu Papier bringt, die ihr im Kopf herumgeistern.«

Sie seufzte, und wieder entwich ein dunstiger Hauch ihrem Mund.

»Eine dieser Geschichten hat mich zwei Jahre lang ganz besonders in Atem gehalten. Ich habe mit meinen Figuren gelebt, sie sind zu meinen besten Freunden geworden. Spät abends habe ich darauf gewartet, dass Marc eingeschlafen war, um aus dem Bett zu schlüpfen und mich zu ihnen zu gesellen. Ihr Leid war mein Leid, und ihre Freude beglückte mich. Ich lebte ein Parallelleben mit ihnen, ich war ihnen ganz nah. Manchmal hatte ich geradezu den Eindruck, Marc zu betrügen, denn ich sprach nie mit ihm über dieses Buch, das ausschließlich nachts entstand.«

»Warum nicht?«

»Er war Literaturprofessor an der Universität.«

»Wirklich? Dann wäre er doch bestimmt glücklich gewesen, eine Autorin an seiner Seite zu wissen.«

Laly lachte traurig.

»Da kennst du ihn aber schlecht. Er arbeitete selbst schon jahrelang an einem Buch. Einer Gesellschaftschronik, die auf einer Stufe mit Balzacs *Menschlicher Komödie* stehen sollte.«

Diesmal war ich derjenige, der lachte.

»Balzac! Bescheidener geht es wohl nicht ...«

Sie blickte an mir vorbei, als sie erklärte:

»Er arbeitete daran, seit wir uns kannten, aber ich habe nie auch nur eine einzige Seite davon gelesen. Er schloss sich zum Schreiben immer in sein Arbeitszimmer ein, und dann durfte man ihn auf gar keinen Fall stören.«

»Das klingt ja reizend ...«

»Irgendwann begann er, mir Vorwürfe zu machen. Ich sei schuld, dass er keine Inspiration mehr fand. Ich mache zu viel Lärm, ich langweile ihn mit meinem belanglosen Geplapper.«

»Was für ein liebenswürdiger Typ ...«

»Also blieb er in seinem Büro in der Universität, um an diesem Werk zu arbeiten, das ›die zeitgenössische Literatur revolutionieren‹ würde.«

Sie deutete Anführungszeichen an, um mir klar zu machen, dass dies die Worte ihre Ex-Ehemanns waren. Mich erstaunte, dass nicht die geringste Spur von Sarkasmus in ihrer Stimme zu hören war. Jeder andere hätte diesen Mann gleichermaßen lächerlich und bösartig gefunden. Ein Autor, dem die Inspiration ausgeht und der sein Umfeld dafür verantwortlich macht, um dem eigenen Unvermögen nicht in die Augen sehen zu müssen.

Laly aber erzählte ihre Geschichte mit leiser Stimme, als

fühlte sie sich immer noch schuldig an der Schreibblockade ihres Ehemanns. Schuldgefühle sind eine Krankheit, von der man sich nur sehr langsam erholt.

»Als ich meinen Roman beendet hatte, habe ich meinen ganzen Mut zusammengenommen und ihn meinem Mann gezeigt. Seine Meinung war mir wichtig, und ich hoffte auf Ratschläge von ihm, um noch etwas zu verbessern.«

Ich legte die Stirn in Falten, denn ich ahnte Schlimmes.

»Was ist passiert?«

»Er hat es nicht gelesen. Er sagte, dass er keine Zeit hätte, um sich die Hirngespinste einer kleinen Provinzschreiberin ohne jegliche literarische Vorbildung zu Gemüte zu führen.«

Die Gemeinheit dieses Satzes traf mich wie ein heftiger Faustschlag, und ich konnte nur erahnen, was die arme lernbegierige Verfasserin empfunden haben musste. Aber Laly schien sich das Ausmaß an Boshaftigkeit, das in diesen Worten lag, gar nicht klarzumachen, wie es so häufig der Fall ist, wenn Menschen etwas Traumatisches erleben.

»Was hast du dann getan?«, wollte ich wissen.

»Ich habe einen Schlussstrich unter meine Figuren gezogen. Ich habe ihnen den Rücken zugekehrt, um nicht zu leiden.«

Ich fasste nach ihrer Hand.

»Es tut mir so leid, was dir passiert ist. Das hast du einfach nicht verdient. Ich bin ganz sicher, dass du großes Talent hast. Weitaus mehr als dieser herzlose Abschaum, der sein Meisterwerk vermutlich nie beenden und schon gar nicht ›die zeitgenössische Literatur revolutionieren‹ wird.«

Aus meinem Mund klangen Marcs Worte natürlich eindeutig sarkastisch, und Laly musste über meine Nachahmung lächeln.

»Der weitere Verlauf gibt dir recht.«

»Aha, da hast du es! Es ist ihm niemals gelungen, einen Roman zu schreiben, nicht wahr?«

»Nein.«

»Und er ist Professor für Literatur geblieben …«

»Nein.«

»Hat er den Beruf gewechselt?«

»Er hat ein Buch veröffentlicht, das ein riesiger Erfolg ist.«

Ich sah sie mit großen Augen an.

»Wie ist das denn möglich, wenn er seinen Roman nie beendet hat?«

Laly holte tief Luft wie ein Sportler, der eine körperliche Meisterleistung vollbringen will. Letztlich ist es aber vielleicht auch eine sportliche Herausforderung, seine intimsten Niederlagen preiszugeben.

»Er entfernte sich immer weiter von mir, arbeitete immer länger in seinem Büro in der Universität. Eines Abends wollte ich ihm etwas zu essen dorthin bringen. Als ich die Tür aufmachte, habe ich ihn mit seiner Assistentin überrascht – einer jungen Frau, die ihre Doktorarbeit über Balzac schrieb.«

Sofort stand mir die Szene glasklar vor Augen: Zwei von der Literatur des neunzehnten Jahrhunderts erregte Schreiberlinge und die arme Laly, die mit einer Portion Lasagne in den Händen entdeckt, dass ihr Mann sie betrügt.

»Da hat er vermutlich einen Schwall von Entschuldigungen hervorgebracht …«

»Ganz und gar nicht! Er hat gesagt, dass ich ihn durch mein mangelndes Verständnis und meine fehlende Bildung in die Arme dieser Studentin getrieben hätte.«

»Das ist ja der Gipfel! Wie hast du denn darauf reagiert?«

»Ich habe meine Sachen gepackt und bin gegangen. Habe mein Bankkonto geleert und bin zu Reisen aufgebrochen. Ich habe die Länder besucht, in die er mit mir seinen Versprechungen zufolge hatte reisen wollen. Ich habe die unterschiedlichsten Küchen kennengelernt, bin wunderbaren Menschen begegnet und habe mich mit anderen Kulturen beschäftigt …«

»Das war eine ausgezeichnete Idee, es hat dir doch sicher sehr gutgetan.«

»Das stimmt. Aber als ich zurückkehrte, wartete eine böse Überraschung auf mich.«

Ich fragte mich, was ihr schrecklicher Ehemann in ihrer Abwesenheit wohl angerichtet haben mochte. Welche Gemeinheit hatte er ihr noch antun können?

Laly zitterte. Für einen Augenblick dachte ich, dass Schmerz und Wehmut sie noch einmal erfasst hätten, aber an ihrem finsteren Blick erkannte ich, dass sie vor Wut bebte. Ich drückte ihre Hand gegen mein Herz, um sie zu wärmen.

»Erzähl. Was hat er getan?«

40

Draußen schien sich der Wind etwas gelegt zu haben. Zumindest schlug er nicht mehr so heftig gegen die Tür der Hütte. Die Stille kam gerade recht, um Laly mit gebotener Aufmerksamkeit zu lauschen, als sie ihr Geheimnis preisgab.

»Bei meiner Rückkehr entdeckte ich meinen Roman in den Buchläden. Alles kam darin vor, meine Figuren, meine Geschichte ... Aber es war nicht mein Name, der auf dem Buchdeckel stand. Stattdessen prangte Marcs Gesicht auf riesigen Werbeplakaten, er tauchte in allen Literatursendungen auf und erklärte dort, wie lebensnotwendig das Schreiben für ihn sei. Auf die Frage, wie die Idee zu diesem Roman entstanden sei, antwortete er, dass er einen neuen Klassiker des 21. Jahrhunderts habe schaffen wollen.«

Diese Worte riefen bei mir auf der Stelle diejenigen des aufgeblasenen Côme de Balzancourt wach. Es waren genau die gleichen Worte. Der gleiche Drang, sich als ein neuer, großer Schriftsteller darzustellen. Die gleiche Art, sich selbst zu beweihräuchern.

Ich fuhr hoch. Mit einem Schlag war mir alles klar.

»Warte mal kurz! Willst mir jetzt erzählen, dass Marc Côme de Balzancourt ist? Dein Marc?«

Sie nickte.

»Das ist das Pseudonym, das er sich zugelegt hat.«

Balzancourt – Balzac, die Ähnlichkeit der beiden Namen war freilich offensichtlich. Dieser gemeine Dieb trieb wahrlich ein böses Spiel, er inszenierte seine eigene »menschliche Komödie«.

»Was für ein Scheusal!«

Sie lächelte und zwang mich sanft wieder neben sich, um die Wärme unseres Strohlagers nicht entweichen zu lassen.

»Das ist nett von dir!«

»Nein, du verstehst mich nicht ganz. Ich fand ihn schon schrecklich, bevor ich wusste, was er dir angetan hat. Er ist unerträglich! Es war mir schon immer ein Rätsel, wie ein solcher Mensch ein so schönes Buch hat schreiben können.«

Jetzt begannen Lalys Augen zu strahlen.

»Ehrlich? Mein Roman hat dir gefallen?«

»Er ist großartig! Du erzählst eine zeitlose Geschichte. Du erreichst viele Leser. Warum sonst sollte er sich denn so gut verkaufen, was denkst du? Und das Publikum ist begeistert. Du bist eine sehr talentierte Schriftstellerin.«

Sie warf sich in meine Arme, und ich spürte ihre Tränen an meinem Hals. Es war warm und feucht, schön und aufwühlend. Mit der Preisgabe ihres Geheimnisses hatte sie gewissermaßen eine sportliche Höchstleistung vollbracht. Und jetzt konnte sie in meinen Armen endlich zur Ruhe kommen.

Ich löste mich sanft von ihr.

»Was hast du unternommen, als du diese Hochstapelei herausgefunden hast?«

»Ich habe mich hierher geflüchtet, nach Arnac-la-Poste. Ich wollte von Menschen umgeben sein, die ich liebe und die mich so lieben, wie ich bin. Ich habe meine Kladden fortgeräumt und mit dem Schreiben aufgehört. Für immer.«

Dieser Mann hatte ihr einen Teil ihrer selbst geraubt. Er hatte es nicht dabei belassen, sich ihren Roman anzueignen. Er hatte sie zerstört, hatte ihr Selbstwertgefühl ruiniert wie ein Pirat, der sein Schiff versenkt, bevor er flieht. Ja, dieser Mann war ein Pirat, ein Räuber, der eine Spur der Verwüstung hinter sich zurücklässt, und ich wollte keinesfalls hinnehmen, dass dieser Diebstahl ungestraft blieb.

»Man darf ihn nicht so leicht davonkommen lassen. Du musst doch irgendwelche Teile deines Manuskripts haben, die beweisen, dass du die Autorin bist, oder etwa nicht?«

»Ein paar Bruchstücke habe ich noch, aber es lohnt sich nicht, diese Geschichte noch einmal aufzuwärmen.«

»Nein, nein, das ist nicht fair! Die Welt muss wissen, was für eine wunderbare Schriftstellerin du bist.«

»Das ist mir nicht wichtig. Ich mache jetzt etwas anderes.«

»Du meinst aber nicht deine Arbeit im Gästehaus von Arnac-la-Poste, wo du doch die derzeit angesagteste Schriftstellerin sein könntest, oder?«

»Ich bin nicht auf Ruhm aus.«

»Aber du darfst nicht einfach das Handtuch werfen!«

Sie runzelte die Stirn.

»Ich gebe nicht auf, ich lasse nur los. Das ist ein Unterschied.«

Innerlich kochte ich vor Wut. Ich hätte diesen Angeber am liebsten zerquetscht wie eine elende Wanze. Aber Lalys Blick verriet mir, dass ich nicht weiter insistieren durfte. Ich musste an Nicolas und *Die Versöhnung* denken. Das Talent schien dieser Familie in den Genen zu liegen!

»Dein Vater schreibt ja auch.«

Sie sah mich erstaunt an, und ich konnte nicht ganz einordnen, ob ihre Überraschung dieser Neuigkeit selbst geschuldet war oder der Tatsache, dass ich davon wusste, sie aber nicht. Laly hatte keine Ahnung von meinem Beruf. Warum sollte ich ein solches Detail über ihren Vater wissen, wo ich in ihren Augen doch nichts weiter als ein Tourist war?

»Ehrlich? Davon hat er mir nie etwas gesagt.«

»Vielleicht ist er ganz einfach schüchtern und hat es nach all dem, was dir geschehen ist, nicht gewagt.«

»Wir hatten früher ein sehr enges Verhältnis. Aber wir haben uns voneinander entfernt, als ich das Dorf verlassen und geheiratet habe. Ich wusste, dass er Marc nicht sonderlich schätzte.«

»Das kann man ihm nicht verübeln ...«

»Papa war auch derjenige, der mir Bücher nahegebracht hat. Wir haben oft gemeinsam am Kaminfeuer gelesen.«

Für einen Augenblick schien sie in diesen glücklichen Erinnerungen zu versinken, dann legte sie die Stirn in Falten und rätselte:

»Warum hat er mit dir über so etwas gesprochen? Ihr kennt euch doch kaum!«

Ich musste Laly alles gestehen – den Grund für meine Anwesenheit in Arnac-la-Poste, meine Arbeit bei Delamare, die mir von ihrem Vater übertragenen Aufgaben ... Andererseits hatte ich Nicolas hoch und heilig versprechen müssen, ihr nichts zu sagen. Sie hatte sich mir gegenüber geöffnet, mir ihre Verletzbarkeit gezeigt, wie würde sie da reagieren, wenn ich ihr enthüllte, dass ich aus Eigennutz Zeit mit ihr verbracht hatte? Würde sie mir glauben, wenn ich ihr versicherte, dass mir diese Beförderung zum Lektor mittlerweile vollkommen egal war und ich einfach nur an ihrer Seite sein wollte?

Ich massierte meine Stirn, um einer aufkommenden Migräne entgegenzuwirken. Es half nichts, ich musste ihr alles beichten! Laly hatte es verdient, die Wahrheit zu erfahren, und ich würde die Konsequenzen tragen müssen. Ich holte tief Luft.

»Laly, ich muss dir etwas sagen ...«

Gedankenversunken unterbrach sie mich:

»Weißt du, für mich ist Aufrichtigkeit sehr wichtig.«

Ich schluckte schwer und hatte Mühe, mein Unbehagen zu verbergen. Sie wertete mein Schweigen als Zustimmung.

»Es gibt nichts Schlimmeres als die Lüge. Ich glaube, dass ich es nicht ertragen könnte, wenn man mich ein weiteres Mal hintergeht.«

Ich wollte am liebsten im Erdboden versinken. Ein Loch in dieser Hütte schaufeln und mich im Schnee eingraben.

Sie rückte noch ein wenig dichter an mich heran. Ich konnte ihren Herzschlag spüren.

»Bei dir habe ich das Gefühl, ganz ich selbst sein zu können. Da ist nichts Heimliches, nichts Vorgetäuschtes.«

Mit schwacher Stimme brachte ich ein klägliches »Ja« hervor.

Sie fuhr mir mit der Hand durchs Haar und ließ sie dann sanft über mein Gesicht gleiten, streichelte meine Stirn, meine Nase, meine Wangen. Dann legte sie die Fingerspitzen auf meine Lippen und zeichnete ihre Konturen nach. Mir schwanden beinahe die Sinne.

Sie beugte sich mit ihrem Gesicht ganz nah zu meinem. Die Temperatur im Innern der Hütte stieg von minus fünfzehn auf schätzungsweise einhundertdreißig Grad. Ich spürte, wie ein gewaltiger Fluss meinen Rücken hinunterströmte.

Ihre Lippen waren nur noch wenige Millimeter von meinen entfernt. Ich schloss die Augen und bebte dem Augenblick entgegen, auf den ich mein ganzes Leben gewartet hatte, ohne es zu wissen.

Da ging plötzlich die Tür unseres Unterschlupfs auf, und ein heftiger, kalter Windstoß schlug uns entgegen. Im Licht der Dämmerung zeichnete sich der Umriss des Bürgermeisters ab wie der eines Superhelden. Er hatte zwar keinen Bernhardiner bei sich, aber ein Schneemobil. Das Unwetter war vorüber, und am klaren Himmel zeigten sich sogar ein paar Sterne.

Der Bürgermeister und Ersthelfer hüstelte und äußerte mit leichtem Spott:

»Ich hatte vor, euch zu retten, aber wenn ihr beschäftigt seid, kann ich natürlich auch später wieder vorbeikommen …«

41

Im Gemeindesaal herrschte eine anheimelnde Atmosphäre. Unzählige farbige Lichterketten warfen einen roten, grünen, orangefarbenen und blauen Schimmer in den Raum. Mehrere hübsch geschmückte Tannenbäume verbreiteten ihren angenehm harzigen Duft.

Auf einem langen Tisch war eine Vielzahl von Speisen aufgebaut, salzige und süße Köstlichkeiten reihten sich aneinander. Daneben wurde in einer großen Schüssel eine rote Flüssigkeit angeboten, von der sich die Anwesenden mit einer Schöpfkelle bedienen konnten.

Als Hintergrundmusik erklangen Weihnachtslieder, aber die Tanzfläche mitten im Saal war noch von kleinen, ins Gespräch vertieften Grüppchen bevölkert.

Unsere Ankunft brachte die verschiedenen Unterhaltungen zum Erliegen. Ich hatte gehofft, dass wir uns unbemerkt unter die Menge mischen könnten, aber da hatte ich nicht mit dem Bürgermeister gerechnet, der jetzt zu der kleinen Bühne unterwegs war, die für die Musiker aufgebaut war. Er wies mit dem Finger auf uns und verkündete:

»Unser verlorenes Paar ist wieder aufgetaucht!«

Alle Anwesenden drehten sich um und sahen uns an. Mich, wie ich unsicher und noch immer fröstelnd um mich blickte, und Laly, wie sie neben mir strahlte. Dann begannen sie zu klatschen.

»Unsere Überlebenskünstler hatten Unterschlupf in einer verlassenen Schäferhütte gefunden.«

Erneut brandete Beifall auf.

»Damit kann der Ball des Weihnachtsmarathons endlich beginnen!«, schmetterte der Bürgermeister mit überschäumender Begeisterung in die Runde. Seinen Worten folgten hier und da freudige Jubelrufe. Erneut setzte Musik ein, und die Menge verstreute sich. Unterhaltungen wurden wieder aufgenommen, und ein paar Personen schlenderten zu uns herüber, um uns herzlich zu begrüßen.

Girlanden, Lichterketten, schmückendes Beiwerk wo nur möglich, schmackhafte Speisen, Musik … Das Festkomitee hatte sich schwer ins Zeug gelegt, die Weihnachtsstimmung war nicht zu toppen. Überrascht stellte ich fest, dass mich diese überbordende Dekoration nicht mehr störte – im Gegenteil, ich mochte die gemütliche Atmosphäre. Aber das lag vielleicht auch daran, dass mein noch leicht eingefrorenes Gehirn mich nachgiebiger stimmte.

Ich ließ meinen Blick durch den Saal schweifen und erblickte ein Banner, auf dem die Namen der Gewinner standen. Antoine, der Psychopath aus dem Hochsicherheitsgefängnis, und seine Partnerin Madame Capuchon hatten den Sieg im Weihnachtsmarathon errungen! Sie posierten auf der Bühne und reckten ihren Pokal in die Höhe, damit Fotos für die Lokalzeitung gemacht werden konnten. Ich erkannte den Fotografen, der mich bereits für die Reportage über die heiße Schokolade drangsaliert hatte. Der Robert Capa von Arnac-la-Poste forderte die beiden auf, verschiedene Haltungen einzunehmen, und seine Modelle kamen dieser Bitte bereitwillig nach.

»Laly! Ben! Ich bin so froh, euch wohlbehalten wiederzusehen! Ich war ganz krank vor Sorge, auch wenn ich wusste, dass ihr unter Merkurs Schutz steht. Und Cristal ging es nicht anders.«

Es war Angelicas erleichterte Stimme, die ich hinter mir

vernahm. Als ich mich umdrehte, fielen mir beinahe die Augen aus dem Kopf. Ihr rechtes Bein war vollständig eingegipst, und sie saß in einem Rollstuhl, den Nicolas vor sich her schob. Cristal lag artig auf ihren Knien. Zu unserer Begrüßung begann das Riesenmeerschweinchen, höflich zu schnurren.

»Wie hast du das denn angestellt?«, fragte Laly entsetzt.

»Ach, halb so wild. Ich bin auf einer vereisten Stelle ausgerutscht.«

Die Verletzte warf einen bewundernden Blick zu Nicolas an ihrer Seite, bevor sie ergänzte:

»Zum Glück ist mir Nicolas zu Hilfe gekommen.«

Der edle Ritter legte ihr eine Hand auf die Schulter.

»Du warst so tapfer.«

Zwischen diesen beiden war etwas im Gange ... Ich fragte mich, ob Laly auf dem Laufenden war und wie lange sich da schon etwas anbahnte. Beide waren verwitwet, sie hatten ein klein wenig Glück wahrlich verdient.

»Leider werde ich in diesem Zustand das Gästehaus nicht führen können«, setzte uns Angelica auseinander. »Würdest du mir einen großen Dienst erweisen, Laly, und mich vertreten, bis ich wieder einsatzfähig bin?«

Laly nickte eifrig, offensichtlich gefiel ihr diese Vorstellung.

»Natürlich! Ich kümmere mich um deine Gäste.«

Angelica lächelte und gab Nicolas ein Zeichen, das ich nicht zu deuten verstand. Dann sagte sie:

»Laly und ich haben noch ein paar Dinge wegen des Gästehauses zu besprechen. Die beiden Jungs können ruhig ihrer Wege gehen.«

Einen Weihnachtsmann und einen Dreißigjährigen in grellgelber Daunenjacke als »Jungs« zu bezeichnen, das schaffte nur Angelica. Nicolas begriff, was sie ihm bedeuten wollte, und zog mich mit sich. Ich folgte ihm in eine ruhigere Ecke des Raums, die durch einen Tannenbaum abgeschirmt war. Dort stellte er sicher, dass uns niemand belauschte, bevor er mir – von Frank Sinatras Stimme gedeckt – zuraunte:

»Wie weit sind Sie mit Ihrer Mission?«

»Ich habe sie erfolgreich abgeschlossen.«

»Sind Sie sicher?«

»Ich habe alles gemacht, was Sie von mir verlangt hatten. Ich habe die aufgetragenen Unternehmungen mit Laly absolviert, lauter Dinge, die ich normalerweise niemals getan hätte, und alles darangesetzt, dass sie ihren Sinn für Weihnachten wiederfindet.«

Er warf den Bommel seiner rot-weißen Mütze nach hinten.

»Sie sieht wirklich glücklich aus.«

»Ich habe meinen Teil des Handels erledigt. Jetzt sind Sie an der Reihe, unsere Abmachung einzuhalten und mir den unterzeichneten Vertrag zu geben.«

Er legte eine väterliche Hand auf meine Schulter.

»Sie haben mich beeindruckt, junger Mann. Ich hätte nicht gedacht, dass Ihnen das gelingen würde.«

Da ich daran gewöhnt war, dass man mit meinem Scheitern rechnete, befremdeten mich seine Worte keineswegs. Um ehrlich zu sein, war ich selbst auch überrascht.

»Dann ist also alles abgemacht? Sie unterzeichnen den Vertrag für Ihr Manuskript und verlangen, dass ich Ihr Lektor bei Delamare bin.«

»Nicht so schnell! Die Mission endet am 24. Dezember um Mitternacht, also morgen. Das haben wir so festgelegt.«

Als er mein enttäuschtes Gesicht sah, fügte er rasch hinzu:

»Aber es ist ja bisher alles sehr gut gelaufen.«

In vierundzwanzig Stunden würde ich endlich die Stelle bekommen, von der ich schon so lange träumte! Meine Anstrengungen hatten Früchte getragen. Ich hatte etwas erfolgreich zu Ende gebracht. Endlich würde nun auch mein wahres Talent Anerkennung finden. Ich würde mit einem zukünftigen

Bestseller ins Verlagshaus Delamare zurückkehren. Ich würde mein eigenes Büro bekommen, ich würde meine Tage damit verbringen, über Literatur zu sprechen, anstatt Fotokopien zu machen und Ablehnungsbescheide zu verfassen. Shanti würde zugeben müssen, dass sie sich in mir getäuscht hatte. Sie würde mir sogar verzeihen, dass ich die Weihnachtsfeier im Büro nicht vorbereitet hatte. Wen kümmerte schon ein lächerliches abendliches Beisammensein, wenn man einen literarischen Jackpot gewonnen hatte?

Aber dieser Erfolg hatte einen unguten Beigeschmack. Ich sollte Nicolas gestehen, welche Gefühle ich für seine Tochter hegte, und ihn davon überzeugen, ihr die ganze Wahrheit zu sagen.

»Nicolas, wir müssen Laly alles erzählen ...«

Ein Rascheln hinter dem Tannenbaum ließ mich innehalten. Nicolas legte einen Finger auf seine Lippen und bedeutete mir zu schweigen. Wir sahen uns fragend an, griffen gleichzeitig nach einem Zweig und schoben ihn beiseite. Aber unser Manöver ergab nichts. Es gab keinen Lauscher, der sich dort versteckt hätte.

»Alles in Ordnung. Niemand da«, stellte Nicolas erleichtert fest.

Ich zuckte mit den Schultern.

»Wer sollte auch auf die Idee verfallen, sich hinter einem Weihnachtsbaum zu verstecken, um uns zu belauschen?«

Nicolas lächelte.

»Bei allen Rentieren dieser Welt, da haben Sie recht! Wir sind wirklich albern.«

Lachend gesellten wir uns wieder zu den anderen Gästen.

42

Alles war in bester Ordnung. Ich würde die Anstellung meiner Träume ergattern und Weihnachten mit der wunderbarsten Frau verbringen, die ich kannte, noch dazu im Kreis liebgewonnener Freunde. Nie war mein Leben so schön gewesen. Dennoch schrillten bei mir – wenn auch nur unterschwellig – die Alarmglocken. Irgendetwas warnte mich eindringlich, auf der Hut zu sein. Es konnte einfach nicht alles so rosig sein. Ich beobachtete die Menschen um mich herum. Alle lächelten, tanzten, plauderten fröhlich miteinander … ein ungetrübtes Bild von Glück und Heiterkeit. Irgendwo musste zwangsläufig ein Haken sein. Wenn im Leben Enttäuschung auf Enttäuschung folgt, ist es schwer, vertrauensvoll in die Zukunft zu blicken.

Ich spürte, wie sich Lalys Finger in meine schoben. Ich hoffte zumindest, dass es ihre Finger und nicht die von Madame Capuchon waren … Schnell drehte ich mich um und stellte erleichtert fest, dass tatsächlich meine Marathonpartnerin neben mir stand. Aber ihr verschmitzter Gesichtsausdruck verhieß nichts Gutes.

»Bald sind wir an der Reihe«, äußerte sie voller Vorfreude.

»Wir?«

»Sag jetzt nicht, dass du es vergessen hast! Das Karaoke!«

»Welches Karaoke? Wie soll ich mich an etwas erinnern, von dem ich nie etwas wusste?«

Laly dachte einen Augenblick nach.

»Vielleicht habe ich vergessen, es dir gegenüber zu erwäh-

nen … Alle Teilnehmer des Marathons müssen ein Weihnachtslied vortragen.«

Angesichts meiner fassungslosen Miene fügte sie hinzu:
»Ich bin sehr gut darin, du musst mir nur alles nachmachen.«
Warum glauben begabte Menschen immer, dass sie andere
beruhigen können, indem sie ihnen erzählen, wie groß ihr
Talent ist? Hätte sie gesagt: »Mach dir nichts draus. Ich singe
sowieso immer vollkommen falsch«, wäre ich zumindest ein
klein wenig beruhigt gewesen.

Sollte mir das Glück hold sein, könnte ich sie vielleicht einfach auf die Bühne begleiten und so tun, als sänge auch ich. Ich
müsste nur ab und zu den Mund öffnen und wieder schließen. Ich würde einem stummen Karpfen ähneln, während Laly
neben mir mit glockenheller Stimme das Weihnachtslied anstimmte. Ich hoffte inständig, dass wenigstens der Journalist der
Lokalzeitung die Abendveranstaltung bereits verlassen hatte.

Mit der Geschmeidigkeit eines Showmasters im Fernsehen
bewegte sich der Bürgermeister nun Richtung Bühne. Mit
ausholender Geste umfing er die Anwesenden und brachte allein dadurch die Menge zum Rasen. Ein Beifallssturm brach
los.

»Der von allen sehnlichst erwartete Moment ist gekommen!«

Er zog an einer Schnur und enthüllte ein Banner mit der
Aufschrift »Weihnachts-Karaoke«.

Das Publikum würdigte diese Ankündigung mit einem Applaus, den selbst David Copperfield sich bei seinen Auftritten
nicht schöner wünschen konnte.

»Und wir beginnen dieses besondere Karaoke mit unserem
Gewinner-Duo: Antoine und Madame Capuchon!«

Als guter Verlierer spendete ich ihnen Beifall. Auch wenn
dieser, wie ich zugeben muss, etwas halbherzig war. Ich war
vor allem erleichtert, dass nicht ich als Erster an der Reihe war,

und hoffte insgeheim, dass Lalys arroganter Ex-Freund sich lächerlich machen würde. Selbst wenn seine Stimme beim Sprechen männlich und weich klang, redete ich mir ein, dass sie sich beim Singen wie das Quaken einer Ente anhören würde.

Die Sieger betraten die Bühne und grüßten ins Publikum. Sie gaben ein lustiges Gespann ab: Antoine mit der Haltung eines Freizeit-Playboys und daneben Madame Capuchon mit ihrem kampflustigen Auftreten, das sie unentwegt die Faust in die Höhe recken ließ.

Laly versetzte mir einen Stoß mit dem Ellbogen, der mich beinahe eine Rippe gekostet hätte. Ich konnte gerade noch verhindern, dass mir die Tränen in die Augen schossen.

»Das Lustigste am Weihnachts-Karaoke ist, dass wir vorher nicht wissen, welches Lied wir singen müssen. Das ist eine Überraschung!«

Ich wäre am liebsten im Erdboden versunken.

»Wirklich urkomisch.«

Völlig unempfänglich für meine Not setzte Laly ihre Erläuterungen fort:

»Die Sänger müssen sich zusammenraufen und die Strophen dann abwechselnd singen.«

Meine Strategie, das Ganze als stummer Karpfen zu überstehen, war damit ausgehebelt.

»Verlass dich auf mich, ich bin wirklich supergut in diesem Spiel.«

Ich erwog, mich durch die Hintertür davonzuschleichen.

»Ich bin nicht sicher, dass …«

»Schsch! Es geht los!«

An die weiße Wand hinter den Sängern, die gleich auftreten würden, sollte mit einem Beamer der Text geworfen werden, damit das Publikum den Zeilen folgen konnte. Für Antoine und Madame Capuchon stand dafür ein Tablet auf einem Stehpult bereit.

Die Musik setzte ein, und es wurde still im Saal. Alle wollten dem Duo lauschen.

Der Beamer warf den Titel des Songs *Santa Baby* von Eartha Kitt an die Wand.

Sofort wurde der Gemeindesaal von dem jazzigen Swing erfasst. Als wahre Karaoke-Expertin übernahm Madame Capuchon die Führungsrolle und bewegte sich in Richtung Publikum. Ihr Hüftschwung wurde zwar durch ihre Arthrose leicht beeinträchtigt, aber ihre Darbietung war dennoch sehenswert. Während dieses gewagten Auftakts übernahm Antoine den Hintergrundgesang und stimmte den berühmten Refrain »baboum, ba-boum, ba-boum« an.

Mit der schelmischen Miene einer achtzigjährigen Cheerleaderin griff Madame Capuchon nach dem Mikrofon und begann zu singen:

»*Santa baby just slip a sable under the tree for me, Been an awful good girl …*«

Hinter ihr verkünstelte sich Antoine jetzt mit einer Choreografie. Hatten sie geprobt? Wie konnten sie nur so gut sein? Und was war mit Antoines Entengequake? Als er in den Gesang seiner Partnerin einfiel, klang seine Stimme warm und weich. Ich zog bereits ein Täuschungsmanöver in Betracht, doch ich sah im letzten Moment davon ab, meinen Argwohn mit anderen Zuhörern zu teilen, da ich bemerkte, wie begeistert die Menge war. Die Köpfe wiegten sich im Rhythmus hin und her, ein Strahlen lag auf den Gesichtern, und alle klatschten im Takt.

Als Madame Capuchon sich zum Schluss mit katzenähnlicher Geschmeidigkeit in Antoines Arme fallen ließ und dieser sie auffing, als wäre sie so leicht wie eine Luftschlange, brach spontaner Beifall im Saal aus. Eine echte Show!

Mir war bereits aufgefallen, dass den Bewohnern von Arnac-la-Poste offenbar eine besondere Begabung fürs Eislaufen zu eigen war. Jetzt fragte ich mich, ob sie darüber hinaus auch noch allesamt mit einer großartigen Stimme gesegnet waren.

Im grandiosen Schlussmoment fanden die Stimmen von Madame Capuchon und Antoine zusammen, um die letzten Worte des Songs gemeinsam dem Publikum entgegenzuhauchen:

»*Hurry, tonight!*«

Das Publikum verabschiedete sie mit überschwänglichem Applaus, und die beiden Darsteller winkten der Menge strahlend zu. Laly verpasste mir einen weiteren Stoß mit dem Ellbogen, und ich nahm mir vor, demnächst einen Ultraschall von meinem Thorax machen zu lassen.

»Gar nicht schlecht, was sie geboten haben«, stellte sie fest.

»Nicht schlecht? Das war fast wie am Broadway!«

Sie prustete los, als hätte ich einen unglaublich guten Witz von mir gegeben.

»Wir werden es ihnen schon zeigen«, flüsterte sie mir mit angriffslustigem Funkeln in den Augen zu. »Sie mögen den Marathon gewonnen haben, aber wir gewinnen das Karaoke.«

»Das ist kein Wettstreit.«

»Alles ist ein Wettstreit!«

»Wir sollten einmal ernsthaft über deine kompetitive Einstellung sprechen ...«

Der Bürgermeister griff erneut zum Mikrofon.

»Ein sehr gelungener Einstieg in dieses Karaoke.«

Madame Capuchon bedankte sich mit einem Knicks, Antoine mit einer angedeuteten Verbeugung.

»Damit kommen wir zum zweiten Duo: Laly und Ben!«

Während ich zwischen Ohnmacht und Herzinfarkt schwankte, fuhr der Bürgermeister und Moderator fort:

»Laly hat uns dabei schon mehrfach entzückt, schauen wir also, wie dieses Paar sich heute schlägt.«

Er richtete das Mikrofon theatralisch auf uns, und ein Spot

blendete mich. Wie in Trance bewegte ich mich in Richtung Bühne. Um ehrlich zu sein, schob mich Laly dorthin. Als ich an Madame Capuchon vorbeikam, maß sie mich mit einem finsteren Blick.

»Ich lass dich nicht aus den Augen, Freundchen!«

Das Alarmsystem in meinem Kopf hatte von Anfang an recht gehabt. Ein Karaoke-Auftritt, und alles konnte kippen.

43

Meine Beine wollten mir ihren Dienst versagen, und ich geriet auf den Stufen zur Bühne hinauf beinahe ins Straucheln, was eine allgemeine Heiterkeit auslöste. Ich war der komische Vogel von Arnac-la-Poste, so viel stand fest.

Ich spürte, wie mein Gesicht hochrot wurde, und sorgte mich um die Schweißringe, die sich vermutlich unter meinem Pullover bildeten. Mein Herz schlug Kapriolen, meine Lunge machte dicht, meine Kehle war wie zugeschnürt.

Während ich auf meinen bevorstehenden Tod wartete, konnte ich sehen, wie Laly die Bühne eroberte. Sie löste ihren Pferdeschwanz und ließ ihr Haar frei über die Schultern fallen. Dann griff sie nach dem Mikrofon.

»Seid ihr gut drauf, Arnac-la-Poste?«

»Ja!«, jubelte das Publikum im Chor.

»Ich habe nichts gehört. Seid ihr gut drauf, Arnac-la-Poste?«

»JA!!!«

Die Stimmung war so aufgeheizt wie bei einem Konzert von AC/DC. Ich machte mich darauf gefasst, meine Rolle des stummen Karpfens in die eines toten Karpfens umzuändern.

Der Beamer gab den Titel unseres Liedes preis: *All I Want for Christmas Is You*. Schlimmer konnte es nicht kommen. Da wäre mir sogar *Oh Tannenbaum* noch lieber gewesen als dieser süßliche Ohrwurm. Außerdem schien mir niemand weniger dafür geeignet zu sein als ich, Mariah Carey nachzueifern.

Laly ließ sich von dieser musikalischen Wahl offenbar nicht aus der Ruhe bringen. Ganz im Gegenteil, sie zwinkerte mir verschwörerisch zu und schien davon überzeugt, dass ich eine perfekte Darbietung auf der Bühne abliefern würde. Worauf gründete sich ihre Annahme nur? Das Vertrauen, das sie mir entgegenbrachte, entzückte und erschreckte mich gleichermaßen. Wie würde sie bloß reagieren, wenn mein jämmerliches Gesangstalent offenbar wurde?

Die ersten Noten erklangen, und ich spürte, wie mich ein eiskalter Schauer durchfuhr. Laly beugte sich zum Mikrofon und wärmte sich mit einigen hypnotischen Vibes auf. Wie eine echte Diva entledigte sie sich ihres Mantels, unter dem ein rotes Samtkleid mit strahlend weißen Pelzrändern hervorkam. Wo hatte sie nur dieses Outfit aufgetrieben? Und seit wann trug sie es?

Ich sah mich in meiner Annahme bestätigt: In jedem Einwohner von Arnac-la-Poste schlummerte eine Rampensau.

So schüchtern Laly manchmal wirken mochte, auf der Bühne explodierte sie förmlich. Die auf sie gerichteten Scheinwerfer verliehen ihr eine goldene Aura. Ihre Haare flogen im Rhythmus ihrer Bewegungen hin und her, und mir kam es beinahe so vor, als sähe ich alles in Zeitlupe wie bei einem Werbespot für Shampoo.

»I don't want a lot for Christmas, There is just one thing I need …«
Was für eine Stimme! Sanft, warm, schmeichelnd. Wie erstarrt stand ich ganz hinten auf der Bühne. Der unsichtbare Karpfen.

Laly verstand es vorzüglich, den Raum auszufüllen, und ich fragte mich, ob man diese Fähigkeit in Arnac-la-Poste in der Schule lernte.

Sie bewegte sich auf das Publikum zu und beugte sich schelmisch nach vorn, um einem Zuschauer seine Nikolausmütze vom Kopf zu stibitzen, was das Publikum freudig bejubelte. Sie wirbelte von einer Seite zur anderen und lächelte dabei in die Menge. Den Text des Songs kannte sie auswendig und brauchte ihn nicht abzulesen.

»All I want for Christmas is you!«
Und dann kam es, wie es kommen musste. Bei diesem Satz
wies sie mit dem Finger auf mich, und ich begriff auf der Stelle,
dass ich mit diesem »you« gemeint war. Ich, der ich bis zuletzt
gehofft hatte, mich auf den Hintergrundgesang beschränken zu
können. Sie forderte mich tatsächlich auf, für die nächste Strophe zu ihr aufzuschließen.

Es gab kein Entkommen. Ich hätte allenfalls so tun können, als hätte ich diesen ausgestreckten Finger nicht gesehen.
Es musste doch so etwas geben wie eine plötzlich eintretende
Blindheit. Schließlich gab es auch Menschen, deren Haare aufgrund eines furchtbaren Schrecknisses plötzlich weiß wurden.
Instinktiv fuhr ich mir mit der Hand durchs Haar: Was, wenn
sie am Ende weiß geworden waren?

Laly ließ mir keine Zeit, das zu überprüfen. Sie zog mich
mit einer für eine so zierliche Person verblüffenden Kraft ins
Rampenlicht. Vermutlich trainierten sie in der Schule von Arnac-la-Poste auch noch das Ringen im griechisch-römischen
Stil.

Dann schob sie mich zum Mikrofon. Ein Teil meines Rep-
tiliengehirns begriff, was zu tun war, und so fing ich an, die
Worte vorzulesen, die auf dem Tablet zu sehen waren.

Ich glaubte schon, ich könnte auf diese Weise davonkommen, als ich Lalys entsetzten Blick auffing. Was ich durchaus für
Gesang gehalten hatte, war letztlich nur ein verzagtes Gemurmel gewesen. Das Publikum hatte sich zur Bühne vorgebeugt
und spitzte die Ohren. Mein Blick kreuzte sich mit dem von
Antoine, und ich sah den unverhohlenen Spott in seinen Zügen. Auch das Lachen von Madame Capuchon, die sich mit
Antoine bereits als den sicheren Sieger sah, war zu hören.

Aber genau das brauchte es, um den Showman in mir wach-
zurufen. Ich hatte zwar nicht gewusst, dass dieser Showman in
mir existierte, aber es gab ihn offenbar tatsächlich. Mit fester

Hand schnappte ich das Mikrofon und schmetterte laut und deutlich:

»*Oh baby, all I want for Christmas is you, You baby.*«

Mein plötzliches Erwachen sprang auf die Menge über, die wie elektrisiert auf diesen Umschwung reagierte. Ich meinte sogar hier und da Rufe wie »Bravo« und »Hurra« zu hören, aber möglicherweise habe ich das auch nur geträumt. Ich wagte mich in gefährliche Höhen, aber niemand schien mir das zu verübeln. Jetzt galt es noch, eine Choreografie in Angriff zu nehmen. Ich vollführte eine Reihe von Hüftschwüngen, die irgendwo zwischen den Bewegungskünsten von Snoop Dogg und Elvis angesiedelt waren. Einmal in Fahrt, konnte mich nun nichts mehr aufhalten. Ich beherrschte nicht viele Tanzbewegungen, aber mein Körper, der sich von meinem Gehirn abgekoppelt hatte, übernahm jetzt das Kommando. Einer Drehung mit weit ausholenden Armbewegungen folgten geschmeidige Schrittfolgen nach rechts und links. Ein kleiner Ballerino auf Dope.

Laly gesellte sich für die verbleibenden Takte neben mich, und Seite an Seite entfachten wir ein wahres Feuerwerk.

In meinem Adrenalinrausch forderte ich das Publikum auf, zu uns auf die Bühne zu kommen. Nicolas trug Angelica herauf und setzte sie auf den Thron des Weihnachtsmanns, der als Dekor auf der Bühne stand. Der Bürgermeister und ein paar gute Seelen vervollständigten die Szene. Jetzt verfügten wir über echte Backgroundsänger.

Mit den letzten Noten kamen auch wir zum krönenden Abschluss. Laly und ich übertrumpften uns förmlich mit ausgelassenen *Ouh* und *yeah* bis zu einem allerletzten:

»*All I want for Christmas is you!*«

Genau in diesem Augenblick gab Laly ihrem Vater ein Zeichen, damit er auf einen Knopf drückte. Ich hatte keine Ahnung, was nun folgen und was die Zeitung von Arnac-la-Poste später als den Höhepunkt der Veranstaltung bezeichnen würde. Ein Regen bunter Luftballons schwebte auf das restlos eroberte Publikum nieder.

Es war eine der schönsten Darbietungen, die man beim Weihnachtskaraoke in Arnac-la-Poste jemals gesehen hatte.

Und nie hatte der Gemeindesaal festlicher ausgesehen.

44

Auf der dicht bevölkerten Tanzfläche waren jetzt unterschiedliche Versionen des legendären Tanzes von John Travolta und Uma Thurman zu bewundern. Alle tanzten und hatten Spaß. Sogar ich. Seit meinem Karaoke-Auftritt schwebte ich wie auf einer Wolke. Das musste die Euphorie sein, die ein Überlebender empfindet ... Ich genoss es, stolz auf mich zu sein. Ich hatte den Karpfen über Bord geworfen und war zu einem Respekt einflößenden Hai geworden, der sich angstfrei im Ozean bewegt.

Ich genoss es, all diese glücklichen Gesichter um mich herum zu sehen. Angelica war auf der Tanzfläche zu uns gestoßen. Nicolas bewegte ihren Rollstuhl im Rhythmus der Musik. Selbst Cristal verbrachte einen schönen Abend. Auch sie hatte einen Ritter gefunden, einen weißen Zwergspitz, den sie um einen Kopf überragte.

Zwischen zwei Disco-Moves erhaschte ich einen Blick auf Antoine, den Psychopathen, der missmutig zu mir herübersah. Seine Enttäuschung über die Niederlage beim Karaoke musste tief sitzen, aber ich glaubte noch etwas anderes wahrzunehmen. Er führte irgendetwas Ungutes im Schilde, da war ich ganz sicher.

Laly fasste nach meiner Hand und drehte sich unter meinem Arm hindurch wie bei einer Rock-'n'-Roll-Figur. Sicher auch eine der zahlreichen Fertigkeiten, die man in Arnac-la-Poste in der Schule lernte.

Jetzt, wo ich mich rundum wohl in meiner Haut fühlte,

wollte ich den Abend in vollen Zügen genießen. Der Ex-Sträfling Antoine mochte mich verfluchen wie er wollte, es war mir vollkommen gleichgültig. Ich wollte all die Abendveranstaltungen und Festivitäten nachholen, die ich in meinem Leben verpasst hatte. Ich entdeckte gerade meine Jugend und meine Sorglosigkeit.

Die rhythmische, temporeiche Musik wechselte jetzt zu melodiöseren, sanfteren Songs. Ich trat näher an Laly heran und fasste sie, weit selbstsicherer, als ich je gedacht hätte, um die Taille. Der Apfelgeruch ihres Shampoos kitzelte mich in der Nase, und mir kam der Gedanke, dass ich nie wieder einen Granny Smith würde essen können, ohne an sie zu denken. Der weitere Obstgenuss in meinem Leben würde untrennbar mit dieser Weihnachtsmission verknüpft bleiben.

Ich war alles andere als ein Experte für Gefühlsangelegenheiten, eigentlich war ich sogar genau das Gegenteil davon. Hatte ich doch als Kind beschlossen, meinen Gefühlen niemals freien Lauf zu lassen. Tief in meinem Innern schwelte immer noch diese Angst vor dem Tod – nicht vor meinem eigenen, sondern vor dem der Personen, die ich liebte. Was, wenn ich Unglück brachte?

Aber am heutigen Abend des 23. Dezembers wollte ich mich von dieser Angst befreien. Die Ketten des Fatalismus lösen. Morgen würde mein Aufenthalt hier enden, und ich würde mit einem Verlagsvertrag unter dem Arm zurückfahren. Vielleicht könnte Laly mich begleiten und miterleben, wie ich in meinem neuen Lektorenbüro bei Delamare meinem Traumberuf nachging. Ich würde sie ermuntern, das Schreiben wieder aufzunehmen und einen neuen Roman zu verfassen. Wir würden eine Konfrontation mit dem niederträchtigen Côme de Balzancourt, diesem Thronräuber und Verräter, in die Wege leiten. Das Leben konnte schön sein.

Beflügelt von diesen Plänen, nickte ich mir selbst fest entschlossen zu. Hier und jetzt würde ich ihr meine Gefühle gestehen.

»Laly, ich muss dir etwas sagen …«

»Du siehst plötzlich so ernst aus. Ist alles in Ordnung?«

Ich wischte mir eine Schweißperle von der Stirn. Die Angelegenheit gestaltete sich schwieriger als gedacht.

»Ich wollte mit dir reden, und zwar über …«

»Ist es wegen Antoine? Mach dir nichts draus. Er ist ein schlechter Verlierer, aber ansonsten ein netter Kerl.«

Antoine, der Serienmörder mit dem bösen Blick? Da hatte ich meine Zweifel. Aber es war jetzt nicht der richtige Zeitpunkt, um eine Diskussion über Lalys fragwürdigen Männergeschmack zu entfachen.

»Es lässt sich nicht so leicht in Worte fassen. Ich weiß nicht, ob du bemerkt hast, dass …«

»Sprichst du von meinem Vater und Angelica? Um ehrlich zu sein, habe ich schon so etwas geahnt.«

»Nein, ich …«

»Sie wirken in letzter Zeit viel glücklicher.«

»Ich spreche von uns!«

Diese Worte waren mir etwas zu laut herausgerutscht, und einen Augenblick lang befürchtete ich, alle um uns herum hätten sie gehört. Zum Glück übertönte die Musik jedoch alles.

»Von uns?«, wiederholte Laly mit großen Augen.

Ich trat von einem Fuß auf den anderen und fühlte mich extrem unwohl.

»Wir haben viel Zeit zusammen verbracht und …«

»Wir geben ein gutes Team ab.«

»Ja! Genau darum geht es. Durch diese Zeit mit dir ist mir klar geworden, dass mir viel …«

Es gelang mir nicht, die richtigen Worte zu finden. Ich fuhr mir mit einer Hand durchs Haar, bevor ich noch einmal ansetzte:

»Was ich sagen will … ich glaube, oder besser gesagt, ich bin sicher, so sicher, wie man bei solchen Dingen eben sein kann, dass … Kurz und gut, ich …«

Das Klingeln von Lalys Handy unterbrach mich, und ich widerstand dem drängenden Wunsch, es ihr zu entreißen, auf den Boden zu werfen und darauf herumzutrampeln.

Sie sah auf das Display und wich etwas zurück. Noch zögerte sie, denn sie hatte begriffen, dass dies ein bedeutender Augenblick war. Wieder blickte sie auf das Display, und ich konnte den Namen des Anrufers entziffern: Liam.

»Da muss ich rangehen.«

Sie löste sich endgültig aus meinen Armen und kehrte mir den Rücken zu, um in eine ruhigere Ecke des Saals zu gelangen.

Ich war wie benommen. Es gelang mir nicht, die Situation korrekt zu analysieren. Angelica verpasste mir einen Schlag in den Rücken. Dass sie im Rollstuhl saß, änderte nicht das Geringste an ihrer Schlagkraft.

»Alles in Ordnung, Ben?«

»Ich weiß nicht … Laly hat einen Anruf erhalten.«

Angelica verstand nicht wirklich, was daran so dramatisch sein sollte.

»Sie kommt gleich zurück, da bin ich ganz sicher.«

Dann runzelte sie die Stirn.

»Allerdings warne ich dich lieber schon mal vor. Ich habe eine Dissonanz in deinem Horoskop entdeckt. Venus ist in Opposition.«

Ich beschloss, Angelicas astrologischen Betrachtungen keine Beachtung zu schenken. Da die beiden Frauen einander nahestanden, wollte ich die Gelegenheit vielmehr nutzen, um mir Aufschluss zu verschaffen:

»Wer ist Liam?«

Ein Lächeln zeichnete sich auf ihrem Gesicht ab.

»Liam ist Lalys große Liebe.«

Ich lehnte mich gegen einen Tannenbaum, um nicht umzufallen.

»War das nicht Marc?«

Sie tat diese Möglichkeit mit einer entschiedenen Handbewegung ab.

»Aber nein! Er war ihr Ehemann. Das mit Liam ist etwas ganz anderes.«

Hinter ihr tauchte Nicolas auf, der sich im Takt zu der Musik wiegte. Er fasste nach Angelicas Rollstuhl und drehte ihn im Kreis.

»Nicolas! Du bist ja verrückt!«, rief sie ihm lachend zu.

Die beiden Frischverliebten ließen mich allein. Ich fühlte mich verraten. Was für ein Idiot war ich gewesen. Ich war kurz davor gewesen, einer Frau mein Herz auf dem Silbertablett zu servieren. Einer Frau, die bereits gebunden war. Wie hatte ich auch nur eine Minute lang glauben können, dass Laly frei war? Eine so schöne, intelligente, lustige, unabhängige Frau ...

Trotzdem hatte sie mir aber nie etwas von diesem Liam erzählt. Warum nur? Spielte sie ein grausames Spiel? Wollte sie sich über mich lustig machen?

Was hatte der nahe Moment zwischen uns während des Unwetters in der Hütte zu bedeuten? Ich hatte schließlich nicht geträumt! Aber die Umstände waren außergewöhnlich gewesen. Es musste sich um eine kurze Verirrung ihrerseits gehandelt haben, nichts weiter. Sie hatte es selbst gesagt: Wir waren ein gutes Team. Während ich mich in romantische Filme hineinträumte, sah sie in mir einen Freund.

Reglos stand ich da, unfähig, mich in der tanzenden Menge von der Stelle zu rühren.

Ich war ein Hai. Haie müssen in Bewegung bleiben, sie müssen schwimmen, um nicht zu sterben. Ich schwamm nicht mehr.

45

Ich ertränkte meinen Kummer in dem Punsch, der nach Zitrusaromen und Zimt schmeckte. Ich war schon bei der zweiten Kelle angekommen, als Laly wieder auftauchte. In meinem Kopf hatte ich eine fulminante Rede entworfen. Sie musste mir einfach zuhören. Das war sie mir schuldig. Wenn nicht aus Liebe, so zumindest aus Freundschaft. Wir hatten in den letzten Tagen vieles gemeinsam erlebt und durchgestanden, das musste doch etwas bedeuten.

Ich ging gerade meine Anfangsworte noch einmal durch – eine reichlich melodramatische Mischung aus Empörung und Anschuldigungen –, als sie forschen Schrittes auf mich zukam. Ihr regloses Gesicht erstickte jede aufmüpfige Anwandlung im Keim. Ihr Blick war eiskalt, ihre Haltung entschlossen.

Ich fühlte mich in die Enge getrieben und auf der Stelle ein wenig schuldig, ohne dass mir der Grund dafür klar war – wie ein Kind, dem man eine Dummheit vorhält, an die es sich nicht erinnert. Aber es gelang mir, mich zusammenzureißen. Keinesfalls durften hier die Rollen vertauscht werden. Sie war diejenige, die mit meinen Gefühlen gespielt hatte. Sie hatte mich mitten in meinem Geständnis stehen lassen, um einen Anruf ihres vor mir geheim gehaltenen Verehrers entgegenzunehmen, wo ich doch gerade dabei war, mich ihr zu erklären. Wenn einer von uns beiden das Recht hatte, wütend zu sein, dann war ich das.

Als sie mich erreicht hatte, griff sie nach meinem Arm und zog mich zum Ausgang. Die wenigen Meter, die wir ohne ein Wort zurücklegten, kamen mir wie Kilometer vor. Sie riss die

Tür auf, und mir schlug ein eisiger Windstoß ins Gesicht. Es fühlte sich beinahe wie eine Ohrfeige auf meiner Wange an. Aber der tatsächliche Schlag traf mich mit Lalys Worten.

»Ich weiß alles!«

Das war exakt der Satz, den ich ihr hatte entgegenschleudern wollen. Ich war gleichermaßen empört und verwirrt. Ich verstand nicht, wovon sie sprach. Sie war diejenige, die mir ihren Freund verheimlicht hatte, und nicht etwa umgekehrt.

Mein Schweigen verstärkte ihren Zorn nur noch mehr.

»Du hast mich von Anfang an belogen!«

Ich wies mit anklagendem Finger auf sie.

»Du hast mich belogen!«

Sie riss die Augen auf.

»Ich?«

Ich machte einen Schritt auf sie zu.

»Du hast deinen Freund mit keinem Wort erwähnt. Du hast dich gnadenlos über mich lustig gemacht.«

»Welchen Freund denn? Marc war mein Ehemann, das habe ich dir gesagt.«

»Tu nicht so unschuldig, ich spreche von Liam.«

»Liam?«

Ihr vorgetäuschtes Erstaunen fachte meine Wut weiter an. Nicht einmal jetzt konnte sie die Tatsachen zugeben, dabei wäre das doch das Mindeste gewesen! Warum leugnete sie so hartnäckig? Sie brachte mir nicht den geringsten Respekt entgegen. In ihren Augen hatte ich nicht einmal die Wahrheit verdient.

»Was war ich denn überhaupt für dich? Ich war in deinem grausamen Spiel wohl gerade gut genug, um deine Stimmung zu heben, nicht wahr? Du musstest dir beweisen, dass du immer noch verführerisch bist, nachdem dein Ehemann dich sitzen gelassen hat.«

Meine Worte schossen weit über meine Gedanken hinaus, das wusste ich, aber ich war nicht mehr in der Lage, sachlich zu bleiben. Mein Herz war gebrochen, und eine klaffende Wunde kann einen Menschen ebenso zur Raserei treiben wie ein verletztes Tier.

Laly schien getroffen, als hätte eine Kugel sie durchbohrt. Worte sind gefährliche Waffen. Aber ich hatte eine starke Frau vor mir, die nicht bereit war aufzugeben. Sie gewann ihre Fassung zurück, indem sie sich an ihrem weihnachtlichen Kleid zu schaffen machte, an dem es nichts zurechtzuziehen gab.

»Antoine hat dich gehört, als du mit meinem Vater gesprochen hast.«

Also hatte sich doch jemand hinter dem Tannenbaum versteckt! Das sah ihm ähnlich. Antoine, der Spanner. Antoine, der gleich zu Laly gelaufen war, um ihr alles weiterzuerzählen. Antoine, der überglücklich war, ihr von meinen Missetaten zu berichten. Das erklärte seinen Blick von vorhin. Er hatte nur auf die Gelegenheit zum Angriff gewartet.

Laly ließ mir keine Zeit, ihre Worte sacken zu lassen.

»Du machst dich die ganze Zeit über mich lustig. Die Tochter des Weihnachtsmanns, die jemanden braucht, der sich um sie kümmert. Wie erbärmlich das ist!«

»Es ist nicht so, wie du denkst …«

»Ach ja? Hat mein Vater dich etwa nicht beauftragt, Zeit mit mir zu verbringen, damit ich nach meiner schwierigen Scheidung den Sinn für Weihnachten wiederfinde? Und hat er dir nicht im Gegenzug einen Verlagsvertrag versprochen?«

Verdrossen nickte ich.

»Doch, das stimmt.«

Unvermutet lief eine Träne über Lalys Wange, die sie entschlossen fortwischte.

»Wir haben so viel Zeit zusammen verbracht. Die Aufgaben beim Marathon, das Iglu im Schnee … Dabei hast du mir von Anfang an etwas vorgespielt und dich auch noch von meinem Vater bezahlen lassen!«

Wenigstens das wollte ich klarstellen:

»Dein Vater hat mich nicht bezahlt. Ich habe es für das Manuskript getan. Aber nur am Anfang …«

»Für dich hat also ein bloßes Manuskript mehr Bedeutung als ein echter Mensch. Du bist genau wie Marc.«

Das war wirklich die schlimmste aller Beleidigungen. Sie verglich mich mit dem Mann, der ihr Buch gestohlen hatte, um es als seines auszugeben. Mit einem Lügner, einem Betrüger, einem … Schlagartig erkannte ich, dass mein Verhalten sich gar nicht so sehr von seinem unterschied. Ich hatte Laly belogen, ich hatte sie über den Grund meines Kommens und über die Abmachung mit ihrem Vater im Dunkeln gelassen.

»Es tut mir leid. Ich wollte dir alles sagen, aber ich habe nie den richtigen Augenblick gefunden.«

»Es gibt immer einen Augenblick für die Wahrheit.«

»Ich war ehrlich zu dir. Unsere gemeinsamen Momente …«

»Ehrlich? Das Wort klingt aus deinem Mund wie der blanke Hohn.«

Sie ging auf und ab, um sich zu beruhigen. Ich stand wie festgenagelt da und spürte, wie die Kälte in mir hochkroch. Ich dachte an all die Momente, in denen ich ihr die Wahrheit hatte sagen wollen. Bei jeder Gelegenheit war ich unterbrochen worden. War das Schicksal gewesen oder einfach nur Trägheit? Es war Angst. Ich hatte mich davor gefürchtet, in Lalys Augen die Enttäuschung zu sehen, die ich jetzt so deutlich erkennen konnte.

Ihre Wut wäre mir um vieles lieber gewesen. Wut geht vorüber, Enttäuschung bleibt. Mir wurde klar, dass ich mit meinem Bestreben, diesen Augenblick zu vermeiden, alles nur noch schlimmer gemacht hatte.

Ich musste unbedingt etwas unternehmen, ich musste etwas tun, um die Folgen meines Fehlers abzumildern. Ich konnte Laly nicht in einem solchen Zustand gehen lassen. Selbst wenn ihr Herz einem anderen gehörte, konnte ich es nicht ertragen, sie so unglücklich zu sehen.

»Dein Vater und ich wollten nur das Beste für dich.«

»Mit ihm werde ich später noch reden.«

Ihr Tonfall verriet mir, dass Nicolas ein paar unschöne Minuten bevorstanden.

»Er hat das getan, weil er dich liebt. Er wollte dir lediglich helfen.«

»Ich bin keine ›Jungfrau in Not‹! Mir muss kein ehrgeiziger Karrierist zu Hilfe eilen. Ich brauche niemanden!«

»Außer Liam!«

Sie schüttelte den Kopf. Abgrundtiefe Enttäuschung lag in ihrem Blick. Trotz allem wollte ich ihr aber begreiflich machen, warum ich auf diesen seltsamen Handel mit ihrem Vater eingegangen war.

»Anfangs war es wirklich ein Auftrag für mich. Ich wollte unbedingt Lektor werden. Du kennst mich nicht, Laly. Mir ist nie etwas gelungen. Mein Leben ist eine Abfolge von Niederlagen und Enttäuschungen. Als ich den Roman deines Vaters gelesen habe, wusste ich sofort, dass es ein Text ist, wie man ihn selten findet. Also wollte ich den Autor treffen, um den Text in die Welt zu bringen. Ich habe nicht damit gerechnet, auf den Weihnachtsmann von Arnac-la-Poste zu stoßen, der das Glück seiner Tochter zur Bedingung für seine Unterschrift unter einen Vertrag macht. Was hättest du denn an meiner Stelle getan?«

»Ich hätte abgelehnt!«

»Wenn ich das getan hätte, wäre ich als absolute Niete in den Verlag zurückgekehrt und hätte mein ganzes Leben damit verbracht, Ablehnungsbescheide an verzweifelte Autoren zu verfassen.«

Ich atmete hörbar aus, als könnte ich damit den ganzen Verdruss fortblasen, den ich empfand. Dann holte ich tief Luft, um mit meinen Erklärungen fortzufahren:

»Du warst für mich eine Chance, Laly. Du warst die glückliche Fügung, die mein Leben viel besser und interessanter machen könnte.«

»Das klingt wirklich reizend ...«

»Aber ich wusste doch nicht, wie sehr ich deine Gesellschaft genießen würde. Es war kein Spiel mehr für mich. Es war echt. Alles war echt. Der Schneemann, das Iglu, das Backen, der Sprung, ›Ist das Leben nicht schön?‹, das Schlittschuhlaufen, die Hütte ... Alles!«

Laly schaute weiter zu Boden. Sie brachte es offenbar nicht über sich, mich anzusehen. Ich fürchtete, ihre Wangen könnten tränenüberströmt sein, aber als sie sich endlich zusammenriss und zu mir aufsah, war ihr Blick abweisend und sie sagte kühl:

»Wenn man es recht betrachtet, Ben, dann hast du tatsächlich etwas geschafft. Ich hätte nie gedacht, dass ich nach Marc noch einmal so sehr leiden könnte, aber du hast mir das Gegenteil bewiesen. Einen Augenblick lang habe ich wirklich geglaubt, dass alles wieder möglich sein könnte, dass sich der Zauber der Weihnachtstage wieder einstellen würde. Wie konnte ich nur so dumm sein!«

Sie biss sich auf die Lippe, wie sie es jedes Mal tat, wenn sie etwas Wichtiges zu sagen hatte.

»Ich will dich nie wieder sehen.«

In ihren Zügen lagen gleichermaßen Erschütterung und Bestimmtheit. Ich musste an eine Landschaft denken, die von einem Unwetter heimgesucht und verwüstet wird, und es schmerzte mich, dass ich der Grund dafür war.

Sie warf mir einen letzten Blick zu, und ich wusste auf der Stelle, dass dieser Ausdruck mich mein Leben lang verfolgen würde. Dann kehrte sie mir den Rücken zu und verschwand in der Eiseskälte.

Als ich sie so entschlossen davongehen sah, fühlte ich mich schlagartig selbst wie eine verwüstete Landschaft.

46

Den Weg zum Gästehaus legte ich zu Fuß zurück. Ich hoffte, dass die kalte Luft mir helfen würde, wieder etwas Ordnung in meine Gedanken zu bringen, aber in Wirklichkeit erlegte ich mir damit nur eine dumme und vergebliche Strafe auf. Meine angehende Lungenentzündung würde Laly nichts helfen. Ich hatte ihr das Weihnachtsfest verdorben, meinen Auftrag in den Sand gesetzt und meine Freunde verraten.

Die wohltuende Wärme des Gästehauses stand in krassem Gegensatz zu der Verzweiflung, die in mir herrschte. Ich hatte alles verspielt: die Frau, die ich liebte; *Die Versöhnung* und wahrscheinlich auch meine Stelle. Shanti hatte mich gewarnt: Entweder ich kehrte erfolgreich zurück oder sie würde mir kündigen. Außerdem hatte ich mich nicht im Entferntesten um die Vorbereitungen für die Weihnachtsfeier gekümmert. Es gab keine Hoffnung mehr.

Selbst die Wut, die ich bei dem Gedanken an Laly in Liams Armen empfand, brachte mir keine Linderung. Die gemütliche Atmosphäre des Gästehauses, die ich so mochte, kam mir mit einem Mal erdrückend vor. Die Weihnachtsdekoration, die ich eigentlich liebgewonnen hatte, empfand ich jetzt als lächerlich und angesichts meiner Traurigkeit vollkommen fehl am Platz. Ich war zu einem Fremden in diesem Haus geworden, das mich wie ein Familienmitglied aufgenommen hatte.

Zum Glück war Angelica nicht da. Ich hätte mich ihrer Enttäuschung nicht stellen können. Dazu fehlte mir der Mut. Wie ein Dieb, der ich schließlich auch war, huschte ich in mein

Zimmer, um meine Habseligkeiten zusammenzuraffen und abzureisen.

Ich stellte meine Reisetasche auf den mit Sternen und Monden gemusterten Bettüberwurf und öffnete sie, um meine Kleidungsstücke hineinzuwerfen. Aber seit meiner Ankunft war einiges hinzugekommen, das nun auch untergebracht werden musste. Unglaublich, dass ich nur einen einzigen Tag hatte bleiben wollen!

Ich versuchte, alle in dem Bekleidungsgeschäft erstandenen Teile in die Tasche zu stopfen, aber selbst mit Gewalt ließ sie sich nicht mehr schließen. Ich seufzte. Nicht einmal das klappte heute Abend. Ich würde zusätzlich ein paar Tüten benötigen. In der Küche hatte ich welche gesehen.

Leise öffnete ich die Zimmertür einen Spalt breit und spitzte die Ohren. Niemand. Ich wollte auf gar keinen Fall das Risiko eingehen, auf Angelica oder, noch schlimmer, auf Nicolas zu treffen. Oder – am allerschlimmsten – auf Laly.

Vorsichtig schlich ich über die Holzdielen, um sie nicht zum Knarzen zu bringen. Dann huschte ich so leise wie ein Yamakasi die Treppe hinunter und erreichte ungesehen die Küche. Im Schrank unter dem Spülstein fand ich drei Plastiktüten. Trotz allem konnte ich den Anflug eines Lächelns nicht unterdrücken, als ich ihre Aufschriften las: »Taxi Robert Courrier«, »Bekleidung Robert Courrier« und »Wellness und Spa Robert Courrier«. Der Bürgermeister von Arnac-la-Poste versetzte mich immer wieder in Erstaunen.

Im Eiltempo stieg ich die Treppe wieder hinauf und beglückwünschte mich schon dazu, meinen Weg so leise und unbemerkt zurückgelegt zu haben, als mein Handy plötzlich klingelte. Die Melodie von Super Mario schallte durch das Treppenhaus, und ich ahnte bereits, wer mich da zu später Stunde anrief. Offenbar hatte Phineas einen neuen Klingelton auf mein Handy geladen.

314

So schnell wie möglich nahm ich das Gespräch an, um nicht das ganze Haus aufzuwecken und doch noch bei meinem Tun erwischt zu werden.

»Schsch!«, schrie ich in das Gerät.

»Selber schsch!«, antwortete mir der Nerd.

Ich huschte in mein Zimmer und schloss die Tür. Dann sank ich mit dem Gefühl aufs Bett, einen olympiareifen Sprint absolviert zu haben.

»Ist da jemand? Ben?«, fragte Phineas etwas besorgt.

Ich griff wieder nach dem Handy, das ich neben mir auf die Matratze hatte fallen lassen.

»Tut mir leid, du hast einen schlechten Zeitpunkt erwischt.«

»Du scheinst mir nicht in bester Verfassung zu sein.«

»Nicht wirklich, nein.«

»Meine Psychologin meint, dass es gut ist, sich in schwierigen Augenblicken jemandem anzuvertrauen. Menschen teilen Emotionen angeblich gern miteinander. Willst du, dass ich im Internet nach einer Gruppe suche, die dir beistehen könnte?«

»Du hast recht. Vielleicht sollte ich …«

Ich hörte das Klicken der Tastatur.

»In deiner Nähe finde ich den Freundeskreis ehemaliger Briefträger unter dem Vorsitz von Robert Courrier, die Vereinigung der Taxifahrer von Arnac-la-Poste unter der Leitung von Robert Courrier und den Verband der Bürgermeister kleiner Städte mit dem Ehrenmitglied – das errätst du nie – Robert Courrier! Ein vielbeschäftigter Mann, das lässt sich nicht leugnen!«

»Ich kann auch mit dir reden.«

»Mit mir?«

»Ja, im Grunde sind wir doch Freunde.«

»Ehrlich?«

»Ja.«

»Das finde ich schön! Wenn ich meiner Psychologin sage,

dass ich einen Freund habe, erlaubt sie mir sicher, einige Minuten im *Dark Web* zu surfen. Also, Ben, was ist passiert?«

Ich schloss die Augen, und sofort sah ich die Szene wieder vor mir.

»Laly hat alles herausgefunden.«

»Und wie hat sie es aufgenommen?«

»Schlecht, sehr schlecht.«

»Ich habe dir ja gesagt, dass du ihr alles gestehen musst.«

»Das hast du mir nie gesagt!«, begehrte ich auf.

»Ehrlich? Bist du sicher? Jedenfalls war ich felsenfest davon überzeugt, dass du alles hättest beichten sollen. Es war klar, dass sie am Ende die Wahrheit herausfindet und dass sie dann nicht begeistert sein wird. Schließlich hast du sie belogen.«

»Auf welcher Seite stehst du überhaupt?«

»Muss ich mich für eine Seite entscheiden? Das wusste ich nicht. Dieses Freundschafts-Ding ist etwas ziemlich Neues für mich.«

Ich fragte mich, ob ich mir den richtigen Vertrauten ausgesucht hatte … Aber er hatte eben auch recht. Es war normal, dass Laly sich verraten und sogar gedemütigt fühlte.

»Außerdem war ich so wütend wegen diesem Liam«, dachte ich laut nach.

»Liam? Was hat der denn mit der ganzen Geschichte zu tun?«

Ich nahm meinen Kopf zwischen beide Hände.

»Ich hätte auf dich hören sollen. Du hast mich schließlich gewarnt, was Liam betrifft, aber ich habe dich nicht ausreden lassen.«

»Darf ich diese Unterhaltung aufnehmen? Alles, was du sagst, wird für mich sehr hilfreich sein vor der Rehabilitationskommission. Ich darf erst wieder ohne Einschränkung am digitalen Leben teilnehmen, wenn die Kommission das gutheißt. Würdest du zu meinen Gunsten aussagen?«

»Du hattest in Lalys SMS geschnüffelt und herausgefunden, dass er oft dort auftaucht.«

»Äh, diesen Teil unseres Gesprächs nehme ich lieber nicht auf.«

»Ich wollte ihr Privatleben respektieren, und das ist dabei herausgekommen! Ich sollte es wie du machen und mich nicht um ethische Grenzen kümmern.«

»Diesen Teil nehme ich auch nicht auf. Wenn ich es recht bedenke, möchte ich doch lieber nicht, dass du für mich aussagst …«

»Ich habe mich total lächerlich gemacht. Weißt du, dass ich kurz davor war, ihr meine Gefühle zu gestehen? Wie idiotisch von mir!«

Ich hörte Phineas seufzen. Er hatte offenbar Schwierigkeiten, mir zu folgen.

»Ich verstehe nicht, was ein kleiner Junge mit der ganzen Geschichte zu tun hat.«

Ich massierte mir die Schläfen, um eine drohende Migräne vielleicht noch abzuwenden.

»Wovon redest du?«

»Nein, wovon redest *du?*«

»Welcher kleine Junge?«

»Liam.«

»Phineas, versuch doch bitte, bei der Sache zu bleiben. Ich spreche von Liam, Lalys heimlichem Freund.«

»Kennt sie denn zwei Personen, die Liam heißen? Es ist doch ein eher seltener Vorname …«

»Aber nein! Nur einen einzigen. Den, mit dem sie lange Gespräche am Telefon führt und der ihr verliebte Nachrichten schickt.«

»In diesem Fall kann ich dir versichern, dass Liam tatsächlich ihr Freund ist. Aber er ist wirklich noch sehr klein. Einen Meter dreißig groß, würde ich sagen. Er ist neun Jahre alt.«

Ich fuhr so plötzlich hoch, dass ich die Nachttischlampe gefährlich zum Schwanken brachte.

»Was sagst du da?«

»Liam ist ein Kind. Ihr Patenkind. Seine Mutter ist Lalys beste Freundin, und da sie berufsbedingt eine Weile verreisen muss, wird Laly sich während dieser Zeit um ihn kümmern. Die Nachrichten und Gespräche mit Liam haben damit zu tun, dass er sie besuchen wird und einiges vorbereitet werden muss.«

Ich sank ans Fußende meines Bettes. Was für ein Dummkopf war ich doch! Ich war eifersüchtig auf ein Kind gewesen! Ich musste daran denken, wie verletzt Laly mich angesehen hatte, als ich sie beschuldigte, nicht aufrichtig zu sein, obwohl ich derjenige war, der sie von Anfang an belogen hatte.

»Sie will nie wieder mit mir sprechen.«

»Du könntest versuchen, dich zu entschuldigen.«

»Es ist zu spät, ich habe alles vermasselt.«

»Ich bin kein Experte für zwischenmenschliche Beziehungen, aber ich finde, es wäre schade, ein Missverständnis so stehen zu lassen und abzureisen.«

»Sie will mich nie wiedersehen.«

»Das kannst du nicht wissen.«

»Doch, sie hat es mir gesagt.«

»Wenn das so ist, scheint es tatsächlich nicht zu klappen. Was hast du jetzt vor?«

»Ich nehme den nächsten Zug nach Paris. Dann komme ich genau rechtzeitig zu der nicht organisierten Weihnachtsfeier im Verlag und lasse mich feuern, denn ich habe weder einen Vertrag in der Tasche noch die Feier vorbereitet.«

»Du musst das nicht tun.«

»Ich muss Verantwortung für alles übernehmen. Ich muss diese ganze Geschichte zu Ende bringen.«

Ich hörte Phineas' Finger über die Tasten seines Laptops fliegen.

»Ich weiß nicht, was man in solchen Fällen sagt. Dazu gibt es keine Anleitung.«

»Und zwar deshalb, weil es nichts mehr zu sagen gibt. Danke, dass du mit mir gesprochen hast, Phineas. Ich wünsche dir schöne Weihnachten!«

Mein lieber Nerd schien noch etwas sagen zu wollen, besann sich dann aber anders. Vermutlich hatte er mich überzeugen wollen, in Arnac-la-Poste zu bleiben, um alles in Ordnung zu bringen, und dann eingesehen, dass dieser Versuch zum Scheitern verurteilt war.

»Fröhliche Weihnachten«, lauteten dann auch seine abschließenden Worte.

Nachdem das Gespräch beendet war, beschlich mich ein seltsames Gefühl. Ich war zugleich erleichtert und am Boden zerstört. Erleichtert, weil ich erfahren hatte, dass Laly mir keinen geheimnisvollen Gefährten verheimlicht hatte, und am Boden zerstört, weil mir jetzt klar war, dass ich alles zwischen uns vermasselt hatte.

Ich schüttelte mehrmals den Kopf, um das Bild von der über Lalys Wange laufenden Träne zu vertreiben. Ich war und blieb ein Unglücksrabe. Wenn es einmal jemanden gab, der mir etwas bedeutete, fügte ich ihm offenbar Leid zu. Letztlich hatte ich meine Einsamkeit mehr als verdient.

Ich stopfte meine Sachen lieblos und grob in die Plastiktüten, schloss meine Reisetasche und verfasste rasch ein Dankeswort an Angelica, das ich auf dem Bett liegen ließ. Dann ging ich langsam die Treppe hinunter und ließ meine Hand ein letztes Mal zärtlich über das hölzerne Geländer gleiten. Draußen warf ich noch einmal einen Blick zurück auf dieses gemütliche Haus mit seiner warmherzigen Atmosphäre, dann verschwand ich in der dunklen Nacht.

47

Der winzige Bahnhof von Arnac-la-Poste war an diesem späten Abend des 23. Dezembers wie ausgestorben. Hier und da hatte man ein paar Lampions aufgehängt, um einen einsamen Reisenden willkommen zu heißen. Obwohl der Wartesaal nicht sonderlich groß war, stand in seiner Mitte ein schöner Tannenbaum, und ich fragte mich, ob er von der Ausbeute des Weihnachtsmarathons stammte. Seine Lichterketten warfen kleine, farbig leuchtende Spots an die Wände ringsum. Da der Schalter nicht mehr besetzt war, ging ich zum Automaten, um eine Fahrkarte für den nächsten Zug zu lösen. Zu dieser vorgerückten Stunde fuhr jedoch gar kein Zug mehr. Ich verfluchte diesen unseligen Abend und alle Ereignisse, die vorgefallen waren. Angelica hatte mich vor einer Dissonanz in meinem Horoskop gewarnt, und sie hatte sich wahrlich nicht getäuscht!

Ich kaufte eine Fahrkarte für den ersten Zug am nächsten Morgen, und mir blieb nichts anderes übrig, als die Nacht hier vor Ort zu verbringen. Ins Gästehaus konnte ich nicht zurück, denn dort lief ich Gefahr, den Menschen zu begegnen, die ich verletzt hatte.

Also bezog ich auf einer hölzernen Bank mein Nachtlager. Die Bequemlichkeit ließ zu wünschen übrig, aber immerhin war es warm in dem Raum. Als Kopfkissenersatz schob ich eine der Plastiktüten unter meinen Kopf. So wie ein Landstreicher. Und in gewisser Weise war ich das auch: ohne Bindungen, ohne Wurzeln, ohne Familie.

Am nächsten Morgen wurde ich durch ein schrilles Pfeifen aufgeweckt. Mein Zug war bereits in den Bahnhof eingefahren. Rasch schnappte ich mein Gepäck und wuchtete es in den erstbesten Wagen. Mit meinem zerzausten Haar, meinem wirren Blick und dem zerknautschten Gesicht musste ich ziemlich verwegen aussehen.

Während der Zug losfuhr, blieb ich am Fenster stehen, um Abschied von Arnac-la-Poste zu nehmen. Der Kirchturm überragte das Dorf, und ich sah vor mir, wie die Händler auf dem Weihnachtsmarkt sich bereits an ihren Ständen zu schaffen machten, um ein letztes Mal ihre Geschenkartikel anzubieten. Ob Laly schon wach war? Ob Angelica den Zettel gelesen hatte, den ich für sie auf dem Bett hatte liegen lassen? Ob Nicolas sein Manuskript schon einem anderen Verlag angeboten hatte?

Ich wandte mich ab, um nicht mehr an all das denken zu müssen, und suchte nach einem Platz. Für Heiligabend waren die Wagen erstaunlich voll. Mein Blick fiel auf eine alte Dame, die allein auf einer Zweierbank saß. Sie hatte sich fein angezogen, die Haare waren makellos in Form gebracht, eine Perlenkette zierte ihren schlanken Hals, und ein perfekt gebügelter Rock fiel weich über ihre Knie. Ihre zierlichen Hände waren von kleinen Altersflecken übersät und ruhten übereinander auf ihrem Schoß wie bei einer Schülerin, die darauf wartet, ihre Lektion aufzusagen.

»Darf ich mich neben Sie setzen?«, fragte ich.

Sie sah zu mir auf, und ich staunte über ihren außerordentlich wachen Blick.

»Sie sind doch kein Drogenabhängiger, oder?«

»Nein! Warum fragen Sie mich so etwas?«

Ihre nun folgende Handbewegung sagte so viel wie »Schauen Sie sich doch einmal an«. In der Tat gab ich keine besonders gute Figur ab.

»Ich hatte nur eine schlechte Nacht«, erklärte ich.

Offensichtlich beruhigt klopfte sie auf den Sitz neben sich.

»Natürlich. Setzen Sie sich, junger Mann.«

Ich verstaute meine Tasche und meine Plastiktüten mehr schlecht als recht im Gepäckfach und nahm neben ihr Platz. Ich hatte vor, in aller Ruhe meinen finsteren Gedanken nachzuhängen, aber meine Nachbarin hatte offenbar andere Pläne.

»Ich bin auf dem Rückweg zu meiner Tochter Léonie. Ich habe einen Freund besucht, Alex. Es ist das erste Weihnachtsfest, das er mit Baby feiert. Das wollte ich nicht verpassen. Wir haben eine wunderschöne Feier zusammen gehabt! Ich liebe diese Jahreszeit, und Sie?«

Ich zuckte mit den Schultern.

»Nicht wirklich.«

»Warum?«

»Ich mag es nicht, wenn man mich zum Glücklichsein zwingt.«

»Na hören Sie mal, dazu kann Sie doch niemand zwingen!«

»Die Lichterketten, der Weihnachtsschmuck, die Lieder ... All diese Dinge sollen einem weismachen, dass Weihnachten der schönste Moment des Jahres ist, und jeden dazu bewegen, in diese kollektive Glückseligkeit einzustimmen.«

Die alte Dame verzog das Gesicht.

»Ich habe vom Winter gesprochen.«

»Ach so, Entschuldigung.«

»Ich hatte schon befürchtet, dass meine Reise ein wenig langweilig würde, aber jetzt habe ich das Gefühl, sie könnte doch recht interessant werden.«

Sie streckte mir ihre kleine Hand entgegen.

»Ich bin Maxine, und ich bin fünfzig Jahre alt.«

Überrascht musterte ich sie etwas genauer. Tiefe Falten, die von häufigem Lächeln zeugten, umgaben ihre Augen. Und die Furchen um ihren Mund herum ließen darauf schließen, dass sie in ihrem Leben auch schmerzliche Erfahrungen gemacht hatte.

Sichtlich enttäuscht, zog sie jetzt einen Schmollmund.

»Schon gut, Sie sind ganz schön scharfsichtig: Ich bin etwas älter als fünfzig. Aber ich bin sicher, wir kommen miteinander klar.«

Noch immer streckte sie mir ihre Hand entgegen. Und jetzt nahm ich sie auch.

»Ich heiße Ben.«

»Sehr schön. Wir haben noch ein paar Stunden, um das Ganze zu entwirren. Dafür brauchen wir erst einmal Rüstzeug.«

»Rüstzeug?«

Statt einer Antwort zog Maxine eine riesige Tasche unter ihrem Sitz hervor, die sie auf ihren Knien platzierte. Daraus kramte sie ein ganzes Sammelsurium von Dingen hervor – von Papiertaschentüchern über einen höchst seltsam anmutenden Hut bis hin zu einem Blaulicht.

Angesichts meiner überraschten Miene entfaltete sie den Hut und fragte mich:

»Wie finden Sie meinen *toortsog*? Es ist ein traditioneller Hut aus der Mongolei.«

Zeit für eine Antwort ließ sie mir nicht. Was hätte ich auch schon antworten sollen? Sie griff nach einer Thermosflasche und zwei kleinen Edelstahl-Bechern, in die sie eine dampfende Flüssigkeit goss.

»Hier, trinken Sie das. Es wird Ihnen guttun.«

Ihre Worte klangen eher wie eine Anweisung als wie ein Rat, und so nahm ich einen der Becher. Ein kleiner Morgentee konnte schließlich kaum schaden. Vermutlich war das ein Heilmittel aus uralten Zeiten …

Trotzdem wartete ich vorsichtshalber, bis sie selbst ihren Becher an die Lippen geführt hatte. Sie leerte ihn in einem Zug, und so nahm auch ich einen Schluck. Auf der Stelle spürte ich ein brennendes Gefühl auf der Zunge. Wie konnte diese alte Dame es angestellt haben, dass ihre Zunge nicht in Flammen stand? Gleich darauf fühlte ich, wie eine alkoholische Wärme meinen Hals hinunterzog.

»Da ist aber nicht nur Tee drin!«

Sie lächelte stolz.

»Ich mische immer ein wenig von meiner Komposition hinzu.«

»Benzin?«

Sie lachte und versetzte mir einen Schlag auf die Schulter, der mich an Angelica und Laly erinnerte.

Trotz des Feuers, das in meiner Kehle loderte, nahm ich einen zweiten Schluck und spürte, wie sich eine gewisse Entspannung bei mir einstellte.

»Jetzt sind wir gesprächsbereit. Erzählen Sie mir, was Ihnen widerfahren ist.«

Gehorsam lieferte ich Maxine eine Zusammenfassung meines Aufenthalts in Arnac-la-Poste.

Sie schloss die Augen, um sich während meiner Ausführungen besser konzentrieren zu können. Aber auch als ich zum Ende gekommen war, blieben ihre Augen geschlossen. Ich wartete ein Weilchen, doch nichts geschah.

»Maxine?«

War sie eingeschlafen? Das Einzige, was meine Geschichte vermocht hatte, war also, sie in einen Schlummer sinken zu lassen. War ich zu allem Unglück auch noch an eine narkoleptische alte Dame geraten?

»Maxine?«

Mit einem Mal fiel es mir wie Schuppen von den Augen. Sie war tot! Jetzt beschränkte sich mein Unstern nicht mehr darauf, diejenigen vor den Kopf zu stoßen, die ich liebte, sondern ich wurde auch unschuldigen neunzigjährigen Damen zum Verhängnis.

Sollte ich um Hilfe rufen? Musste ich die Notbremse ziehen? Ich warf einen verzweifelten Blick zu den anderen Passagieren um mich herum, von denen jedoch keiner etwas bemerkt hatte.

»Also gut, ich glaube …«, gab sie da auf einmal von sich, als sei nichts gewesen.

Ich sprang von meinem Sitz auf.

»Sie sind nicht tot?«

»Nein. Tut mir leid, dass ich Sie enttäuschen muss. Darf ich Sie daran erinnern, dass ich mit meinen gut fünfzig Jahren im Grunde eine junge Frau bin? Ich habe das Leben noch vor mir!«

Vor lauter Erleichterung verspürte ich den Wunsch, sie in die Arme zu schließen.

»Aber warum saßen Sie so lange reglos mit geschlossenen Augen da?«

Sie schüttelte den Kopf.

»Ich habe nachgedacht. Das ist ein großes Problem Ihrer Generation. Sie schaffen es alle nicht mehr, sich Zeit zu nehmen.«

Sie schenkte sich einen weiteren Becher »Tee« ein, und ich reichte ihr auch meinen hinüber.

»Nein, für Sie nicht. Sie sind nicht daran gewöhnt. Ich gehe mit meinem Hauslikör gern sparsam um, und außerdem braucht man einen recht stabilen Magen.«

Sie überprüfte mit einem Blick in die Fensterscheibe, ob ihre Frisur noch saß. Die hübsch aufgedrehten Locken waren in Form. Sie rieb sich die Hände.

»Wenden wir uns den ernsten Dingen zu.«

Sie nahm eine kerzengerade Haltung auf ihrem Sitz ein. Da begriff ich, dass meine anfängliche Assoziation mich getäuscht hatte. Maxine war nicht die Schülerin, die eine Lektion aufsagen wird – sie war die Lehrerin.

48

»Völlig normal, dass Laly wütend war. Niemand lässt sich gern zum Affen halten.«

Das war Maxines erste Lektion. Auch wenn die Redewendung nicht ganz stimmte, war mir klar, was sie meinte.

»Ich wollte nur das Beste …«

»Sie haben Sie angelogen«, versetzte sie trocken und mit strengem Blick.

»Anfangs ja, aber später war ich aufrichtig. Mir liegt wirklich viel an ihr.«

»Wie soll sie sich denn aus Ihrem Verhalten einen Reim schmieden?«

Die alte Dame hatte offensichtlich ein Problem mit Redewendungen, aber ich beschloss, darüber hinwegzugehen. Aus irgendeinem Grund war mir ihre Meinung wichtig.

»Aber Laly trägt auch ein Stück weit Verantwortung. Warum hat sie mir nicht gesagt, dass Liam ein Kind ist?«

»Sie hatte keinerlei Grund, Ihnen etwas über dieses Kind zu sagen! Hätten Sie nicht in ihren Nachrichten geschnüffelt, hätten Sie gar nichts von ihm gewusst.«

»Aber als ich sie gefragt habe, hat sie mir nichts erklärt.«

»Sie meinen, als Sie ihr die Eifersuchtsszene gemacht haben? Da war sie schlicht und ergreifend enttäuscht.«

»Enttäuscht? Worüber denn?«

Maxine stützte sich mit dem Ellbogen auf den kleinen Tisch neben dem Sitz. Ihr schien langsam zu dämmern, dass sie es in Gefühlsdingen mit einem absoluten Anfänger zu tun hatte.

»Dass Sie nicht an ihre Zuneigung geglaubt haben!«

Ich hob die Arme zum Himmel.

»Ich bin ja kein Hellseher. Ich kann keine Gedanken lesen.«

»Sie hätten es verstehen müssen!«

Ich schüttelte ohnmächtig den Kopf.

»Lalys Verhalten war alles andere als rational.«

»Nichts an der Liebe ist rational. Darin liegt ja ihre Magie.«

Ich leerte den letzten Rest meines »Tees«.

»Mir ist lieber, ich empfinde gar nichts, als in einem solchen Gefühlschaos zu stecken wie jetzt gerade. Die Einsamkeit hat auch Vorteile. Vor den Erfahrungen der letzten Tage ging es mir viel besser.«

»Sind Sie sicher? Mir schien es eher so, als sei Ihr Leben alles andere als perfekt gewesen. Zumindest klingt das, was Sie mir erzählt haben, so: eine nicht gerade erfüllende Arbeit, keine Unternehmungen, keine Freunde ...«

»Sie verstehen es wirklich, mich aufzumuntern, das muss ich schon sagen.«

»Und was ist mit Ihnen? Sie haben auf Ihrem Weg durch dieses arme Dorf einen regelrechten Tsunami verursacht. Sie haben dieser jungen Frau Kummer gemacht, dabei hatte sie ohnehin schon einiges zu bewältigen, wie Sie mir erzählt haben. Aber auch ihrer Familie und ihren Freunden haben Sie übel mitgespielt. Wie heißt es so schön, ›wie gekommen, so zerronnen‹.«

»Die Redewendung stimmt so nicht ...«

Sie wedelte meinen Einwand mit dem Handrücken beiseite, denn sie war offenbar noch nicht fertig.

»Haben Sie ihr Ihre Gefühle gestanden?«

»Das konnte ich doch gar nicht!«

»Konnte oder wollte?«

»Was macht das für einen Unterschied?«

»Einen riesigen!«

Ich verschränkte meine Arme vor der Brust wie ein trotziges Kind.

»Aber was hätte es denn geändert?«

»Alles!«

Sie wies mit einem Finger auf mich. »Für Sie jedenfalls. So hätten Sie zumindest die Gewissheit gehabt, mutig zu Ihren Gefühlen zu stehen.«

Ich versuchte, mich zu rechtfertigen:

»Ich habe den richtigen Zeitpunkt verpasst.«

»Für die Wahrheit gibt es immer einen richtigen Zeitpunkt.«

»Genau das hat Laly auch gesagt.«

»Ich mag diese junge Frau. Sie hat einen gesunden Menschenverstand.«

Mir kam der Gedanke, dass auch Laly die alte Dame schätzen würde. Sie besaßen beide eine ungeheure Kraft, eine ungezügelte Daseinsfreude, ganz gleich, welche Hindernisse das Leben ihnen in den Weg stellte. Diese Frauen waren ein bisschen wie Bulldozer.

»Vielleicht ist es noch nicht zu spät«, erwog Maxine. »Sie könnte Ihnen verzeihen.«

»Genau das hat mein Freund Phineas auch gesagt.«

»Für eine so einsame Seele kennen Sie offenbar erstaunlich viele Leute.«

Stille kehrte ein, und wir lauschten eine Weile beide dem gleichförmigen Rattern der Zugräder auf den Schienen.

Ich dachte über Maxines Worte nach. Wir waren einander gerade erst begegnet, und doch schien sie mich schon bemerkenswert gut zu kennen. Mit meinen Schwächen, aber auch meinen Stärken, von denen ich nicht einmal geahnt hatte, dass es sie gab.

Dann unterbrach die alte Dame das monotone Fahrgeräusch:

»Eine Geschichte wie die Ihre ist wahrlich kein Zuckerschlucken. Glauben Sie mir, ich weiß, wovon ich spreche.«

In ihrem Blick lagen jetzt Freude und Kummer gleichermaßen. Und wohl auch Wehmut. Bevor ich ihr eine Frage stellen konnte, lenkte sie die Unterhaltung aber in eine andere Richtung, indem sie auf meine Plastiktüten wies, die oben auf den Koffern lagen.

»Sie haben eine seltsame Art, Ihre Habseligkeiten zu packen ...«

»Ich hatte nicht vor, mich mit so vielen Dingen auf die Reise zu begeben«, erklärte ich. »Ich bin mit sehr viel weniger Gepäck eingetroffen, und jetzt bin ich der reinste Packesel.«

»Ist das nicht das Ziel eines jeden Abenteuers?«

»Plastiktüten mit nach Hause zu bringen? Wenn Sie eine Vorliebe dafür haben, dann trete ich Ihnen gern eine ab.«

Sie verdrehte die Augen.

»Reicher zurückzukommen, als man aufgebrochen ist.«

»Mit einer grellgelben Daunenjacke zum Beispiel?«

Ihre Schultern sackten zusammen.

»Gut, ich gebe es auf, Metaphern zu benutzen, weil Sie definitiv kein Philosoph sind. Sind Sie sicher, dass Sie Lektor werden wollen? Ich bin nicht sicher, ob das die beste Berufswahl für Sie ist ...«

Ich runzelte die Stirn.

»Halten Sie mich etwa für einen Idioten?«

»Keineswegs! Ich frage mich lediglich, ob Sie vielleicht den falschen Weg eingeschlagen haben. Manchmal nimmt man eine Abzweigung, weil sie die einzig mögliche zu sein scheint. Aber wenn Sie sich gut umschauen, werden Sie entdecken, dass es noch andere Straßen gibt.«

»Sie scheinen Spaziergänge ja sehr zu lieben ...«

Sie sah mich so entgeistert an, dass ich loslachen musste.

»Das war ein Scherz, Maxine! Ich habe verstanden, worauf Sie hinauswollten.«

Erneut versetzte sie mir einen Schlag. Es tat gut zu lachen. Ich hatte das Gefühl, dass mir eine Last von den Schultern rutschte.

»Mit dem Leben ist es wie mit den Blumen«, fuhr sie fort. »Manchmal ist man dagegen allergisch. Sehen Sie, ich bin gegen Mimosen allergisch, obwohl ich sie liebe.«

»Und weiter?«

»Nun, ich nehme lieber Rosen. Sie duften himmlisch und sind auch sehr schön.«

Als ich weiter schwieg, fuhr sie fort:

»Wenn das Leben Ihnen keine Mimosen schenkt, dann nehmen Sie Rosen.«

»…«

»Verstehen Sie, was ich meine?«

»Sie meinen, dass ich eine Karriere als Florist anstreben sollte?«

Wieder ein Schlag auf die Schulter. Und ein weiteres Hämatom in Aussicht. Wir lachten alle beide.

»Gut, dann wissen Sie also jetzt, was zu tun ist?«, fragte sie mich.

Ja, das wusste ich. Ich konnte nicht so davonlaufen, wie ich es getan hatte. Ich musste mich meinem Kummer stellen, um ihn zu überwinden, und vor allem musste ich diejenigen um Verzeihung bitten, die ich verletzt hatte.

»Ich werde zu der Weihnachtsfeier im Verlag gehen. Ich werde Shanti die Stirn bieten, denn sie wird wütend auf mich sein, weil meine Reise ohne jeden Erfolg geblieben ist und vor allem, weil ich die Feier nicht organisiert habe. Und wenn Weihnachten vorüber ist, werde ich zurück nach Arnac-la-Poste fahren und mich mit Laly aussprechen.«

»Das ist gut.«

Sie wirkte stolz wie eine Lehrerin auf einen fleißigen Schüler.

»Ich werde es nicht für mich tun«, fügte ich hinzu. »Ich werde es für Laly tun. Damit ihr klar ist, dass alles mein Fehler ist und nicht ihrer. Damit sie das Kapitel abschließen und meinen Auftritt in ihrem Leben vergessen kann.«

»Ich habe nicht das Gefühl, dass damit alles zu Ende ist.«

Ich zuckte mit den Schultern. Keine Sekunde glaubte ich, dass sie recht haben könnte. Aber zumindest würde diese Episode mit Anstand enden, und Laly könnte sich auf etwas Neues einlassen. Das Gefühl, etwas nicht abgeschlossen zu haben, das mich so quälte, würde dann vielleicht irgendwann weichen.

Eine Ansage des Schaffners teilte uns mit, dass der Zug in Kürze seinen Zielbahnhof erreichen würde.

»Unsere Wege trennen sich jetzt«, sagte die alte Dame zu mir und legte ihre Hand auf die meine.

Ich war körperliche Berührungen nicht gewohnt, da ich sie in meiner Kindheit so selten erfahren hatte, aber Maxines Hand auf meiner zu spüren, das war wie Balsam auf meinem gebrochenen Herzen. Damit flößte sie mir die Gewissheit ein, dass ich die Kraft zum Weitermachen hatte.

»Danke, Maxine. Unser Gespräch hat mir sehr gutgetan.«

Sie tätschelte meine Hand.

»Dafür bin ich da, mein Kleiner. Wir jungen Menschen, wir müssen einander unterstützen.«

Sie zwinkerte mir zu.

»Und außerdem weiß ich dank Ihnen, wo ich nächstes Jahr die Weihnachtstage verbringen werde. Dieses Arnac-la-Poste scheint ein ganz reizender Ort zu sein.«

Ich half ihr beim Aussteigen aus dem Zug, obwohl sie keine Unterstützung brauchte. Die Geschmeidigkeit, mit der sie sich bewegte, war beachtlich. Sie winkte mir ein letztes Mal zu, dann sah ich sie auf eine Frau zugehen, die sie mit einem Rosenstrauß in der Hand erwartete – ihre Tochter vermutlich. Sie schlossen einander in die Arme, als hätten sie sich jahrelang nicht gesehen. Vielleicht war das sogar so, aber das wäre eine ganz andere Geschichte, die ich nie erfahren würde.

Ich griff nach meiner Reisetasche und meinen Plastiktüten

und stieg ebenfalls aus dem Zug. Diesen 24. Dezember musste ich mir rot im Kalender anstreichen. Wie Maxine gesagt hatte: Es gab nicht nur eine einzige Abzweigung. Und ich beschloss jetzt, die anderen Möglichkeiten zu erkunden. Man musste nicht eilen, man musste sich nur auf den Weg machen.

49

Mir blieb noch Zeit genug, um nach Hause zu gehen und mir etwas anderes anzuziehen. Mit meiner grellgelben Daunenjacke und meinen Wanderschuhen fühlte ich mich auf dem Pariser Bahnhof wie ein Fremdkörper. Als ich auf dem Weg mein Spiegelbild in einer Schaufensterscheibe erblickte, begriff ich, warum Maxine mich für einen Drogenabhängigen gehalten hatte. Durch die Nacht auf der Bank im Wartesaal sah ich reichlich zerknittert aus, mal abgesehen von meinen Plastiktüten und dem restlichen Gepäck – eine heiße Dusche würde mir guttun.

Im Bus beobachtete ich die Personen um mich herum. Ihre Gesichter waren angespannt, die Augen starr auf ihre Handys gerichtet und die Stirn unentwegt in Falten gelegt. Ich sagte mir, dass ich vorher genau wie sie war. Aber jetzt hatte ich nicht mehr das Gefühl, zu dieser Welt zu gehören. Mein Aufenthalt in Arnac-la-Poste hatte mich wachgerüttelt. Auch wenn ich noch nicht wusste, was ich mit diesem plötzlichen Erwachen anstellen würde …

Als ich meine Wohnung betrat, war ich geschockt von der Kälte, die mich dort empfing. Es war nicht nur die niedrige Zimmertemperatur, die alles so streng und abweisend wirken ließ, sondern das Fehlen jeglicher Dekoration. Alles war funktional, nichts war persönlich. Ich hätte genauso gut ein Hotelzimmer bewohnen können. Die einzigen Spuren von Leben waren die Bücher, die nicht nur in den Regalen standen, sondern sich stapelweise neben dem Schreibtisch türmten.

Ich musste an Angelicas gemütliche Sessel mit den weichen

Kissen denken. Selbst ihre mystischen Dekorationen in Form von Sternen, Monden und sonstigen Gestirnen fehlten mir. Hätte ich vielleicht doch ein wenig Weihnachtsschmuck anbringen sollen?

Ich zog mich aus und sprang unter die Dusche, die so eiskalt war, dass ich erschrocken aufschrie. Ich hatte vergessen, dass mein Boiler immer noch defekt gewesen war, als ich auf Reisen ging. Wo blieben die Weihnachtswunder, wenn man sie wirklich brauchte?

Am ganzen Körper zitternd, seifte ich mich hastig ein. Als ich den aseptischen Geruch meiner Seife wahrnahm, kam mir Lalys Apfelshampoo in den Sinn. Ich schüttelte energisch den Kopf, um einerseits den Schaum fortzuspülen, der mir in den Augen brannte, und um andererseits diese Erinnerung aus meinem Kopf zu verbannen.

Im Radio liefen Werbespots, die vor Schmalz trieften und das Kauffieber noch einmal kräftig anheizen wollten. Ich sah vor mir, wie sich all diejenigen, die spät dran waren, in den Geschäften drängten, um ihre Last-minute-Geschenke zu erstehen, und sagte mir, dass es gut war, Weihnachten allein zu verbringen.

Beim Abduschen hatte ich die Stimme von Mariah Carey im Ohr, wie sie *All I want for Christmas is you* intonierte. Laly hatte nicht nur meine Obstvorlieben mit ihrem Shampoo nachhaltig beeinflusst, sie hatte auch meiner musikalischen Ausrichtung entscheidende Impulse gegeben.

Ich erinnerte mich daran, welche Gefühle dieser Song vor meinem Aufenthalt in Arnac-la-Poste stets bei mir geweckt hatte: schlechte Laune oder gar den Drang, mich mit dem Duschschlauch zu strangulieren … Dabei waren das nur die Symptome einer abgrundtiefen Einsamkeit gewesen. Dieser Song war eben gemacht, um ihn gemeinsam zu erleben, und ich hatte niemanden mehr, mit dem ich das hätte tun können.

Während ich mich abtrocknete, schweiften meine Gedanken zu unserer großartigen Performance bei der Karaoke-Veranstaltung. Mariah wäre stolz auf uns gewesen. Diese enge Verbundenheit zwischen Laly und mir. Angelica und Nicolas, die sich zu uns gesellten, um den Chorgesang zu übernehmen. Das Lächeln der Dorfbewohner. Wenn man es recht bedachte, war ein einsames Leben vielleicht doch nicht so toll.

Die abendliche Feier bei Delamare rückte näher. Der Countdown lief. Ich fühlte mich wie ein Boxer vor dem Kampf. Shanti gegen Ben. Meine Chancen waren gering, aber ich war entschlossen, mit einem fulminanten Auftritt abzutreten.

Bei Betriebsfeierlichkeiten am Jahresende gibt es zwei verschiedene Kleiderordnungen. Die Vertreter der einen setzen darauf, alles ins Lächerliche zu ziehen, und kramen alte Weihnachtspullover hervor. Die Vertreter der anderen kleiden sich, als würden sie über den roten Teppich von Cannes schreiten. Ich warf einen Blick auf meinen Weihnachtspullover mit dem psychopathisch dreinschauenden Weihnachtsmann, der noch dazu seine schrecklichen »Ho! Ho! Ho!«-Rufe ausstieß.

Auf keinen Fall konnte ich in diesem Outfit zu meinem bevorstehenden Rausschmiss gehen. Also entschied ich mich dafür, möglichst schick aufzutreten. Leider besaß ich dafür nichts Passendes. Da fiel mein Blick auf die Plastiktüten, die ich bisher achtlos in eine Ecke geworfen und noch gar nicht geleert hatte. Robert Courrier hatte mir doch einen Anzug geschenkt! Er hatte gesagt, dass sich schon eine Gelegenheit dafür finden würde, und ein Rausschmiss war doch wohl eine Gelegenheit.

Ich zog die Kombination aus der Tüte, und nachdem ich die Teile etwas glatt gestrichen hatte, stellte ich fest, dass sie auch jetzt noch makellos aussahen.

Zwar fühlte ich mich in dieser förmlichen Ausstaffierung nicht wirklich wohl, aber mit dem Gesamteindruck war ich einigermaßen zufrieden. Ich hoffte inständig, nicht mit einem

Kellner verwechselt zu werden. Um einem solchen peinlichen Missgeschick vorzubeugen, nahm ich mir schon einmal vor, dem Buffet und den Platten mit den Petits Fours nicht zu nahe zu kommen.

Andererseits war es recht unwahrscheinlich, dass ein Catering-Service beauftragt worden war. Während meines Aufenthalts hatte Shanti mir zahlreiche Nachrichten geschickt, die entweder nervös drängten oder sogar unverhohlen drohten. Ich hatte auf keine von ihnen geantwortet. Zunächst aus Zeitmangel, weil ich zu sehr mit meinem Auftrag und mit Laly beschäftigt war, und später, weil ich schlicht kapituliert hatte. Die ersten Nachrichten hatte ich noch abgehört, die folgenden dann sofort gelöscht.

Ich würde also bei Delamare auf eine Horde hübsch zurechtgemachter Angestellter treffen, die in einem vollkommen ungeschmückten Saal ohne Musik vergeblich auf etwas Essbares warteten. Was da wohl für eine Stimmung herrschen würde!

Ich warf einen letzten Blick in den Spiegel und fand mich recht ansehnlich. Seltsam, ich kam mir größer als sonst vor. Reifer. Selbstsicherer. Ich zog meine Anzugjacke zurecht und strich mit der Handfläche meine Haare glatt. In meinem Schwarz-Weiß-Look kam ich mir mal wie James Bond und dann doch wieder wie ein Kellner in einem Pariser Café vor.

»Bond, Ben Bond«, raunte ich meinem Spiegelbild spöttisch zu.

Ich zückte einen Kugelschreiber und schwenkte ihn wie eine Waffe drohend hin und her, um alle Bösewichte zu erledigen. Das sah vermutlich ziemlich albern aus, aber es war mir egal. Und das genau machte den Unterschied.

In die Innentasche meiner Anzugjacke schob ich den kleinen Weihnachtsschmuck in Form eines Laptops, um ihn Phineas zu überreichen. Er hatte mich wissen lassen, dass er nie an solchen Feierlichkeiten teilnahm. »Zu viele Menschen für meinen Geschmack«, hatte er erklärt. Aber ich könnte mein Geschenk auf seinem Schreibtisch hinterlassen, um ihm eine kleine Überraschung zu bereiten und ihm zu danken. Ich hatte keine Ahnung, wo sich die IT-Abteilung im Verlagsgebäude befand – gewiss im Untergeschoss, wo die Server standen und andere elektronische Gerätschaften, von denen wir nichts verstanden, aber komplett abhängig waren.

Ich war bereit, meinem Schicksal ins Auge zu sehen. Oder zumindest Shanti. Bereit, meinem winzigen Schreibtisch im Verlagshaus Delamare Adieu zu sagen. Bereit, Weihnachten ins Auge zu sehen.

Keine Zeit zu sterben.

50

Ich ging auf den Haupteingang zu. Das Verlagshaus Delamare lag in einem eleganten, prestigeträchtigen Stadthaus des 18. Arrondissement mitten im Herzen von Paris. Man hielt schließlich etwas auf sich.

Der Kies auf dem Weg knirschte unter meinen Schuhen und verstärkte das Gefühl, mich Schritt für Schritt dem Schafott zu nähern. Wie würde Shanti reagieren? Würde sie sich auf mich stürzen wie eine wütende Löwin oder würde sie eher eine mit Verachtung gepaarte kalte Wut an den Tag legen? Meine Kolleginnen und Kollegen würden der gesamten Szene beiwohnen, und ich würde in die Annalen von Delamare eingehen als derjenige, der die Weihnachtsfeier verdorben hat.

Während ich mich durch die prächtige, gut gepflegte Grünanlage dem Haus näherte, vernahm ich zu meiner Überraschung ein munteres Stimmengewirr. Man unterhielt sich, es wurde gelacht und gescherzt. Je näher ich kam, desto besser ließen sich alle klanglichen Facetten eines festlichen Beisammenseins unterscheiden. Musik wurde gespielt, man prostete sich zu, es herrschte ein fröhlicher Trubel.

Als ich schließlich die Tür öffnete, kannte mein Staunen keine Grenzen: Die riesige Eingangshalle war festlich geschmückt. Girlanden aus goldenem Lametta, rote Lampions, Ilex- und Mistelzweige ringsum, dazu in der Mitte des Raums ein beeindruckender Tannenbaum, der seinen Harzgeruch verströmte.

Entlang der Wand war auf Tischen ein Buffet mit unzähligen

höchst appetitlich aussehenden Häppchen aufgebaut. Vor der Pyramide aus Macarons hatte sich sogar eine beachtliche Schlange gebildet. Kellner in weiß-roter Dienstkleidung bewegten sich von Gast zu Gast, um salzige oder süße Leckereien anzubieten. Wie hatte Shanti es nur geschafft, ein solches Wunder zu vollbringen? Im allerletzten Augenblick musste sie Musiker, einen Feinkostlieferanten und einen Dekorateur aufgetrieben haben – das war eine echte Glanzleistung! Dieses Fest musste wichtiger für sie sein, als ich dachte, sonst hätte sie sich nicht solche Mühe gegeben. Klar, die gesamte Führungsriege von Delamare würde aufkreuzen, und da wollte sie offenbar Eindruck machen. Man sollte eine Frau nie unterschätzen, die auf eine Beförderung aus ist.

Ich war überwältigt von dem Anblick, der sich mir bot, und wusste kaum noch, wo mir der Kopf stand. Dann richtete ich meine Aufmerksamkeit auf die Päckchen, die unter dem riesigen Tannenbaum lagen. Wahrscheinlich waren das die Wichtelgeschenke.

»Na, gefällt es dir?«

Da ich die Stimme erkannte, zog ich automatisch mein Handy aus der Hosentasche. Aber das Display war erstaunlicherweise schwarz.

Ein Schlag auf den Rücken ließ mich herumfahren. Ich sah mich einem etwa dreißigjährigen, hochgewachsenen, sehr schmalen Mann gegenüber, dessen Haare etwas zu lang waren. Er trug eine verschlissene Jeans und einen grauen Kapuzenpullover, auf dem vorn ein älteres Bild aus der Videospiel-Serie *The Legend of Zelda* zu sehen war. Mit seinem Outfit wirkte er völlig fehl am Platz in dieser schicken, vornehmen Atmosphäre.

»Bist du es, Phineas?«

»Höchstpersönlich! Ich habe dich sofort erkannt. Übrigens bist du der Einzige, der in den sozialen Netzwerken echte Fotos von sich eingestellt hat, ohne Filter oder Bearbeitung.«

»Ich dachte, du gehst nie zu solchen geselligen Anlässen.«

»Da ich wusste, dass du auch kommen wirst, habe ich beschlossen, mich einmal zu überwinden. Und außerdem muss ich während meiner Therapie hin und wieder an sogenannten ›sozialen‹ Veranstaltungen teilnehmen.«

Er deutete Anführungszeichen an, um klarzumachen, dass ihm dieses Wort sehr fremd war.

»Ich freue mich, dich zu sehen.«

Ich war glücklich, in dieser Menge von Arbeitskollegen jemanden anzutreffen, dem ich mich freundschaftlich verbunden fühlte. Ich wies auf das Dekor und fragte:

»Einfach unglaublich, findest du nicht auch? Ich frage mich, wie Shanti es bewerkstelligt hat, in so kurzer Zeit ein solches Fest zu organisieren.«

»Shanti hat gar nichts gemacht.«

Sein stolzer Gesichtsausdruck sprach für sich.

»Warst du das?«

Er lächelte.

»Ja! Als ich gemerkt habe, dass du es nicht schaffen würdest, deine Mission in Arnac-la-Poste erfolgreich abzuschließen und gleichzeitig die Vorbereitungen für die Betriebsfeier auf den Weg zu bringen, habe ich das übernommen.«

Ich stieß ihn freundschaftlich in die Seite. Allmählich begriff ich die Bedeutung dieser in Arnac-la-Poste so weit verbreiteten Angewohnheit.

»Du bist großartig!«

»Könntest du mir das schriftlich geben? Das wird mir beim Abschlussgespräch meiner Therapie sehr helfen.«

Ich lachte, kramte mein kleines, sorgfältig in Seidenpapier eingeschlagenes Wichtelgeschenk hervor und reichte ihm das Päckchen.

»Hier, für dich. Von deinem Weihnachtswichtel.«

Eine kindliche Freude brachte sein Gesicht zum Strahlen.

Gespannt riss er das Papier auf und hielt gleich darauf den Weihnachtsbaumschmuck in Form eines Laptop in den Händen. Seine Augen wurden ein wenig feucht.

»Das ist ja fantastisch! Vielen Dank!«

»Schau mal unten drunter!«

Er kam meiner Aufforderung nach und las laut die Worte vor, die ich hatte hineingravieren lassen:

»Für meinen Freund und Hacker Phineas.«

Er presste das kleine Geschenk an sein Herz, dann gestand er mir:

»Ich weiß gar nicht, ob es mich mit mehr Stolz erfüllt, dein Freund oder ein Hacker zu sein.«

Völlig unvermittelt schloss er mich in die Arme. Aufrichtiger und spontaner konnte eine Umarmung schwerlich sein.

Als mir allmählich die Luft ausging, klopfte ich ihm auf den Rücken.

»Ich bekomme keine Luft mehr.«

Der emotionale Nerd löste sich wieder von mir.

»Umarmungen lösen ein seltsames Gefühl aus, aber kein unangenehmes«, stellte er erstaunt fest.

Ich lächelte.

»Freut mich, dass es dir gefällt.«

»Willst du noch einmal umarmt werden?«

»Nein, ist schon in Ordnung. Zu viel tut auch nicht gut.«

Phineas nickte. Dann teilte er mir mit geheimnisvoller Miene mit:

»Ich habe mich auch um die anderen Dinge gekümmert, über die wir gesprochen haben.«

Die emotionale Überbeanspruchung der letzten Minuten hatte mein Gehirn etwas benebelt.

»Wovon sprichst du?«

Er beugte sich zu mir und flüsterte mir leise zu:

»Die Sache mit CDB …«

»CDB?«

»Côme de Balzancourt!«, empörte er sich angesichts meines eklatanten Defizits in Sachen Abkürzungen.

»Schsch!«

Ich zog ihn hinter den Tannenbaum.

»Und? Hast du gefunden, was wir suchten?«

Er nickte vielsagend, schwieg jedoch weiterhin. Mir entfuhr ein ungeduldiger Seufzer.

»Jetzt kannst du sprechen, Phineas.«

»Du bist ja ganz schön diktatorisch! Also, ich habe gemacht, worum du mich gebeten hast: Ich habe in Lalys Computer herumgeschnüffelt. Das war nicht besonders schwer, da ich ja schon all ihre Passwörter kannte … Ich habe die Firewall gehackt und mich bis zur Quelldatei vorgearbeitet. Das war nicht so einfach, wie ich dachte, denn dort hatte sie eine Verschlüsselung benutzt. Aber ich habe ein kleines Programm geschrieben, um mir Zugang zu verschaffen und …«

»Könntest du mir die technischen Feinheiten ersparen? Ich verstehe nichts davon. Sag einfach, was dabei herausgekommen ist.«

Er sah mich konsterniert an, kam meiner Bitte aber nach:

»Ich habe auf Lalys Computer das Originalmanuskript des Buches gefunden, das Côme de Balzancourt unter seinem Namen veröffentlicht hat. Der *time code* gibt Aufschluss über den Zeitpunkt, zu dem sie den Text letztmalig redigiert hat. Das war deutlich vor der angeblichen plötzlichen Eingebung des Shootingstars am Schriftstellerhimmel des einundzwanzigsten Jahrhunderts. Übrigens habe ich mir bei der Gelegenheit einige seiner Interviews angesehen. Dieser Mann ist wirklich widerlich!«

»Phineas, du bist ein Genie.«

»Könntest du mir das schriftlich geben? Ach, lassen wir das … Ich habe noch mehr zu bieten: Das Korrekturprogramm, das sie für ihren Text verwendet hat, ist auf ihren Namen registriert, und das lässt sich in jeder Datei rekonstruieren. Das Manuskript ist also mit Lalys Namen verschlüsselt. Damit haben wir alle Beweise, die wir brauchen.«

»Wir werden diesen Betrüger damit konfrontieren, und dann bekommt Laly ihren Roman zurück. Wir müssen nur noch überlegen, wie wir vorgehen ...«

»Ich habe bereits alle Fakten anonym an verschiedene Journalisten aus dem Kulturbereich und an die zuständigen Behörden geschickt.«

Ich war beeindruckt von der Effizienz, mit der Phineas vorgegangen war, und erleichtert, dass Lalys schriftstellerisches Talent endlich die angemessene Wertschätzung erfahren würde. Dann konnte sie sich hoffentlich freier und selbstsicherer fühlen und die herabwürdigenden Einschätzungen ihres Ex-Mannes ein für alle Mal aus ihrem Kopf streichen. In gewisser Weise könnte mit diesem Ergebnis vielleicht sogar meine weihnachtliche Mission als erfolgreich betrachtet werden. Zumindest teilweise.

Ich bedankte mich herzlich bei meinem Freund für seine wertvolle Hilfe. Ohne ihn und seine Computerkünste wäre das ein aussichtsloses Unterfangen gewesen.

Phineas schnappte sich nebenbei eine Pastete vom Tablett eines vorübergehenden Kellners.

»Ich hätte beinahe dein Weihnachtsgeschenk vergessen.«

»Ein Geschenk? Das war wirklich nicht nötig, du hast mir schon sehr viel geschenkt.«

Er grinste verschmitzt.

»Glaub mir, dieses Geschenk bereitet mir genauso viel Freude wie dir. Da ich schon einmal dabei war, habe ich mich ein wenig auf Shantis Rechner umgesehen.«

»Das klingt nicht gerade so, als würdest du sie sehr mögen.«

»Sie ist vollkommen achtlos im Umgang mit digitalen Medien. Ich habe mal gesehen, wie sie ihren USB-Stick unvermittelt aus dem Computer gerissen hat, ohne ihn vorher zu entkoppeln! Das musst du dir einmal klarmachen! Und außerdem kann ich es überhaupt nicht leiden, wenn sie mich ›den Typ von der IT‹ nennt.«

Jetzt konnte ich ein belustigtes Glucksen angesichts dieser plötzlichen Koketterie nicht mehr ganz unterdrücken. Zum Glück bemerkte Phineas nichts und fuhr mit seinen Erklärungen fort:

»Du hast mir erzählt, dass sie es dir in die Schuhe geschoben hat, dass euch das Manuskript unseres lieben Côme durch die Lappen gegangen ist. Nun, ich habe aber eine Mail gefunden, die sie persönlich an ihn geschickt hat, um seinen Roman abzulehnen, und in der sie ihm auseinandersetzt, dass dieser Text ›zu kompliziert für das breite Publikum‹ ist.«

Ich konnte es nicht fassen. Die ganze Zeit über hatte Shanti mich bezichtigt, diesen fatalen Ablehnungsbescheid geschrieben zu haben, der unser Verlagshaus um einen Bestseller gebracht hatte!

»Ich habe dir alles in deine Mailbox gestellt. Es ist verschlüsselt, das Passwort lautet ›Weihnachtsmann‹. Du kannst damit anstellen, was du willst.«

Ich war sprachlos. Endlich würde ich Rache nehmen können!

Als hätte sie gewusst, dass wir von ihr sprachen, tauchte Shanti hinter dem Tannenbaum auf und ließ uns zusammenschrecken.

Der Nerd verspürte offenbar keinerlei Lust, länger zu bleiben.

»So, ich werde jetzt mal die Macarons testen, bevor diese hungrige Meute alles abgeräumt hat.«

Er flüsterte mir ins Ohr:

»Glaubst du, ich kann mitnehmen, was übrig bleibt?«

Da ich die Antwort schuldig blieb, verdrückte er sich und ließ mich allein vor Shanti stehen. Sie maß mich mit strengem Blick. Eine Popcorn-Duftwolke entwich ihrer E-Zigarette, und irgendwie passte das für mich zur Szenerie des finalen Duells, wie man es aus so vielen Western kennt.

Der Augenblick der Wahrheit war gekommen.

51

»Ich hätte nicht gedacht, dass du es schaffst, einen so schönen Abend zu organisieren.«

Sie blies mir ihre Dampfwolke ins Gesicht, und ich versuchte, die Schwaden mit einer brüsken Handbewegung zu vertreiben.

»Das war nicht ich, sondern mein Freund Phineas.«

»Wer?«

»Phineas. Er ist dir gerade über den Weg gelaufen.«

»Der Typ von der IT?«

Erneut zog sie an ihrer E-Zigarette, aber dieses Mal gelang es mir gerade noch, der süßlichen Wolke auszuweichen, die sie mir wieder mitten ins Gesicht geblasen hätte.

Sie zeigte mit einem perfekt rot lackierten Finger auf mich.

»Die Geschäftsführer finden meine Veranstaltung großartig und haben mir versichert, dass es die schönste Feier ist, die Delamare jemals organisiert hat.«

Ich sagte nichts, denn ich sann noch dem Ausdruck »*meine* Veranstaltung« nach. Allerdings erwartete Shanti auch gar keine Antwort von mir.

»Ich denke, ich werde jetzt endlich meine Beförderung erhalten«, fuhr sie fort. »Und dafür wurde es auch allerhöchste Zeit. Ich arbeite schließlich bis zum Umfallen. Und da du auch eine kleine Rolle in dem Ganzen spielst, weil du diese Party organisiert hast, halte ich es für angebracht, dir das mitzuteilen.«

Ich konnte nur hoffen, dass Shantis Wichtelgeschenk eine Ausgabe von *Emotional Intelligence for Dummies* sein würde.

»Wie ist dein Trip nach Pusemuckel gelaufen? Hast du den Vertrag in der Tasche?«

Ich biss mir auf die Lippen. Ich hasste das Gefühl, wie ein kleiner Junge Rechenschaft ablegen zu müssen.

»Ich habe den Autor getroffen, aber er wollte nicht unterzeichnen.«

Eine weitere Ladung Popcornduft schwappte mir ins Gesicht. Der Darth Vader des Verlagshauses Delamare war ganz offensichtlich nicht zufrieden.

»Ich muss leider sagen, dass ich dich gewarnt hatte, Ben. Mit diesem kleinen Ausflug hast du nur Zeit verschwendet.«

Sie fuhr mit einer Hand durch ihr langes schwarzes Haar.

»Und natürlich auch Geld.«

Sie seufzte und gönnte sich einen Augenblick, um ihren Blick durch die Runde schweifen zu lassen. Lag es an der festlichen Stimmung oder war es gar ein Weihnachtswunder? Sie beschloss tatsächlich, sich großmütig zu zeigen.

»Na ja, letztlich war es nichts weiter als ein bereits abgelehntes Manuskript, das du aus dem Mülleimer gefischt hast. Es ist ja nicht so, als hättest du dir ein weiteres Mal einen Côme de Balzancourt entgehen lassen!«

Ich kochte innerlich, aber sie ließ mir keine Zeit für eine Erwiderung.

»Ich will einmal Gnade vor Recht walten lassen, jetzt, wo Weihnachten ist! Ich werde die Kosten deiner kleinen Auszeit in Pusemuckel von deinem nächsten Gehalt abziehen und bin bereit, dich auch weiterhin mit den Ablehnungsbescheiden zu betrauen.«

Offensichtlich sehr stolz auf ihre neue Milde, lächelte sie mich an und kam zum Schluss:

»Das ist mein Geschenk zum Jahresende.«

Ich dachte nach. Ich brauchte meinen Lohn, um die Miete zu bezahlen. Konnte ich es mir tatsächlich erlauben, von jetzt auf gleich zu gehen? Was würde ohne Anstellung, ohne Wohnung und ohne finanzielle Ressourcen aus mir werden?

In der großen Spiegelfront, die die Eingangshalle zierte, blickte ich auf mein Spiegelbild. Meine schicke Anzugjacke verlieh mir ein wichtiges Aussehen, aber so fühlte ich mich nicht. Mit dem Betreten der Verlagsräumlichkeiten war ich – trotz der schönen Begegnung mit Phineas – wieder unbedeutend und traurig geworden. Der einzige Ort, an dem ich mich zugehörig und wertgeschätzt gefühlt hatte, war Arnac-la-Poste. Ich dachte an Angelica, Nicolas, an den Bürgermeister, an Laly …

Laly! Ich riss die Augen auf und glaubte, meinen Sinnen nicht zu trauen, als ich sie in dem Spiegel erblickte. Jetzt war ich wohl endgültig Opfer meiner eigenen Fantasie geworden. Ich fuhr herum – und da stand sie, wirklich und leibhaftig.

Mein Herz begann zu rasen, als wolle es zu einem neuen Weihnachtsmarathon aufbrechen. Was machte sie hier? Konnte das ein Zufall sein?

Mein Gehirn lief auf Hochtouren, stellte die verrücktesten Theorien auf, um sie gleich darauf wieder zu verwerfen. Begleitete sie Nicolas zu einem Termin mit Shanti, um den Vertrag für *Die Versöhnung* zu unterzeichnen? Das war unmöglich. Sollte Nicolas sich jemals darauf einlassen, seinen Roman zu veröffentlichen, dann gewiss nicht bei Delamare.

Sie trug ein Cocktailkleid aus rotem Samt. Ihr Haar war kunstvoll hochgesteckt und brachte ihren schlanken Hals sehr vorteilhaft zur Geltung. Diese Laly war eine ganz andere Erscheinung als jene, die mir zunächst in Jeans und Karohemd begegnet war. Sie verströmte Stärke und Sinnlichkeit. Ich liebte die eine Laly ebenso wie die andere.

Unsere Blicke kreuzten sich, und sie lächelte mir zu. Ich spürte, wie mich eine tiefe Freude erfüllte und all meine Ängste mit einem Schlag verschwanden. So gestärkt wandte ich mich erneut Shanti zu.

»Ich werde meine Stelle nicht wieder antreten.«

Shanti zog eine Augenbraue in die Höhe, aber diese mimische Drohgebärde konnte mir nichts mehr anhaben.

»Ich kann mehr, als Ablehnungsbescheide zu verschicken. Ich habe etwas Besseres verdient als das, was du mir anbietest. Ich bin nicht so unbedeutend, wie du denkst.«

Ich wollte gerade noch ergänzen, dass ich von einem zwölf Meter hohen Turm gesprungen war, aber da unterbrach Shanti mich.

»Sieh dich vor, Ben. Meine Geduld hat ihre Grenzen.«

Ihre Einschüchterungsversuche beeindruckten mich jedoch nicht mehr.

»Ich gehe. Ich verlasse Delamare.«

Sie maß mich mit bitterbösem Blick. Tyrannen wie sie benötigen einen Prügelknaben, und sie mögen es nicht, wenn sich dieser ihren Klauen entwindet. Aber ich stand nicht mehr unter ihrem Einfluss, diese Zeit war vorüber.

Shanti war es nicht gewohnt, dass man einen solchen Ton ihr gegenüber anschlug. Dieser Kontrollverlust war für sie nur schwer zu verkraften, und gleich würde sie mit Sicherheit ein letztes Mal zu verletzenden Worten ausholen. Da ich ihre Verhaltensmuster kannte, kam ich ihr jedoch zuvor:

»Solltest du versuchen, mir auch jetzt noch zu schaden, werde ich aller Welt eröffnen, dass du diejenige warst, die das Manuskript von Côme de Balzancourt abgelehnt hat. Den Beweis dafür habe ich.«

Sie wich einen Schritt zurück und fasste sich mit einer Hand an die Wange, als hätte ich sie geohrfeigt. Wortlos sahen wir uns in die Augen. Ich hatte gesagt, was ich zu sagen hatte. Damit kehrte ich meiner ehemaligen Chefin den Rücken zu und begab mich zu Laly.

52

Ich bewegte mich auf Laly zu. Es ist seltsam, dass einem in den entscheidenden Augenblicken des Lebens das Zeitgefühl ganz und gar abhandenkommt. Der Wortwechsel mit Shanti war mir nicht länger als eine Minute vorgekommen. Gerade einmal so lange, wie ich brauchte, um ein abgelehntes Manuskript in den Mülleimer zu werfen. Die wenigen Schritte hingegen, die mich von Laly trennten, schienen mir eine Ewigkeit zu dauern. Ich nahm jeden Schritt wahr, den ich mich ihr näherte. Der goldene Schein einer Lichterkette verlieh ihr in meinen Augen geradezu die Aura eines Idols.

Instinktiv war mir klar, dass sie wegen mir hier war. Aber warum? Wie war sie hierhergekommen? Ihr Auftauchen blieb mir ein Rätsel. Und doch hatte ich das Gefühl, dass es unausweichlich war. Wir befanden uns beide an dem Ort, an dem wir sein mussten. Manchmal braucht das Schicksal offenbar etwas länger, um seine Karten richtig zu mischen.

Erst als ich vor ihr stand, bemerkte ich, dass ihr Lächeln erloschen war. Sie reichte mir einen verstärkten Briefumschlag.

»Hier, das hast du vergessen.«

Ich griff nach dem Umschlag, ohne auch nur im Geringsten daran zu denken, ihn zu öffnen.

»Was ist das?«

»Der Vertrag, den du in Arnac-la-Poste abschließen wolltest.«

»*Die Versöhnung?*«

Meine Begeisterung enttäuschte sie.

»Deswegen bist du doch nach Arnac-la-Poste gekommen?«

Sie senkte den Blick, bevor sie mit heiserer Stimme fortfuhr: »Und nur deswegen hast du doch Zeit mit mir verbracht.«

Ich fasste sie an den Schultern.

»Ich bin aber wegen dir in Arnac-la-Poste geblieben. Ich habe jeden Augenblick genossen, den wir gemeinsam verbracht haben. Sogar den Sprung ins Leere ...«

Ein leichtes Lächeln huschte über ihr Gesicht. Laly zählte zu jenen Menschen, die anderen nicht sehr lange böse sein können, sogar mit einem verwundeten Herzen.

Ich nutzte diesen Riss in ihrem Panzer und fuhr fort:

»Du bedeutest mir so viel, Laly. All diese Weihnachtsaufgaben habe ich einzig und allein wegen dir mitgemacht. Ich wollte, dass du glücklich bist.«

Ich seufzte und lehnte mich gegen die Wand. Ich brauchte einen physischen Halt, um dieser Flut von Emotionen standhalten zu können.

»Ich hätte dir alles gestehen müssen. Das hatte ich auch vor, aber dann habe ich es doch nie geschafft. Ich hatte Angst ...«

»Angst wovor?«

»Vor allem! Ich hatte Angst, dich zu enttäuschen, dir Kummer zu bereiten, dich zu verlieren ...«

Sie fasste nach meiner Hand. Während ihre weich und warm war, musste sich meine wie ein toter Fisch anfühlen.

»Es ist alles mein Fehler«, beschuldigte sie jetzt sich selbst.

»Wie kommst du denn auf die Idee?«

»Mein Vater hat mir alles erklärt. Er hat dich erpresst, damit du Zeit mit mir verbringst. Wäre ich nach meiner Scheidung nicht in einer so jämmerlichen Verfassung gewesen, wärst du nie in eine solche Lage geraten. Mein Vater hätte dich nie zwingen dürfen, mit mir an dem Weihnachtsmarathon teilzunehmen ...«

»Du verstehst überhaupt nichts. Es war das schönste Weihnachten in meinem ganzen Leben!«

Sie zuckte mit den Schultern.

»Das haben nur die Weihnachtsfeierlichkeiten von Arnac-la-Poste bewirkt.«

»Was ich empfinde, hat nichts mit diesen Feierlichkeiten zu tun. Oder höchstens ein bisschen, weil all diese Farben, diese Dekorationen, diese glücklichen Menschen irgendwann einfach ansteckend wirken. Aber du bist diejenige, die alles so wunderbar für mich gemacht hat.«

Lalys Wangen röteten sich zart, denn sie war Komplimente nicht gewohnt. Um sie nicht in Verlegenheit zu bringen, wechselte ich das Thema und wies auf den Umschlag.

»Hat Nicolas endlich doch beschlossen, seinen Roman zu veröffentlichen?«

»Nein, ich habe beschlossen, ihn zu veröffentlichen.«

»Ohne ihn zu fragen? Moralisch betrachtet, kann ich ein Manuskript nicht annehmen, wenn es nicht von seinem Autor kommt.«

Laly versetzte mir einen so kräftigen Schlag auf die Schulter, dass ich schon dachte, ich hätte mir etwas verrenkt. Aber diese Diagnose trat sofort in den Hintergrund, und meine Verwirrung war vollständig, als sie sagte:

»Hast du es noch immer nicht begriffen? Manchmal bist du ganz schön auf den Kopf gefallen für ein intelligentes Wesen.«

Ein Kompliment und eine Beleidigung im selben Satz.

»Was begriffen?«

»Es war nicht mein Vater, der *Die Versöhnung* geschrieben hat.«

Ich riss die Augen auf.

»Wie bitte? Wer denn dann?«

Ich zog Angelica in Betracht … Hatte sie hinter ihrem Auftreten als perfekte Gastgeberin und Bäckerin von Leichtbausteinen heimlich diesen großartigen Roman geschrieben?

»Ich!«, rief Laly, als sie feststellte, dass ich erneut auf gedankliche Irrwege geraten war.

Ich fasste nach ihrem Arm und zog sie nach draußen. Die kalte Luft machte mich wieder munter.

»Du bist die Verfasserin von *Die Versöhnung?*«

»Du bist echt schnell von Begriff ...«

Ich beschloss, über die spöttische Bemerkung hinwegzusehen.

»Aber wie kommt es dann, dass auf dem Manuskript die Adresse deines Vaters stand?«

Laly seufzte. Sie setzte sich auf eine Steinbank, die im Garten stand.

»Er wusste, dass ich den Roman nach Marcs Verrat nie an einen Verlag geschickt hätte. Ich habe diese Geschichte nur geschrieben, weil ich es tun musste, nicht, um sie zu veröffentlichen.«

»Aber dein Vater hat sie dann doch gelesen.«

»Ja, er muss das Manuskript gefunden und heimlich gelesen haben. Dann hat er beschlossen, es an den Verlag Delamare zu schicken, ohne mir etwas davon zu sagen.«

»Warum Delamare?«

»Weil sie Côme de Balzancourt abgelehnt hatten.«

Ich lächelte. Der Vater hatte also seine Tochter rächen wollen.

Ich setzte mich neben Laly auf die Bank und legte ihr meine Jacke über die bloßen Schultern.

»Ich verstehe seine Gründe, aber warum hat er sich als Autor des Romans ausgegeben, und vor allem, warum hat er mich erpresst, damit ich dir wieder Freude an Weihnachten vermittele?«

»Er hat mir erklärt, dass er das nicht von vornherein geplant hatte. Aber als er dich mit deinem Rucksack und der Miene eines geprügelten Hundes – so seine Worte – ankommen sah, ist er auf diese Idee verfallen. Als ehrlich bemühter Weihnachtsmann von Arnac-la-Poste dachte er, er könne zwei Fliegen mit einer Klappe schlagen.«

»Da ist er aber an den Falschen geraten, denn ich hasse Weihnachten!«

»Genau deshalb hat er dich ausgewählt. Er hat etwas Verletztes an dir wahrgenommen und sich gesagt, dass diese Mission uns allen beiden nützen könnte.«

Jetzt wurde mir alles klar. Der Weihnachtsmann hatte ganze Arbeit geleistet.

Laly fröstelte. Sie wies auf den Umschlag.

»Ich habe den Vertrag unterzeichnet. Du kannst also Lektor werden.«

Ich überflog das Dokument und blieb bei den schön geschwungenen Buchstaben von Lalys Unterschrift hängen. Direkt daneben war bereits mein eigener Name mit dem Zusatz »Lektor« vermerkt. Mein so lang gehegter Traum wurde vor meinen Augen wahr. Ich fuhr mit den Fingern über diese Worte, die ich mir so oft im Zusammenklang gewünscht hatte.

Dann nahm ich den Vertrag bedächtig zwischen die Finger und begann, das Blatt von oben nach unten zu zerreißen.

»Was machst du denn da? Bist du verrückt?«, fragte Laly überrascht.

Ich lächelte sie an.

»Zum ersten Mal in meinem Leben habe ich das Gefühl, mein Schicksal selbst bestimmen zu können.«

»Aber das war doch dein Traum …«

»Träume sind nicht in Stein gemeißelt. Sie verändern sich genauso wie wir uns verändern.«

Ich stand auf. Ich hatte genug Zeit bei Delamare verbracht. Schritt für Schritt ging ich über den Kies und wusste, dass ich diesen Weg zum letzten Mal zurücklegen würde. Diesmal klang das Knirschen unter meinen Schuhen jedoch wie eine Ermutigung.

Laly holte mich ein.

»Was hast du denn jetzt vor?«

»Ich kenne ein kleines Dorf mit vielen sympathischen Bewohnern, einem hyperaktiven Bürgermeister, einem bisweilen erpresserischen Weihnachtsmann, einem reizenden Gästehaus, das von einem Medium und seinem riesigen Meerschweinchen geleitet wird. Ich glaube, du weißt, welchen Ort ich meine?«

Laly lachte und schob ihre Hand in meine.

»Ich glaube, ich habe schon mal davon gehört.«

Wir gingen den von Koniferen gesäumten Hauptweg entlang, bis wir das Tor zur Straße erreichten. Dort blieb Laly stehen.

»Das ist ja alles sehr schön, aber ich stehe nun ohne Verleger da.«

Ich lächelte hintergründig, denn ich dachte an Phineas' Enthüllungen über Côme de Balzancourt.

»Ich bin sicher, dass sich da schon sehr bald etwas tun wird …«

An den Streben des schmiedeeisernen Eingangstors prangte stolz das Schild »Verlagshaus Delamare«, das so lange Gegenstand meiner Träume gewesen war. Jetzt aber kehrte ich ihm leichten Herzens den Rücken zu. Ein neues Leben wartete auf mich.

Playlist von Laly und Ben

* *It's Beginning to Look a Lot Like Christmas,* Perry Como
* *Winter Wonderland,* Dean Martin
* *Silver Bells,* Elvis
* *We Wish You a Merry Christmas*
* *Santa Claus Is Coming to Town,* Bing Crosby
* *Last Christmas,* George Michael
* *Here Comes Santa Claus,* Gene Autry
* *Jump,* Van Halen
* *Joy to The World,* Nat King Cole
* *Santa Baby,* Eartha Kitt
* *All I Want for Christmas Is You,* Mariah Carey

Wenn auch ihr am Weihnachtsmarathon teilnehmen wollt, findet ihr hier die Aufgaben:

- ⋆ *Lebkuchenmänner backen*
- ⋆ *Selbst einen Tannenbaum schlagen und dekorieren*
- ⋆ *Einen Weihnachtsfilm ansehen*
- ⋆ *Einen Schneemann bauen*
- ⋆ *Schlittschuhlaufen*
- ⋆ *An einem Sackhüpfen teilnehmen*
- ⋆ *Einen free jump wagen*
- ⋆ *Eine Schneeballschlacht machen*

Anmerkungen der Autorin

Diese Weihnachtsgeschichte ist zu Ende, und wir verlassen Arnac-la-Poste. Ich hoffe, dass ihr eine wunderbare Zeit dort hattet und all den Weihnachtsfreuden etwas abgewinnen konntet. Ihr werdet es bereits erraten haben: Es ist meine Lieblingsjahreszeit! Es ist die Zeit, in der mich ein kindliches Glücksgefühl erfasst und ich mir zu glauben gestatte, dass alles möglich ist. Das genieße ich in vollen Zügen: Ich sehe mir alle Weihnachtsbeleuchtungen von Paris und vor allem den großen Kaufhäusern dort an, ich höre Weihnachtslieder in Endlosschleife, und ich backe viel zu viele Lebkuchenmänner.

Ich liebe es, Geschenke zu verpacken, auch wenn meine Päckchen oft als »ausgefallen« bezeichnet werden. Aber die Eingeweihten wissen das sehr originelle und äußerst praktische Bonbonformat wohl zu würdigen ...

Hin und wieder gehe ich Schlittschuhlaufen, und wenn ich die sichere Bande verlasse und mich in die Mitte der Eisfläche wage, habe ich wie Ben den Eindruck, Surya Bonaly zu sein.

Wahrheiten und Freiheiten im Roman

Das reizende Dorf Arnac-la-Poste existiert tatsächlich. Es befindet sich in der Region Haute-Vienne. Seine Bewohner, die ich an dieser Stelle freundlich grüße, heißen Arnacois und Arnacoises und nicht Arnaqueurs und Arnaqueuses.

Der Bürgermeister jedoch ist nicht das Multitasking-Talent Robert Courrier, sondern es gibt eine Bürgermeisterin. Der Platz, die Kirche und die beschriebene Landschaft entsprechen den örtlichen Gegebenheiten, aber den Bahnhof, an dem der unglückliche Ben eine Nacht verbringen muss, gibt es nicht mehr.

Soweit ich weiß, finden dort keine derartigen Weihnachtsfeierlichkeiten statt. Vielleicht macht die Lektüre dieses Romans jedoch Lust darauf, etwas Vergleichbares ins Leben zu rufen. Schließlich hat die Geschichte gezeigt, dass es in dem Dorf ein starkes weihnachtstaugliches Potenzial gibt!

Hat euch Cristal gefallen? Es gibt sie wirklich! Das Cuy von Angelica ist tatsächlich ein riesiges Meerschwein, das genauso groß und dick wie eine Katze ist. Alles, was Angelica über seine Größe, sein Gewicht und seine Herkunft berichtet, ist korrekt. Wenn ihr ein Cuy adoptieren möchtet, dann ist der Zeitpunkt dafür jetzt gekommen!

Die *Free-jump*-Episode geht auf eine wahre Begebenheit zurück. Tatsächlich habe ich selbst einen solchen Sprung ins Leere überlebt! Um die Wahrheit zu sagen, in mir schlummert eine Abenteurerin, und ich stelle mich sehr gern Herausforderungen, weswegen ich mich auch auf dieses Wagnis zunächst sehr vertrauensselig eingelassen habe. Aber bei der Einweisung durch die Aufsichtsperson sank mein Vertrauen zunehmend. Die Hinweise auf das Risiko, sich die eigene Zunge abzubeißen, über die Sprungmatratze hinausgeschleudert zu werden, am Ende gelähmt zu sein ... Bevor ich dann doch gesprungen bin, war meine Zuversicht dahingeschmolzen wie Schnee in der Sonne!

Wenn ihr es versuchen wollt, dann beherzigt die guten Ratschläge von Robert Courrier: Schließt nicht die Augen, hal-

tet die Arme dicht am Körper und lasst den Nacken locker ...
Dann sollte alles gut gehen!

Ich hoffe, dass ihr euch über die Begegnung mit unserer Maxine im Zug gefreut habt. Diese verflixte Maxine – immer zur rechten Zeit am rechten Ort. Seit der *Reise mit zwei Unbekannten* hat sie so manches Abenteuer erlebt! Vielen Dank, dass sie euch genauso ans Herz gewachsen ist wie mir! Es ist stets eine große Freude, sie als Stargast in meinen neuen Geschichten anzutreffen.

Ein Buch schreibt man zwar allein, aber man lebt es zu mehreren.

Danke an meine Mutter, die – wie immer – meine erste Leserin ist. Sie hat den Nerd Phineas ins Herz geschlossen und mich darauf gebracht, ihn immer wieder ins Spiel zu bringen.

Danke an Elsa, unsere Gespräche sind stets ebenso angenehm wie heiter. Uns kommen jede Menge sprühende Ideen, es werden die verschiedensten Themen, schrägsten Anekdoten und verrücktesten Pläne diskutiert und das alles mit ganz viel Lachen. Du bist diejenige, die mich darauf gebracht hat, wirklich eine Weihnachtskomödie zu schreiben. Die Idee ging mir zwar schon länger durch den Kopf, aber du hast mir den entscheidenden Anstoß gegeben.

Danke an das gesamte Verlagsteam von *Michel Lafon*, das mich bestens betreut.

Danke an alle, die an der Herstellung des Buches beteiligt waren: von der Gestaltung bis zum Druck, vom Vertrieb bis zur Werbung. Sie ermöglichen es meinen Romanen, in ganz Frankreich unterwegs zu sein – und sogar darüber hinaus.

Danke an die Buchhändler und Buchhändlerinnen, die einem ganzen Weihnachtsdorf auf ihren Tischen Platz gewähren! Sie zählen ganz sicher zu den »braven Kindern«!

Danke an euch alle, die ihr so wunderbar über meine Romane sprecht. An die Blogger und Bloggerinnen, die stets die passenden Worte finden, und an die Leser und Leserinnen, die ihre Gefühle miteinander teilen.

Manche von euch zählen von der ersten Stunde an zu meinen treuen Leserinnen und Lesern, andere haben mich über meine späteren Titel entdeckt. Ich danke meiner gesamten Leserschaft, die mich von Tag zu Tag etwas zahlreicher begleitet.

Wenn ihr mir schreibt, um mir mitzuteilen, dass eure Lektüre euch an einem etwas trüben Tag gutgetan hat, habe ich das Gefühl, dass meine Mission geglückt ist. Das Lesen ist ein mächtiges Werkzeug, das Lachen ein Medikament, die Zuflucht in ein Buch eine Lösung. Ich bin stolz, wenn ich hier etwas bewirken kann.

Und zum Schluss möchte ich allen danken, die Weihnachten lieben und dazu beitragen, diese Jahreszeit so schön zu gestalten.

Ich wünsche euch wunderbare Festtage am Jahresende und möchte mich schon bald für neue Abenteuer mit euch verabreden!

Zoe